REBECCA RUSS

MUTTERLIEBE

atb aufbau taschenbuch

REBECCA RUSS wurde 1991 in Salzburg geboren, wo sie noch heute mit ihrem Mann lebt umgeben von Bergen und Seen. Neben dem Schreiben von Büchern gehört auch deren Gestaltung zu ihren Leidenschaften, und sie arbeitet als selbstständige Cover-Designerin. Ihre Freizeit verbringt sie gerne in der Natur beim Wandern oder Segeln.

Im Aufbau Taschenbuch liegt bereits ihr Thriller »Die erste Frau« vor.

Als Nora ihre Tochter zum Abschied küsst, ehe diese das Wochenende bei ihrem Vater verbringt, ahnt sie nicht, dass ihr ein Alptraum bevorsteht: Louisa kehrt nicht zurück, und Nora macht sich große Vorwürfe. Nicht nur, weil sie das Verschwinden des Mädchens zu spät bemerkt, sondern auch, weil sie etwas weiß, was niemals jemand erfahren darf: Louisa ist gar nicht ihre leibliche Tochter. Nora macht sich fieberhaft auf die Suche nach ihr. Dann taucht plötzlich ein anonymer Brief auf – von jemandem, der Noras großes Geheimnis zu kennen und vor nichts zurückzuschrecken scheint.

REBECCA
RUSS

MUTTER
LIEBE

THRILLER

aufbau taschenbuch

MIX
Papier | Fördert
gute Waldnutzung
FSC® C083411

ISBN 978-3-7466-3782-2

Aufbau Taschenbuch ist eine Marke der
Aufbau Verlage GmbH & Co. KG

1. Auflage 2022

Umschlaggestaltung www.buerosued.de, München
unter Verwendung eines Bildes von
© Ildiko Neer / Trevillion Images
Satz LVD GmbH, Berlin
Druck und Binden CPI books GmbH, Leck, Germany
Printed in Germany

www.aufbau-verlage.de

PROLOG

~~Liebe~~

~~Bitte vergib mir~~

~~Ich werde Dir niemals verzeihen, dass~~

Es tut mir leid, wie alles gekommen ist. Dir sicher auch, ~~zumindest hoffe ich das.~~ Dabei muss es doch gar nicht so sein. Wir können immer noch umkehren, die Dinge richtigstellen. Für uns, vor allem aber für sie. Wir waren leichtfertig und naiv, haben nicht richtig über die Konsequenzen nachgedacht, die uns später einholen würden. Vor allem waren wir verzweifelt, und verzweifelte Menschen treffen schlechte Entscheidungen. Man wird uns bestimmt verzeihen, aber dafür müssen wir jetzt handeln, bevor es zu spät ist.

Du weißt, dass ich recht habe. Ich habe es in Deinen Augen gesehen, wann immer Du meinem Blick in letzter Zeit ausgewichen bist oder hastig die Flurseite gewechselt hast. Das nennt man Schuldgefühl, dabei ist es nicht einmal allein Deine Schuld, sondern vor allem meine. Ich habe Dich dazu gedrängt, glaube nicht, das hätte ich vergessen. Aber deshalb brauche ich Dich jetzt umso mehr.

~~Du musst~~ Du bist noch immer der wichtigste Mensch in meinem Leben. Ich weiß, wir können das gemeinsam durchstehen. Als Freundinnen. So wie früher. Dafür musst Du mir aber die Hand reichen. Zumindest ein bisschen. Bitte rede endlich mit mir, ich weiß nicht, was ich sonst noch tun soll. ~~Zwinge mich nicht dazu,~~

~~Ich hasse dich. Ich hasse dich. Ich hasse dich.~~

1.

Ich hatte meiner Tochter die Begegnung mit dem Tod ersparen wollen, doch genau das war mein Fehler.

Ich erwartete Matthias ganz in Schwarz gekleidet, von der blickdichten Strumpfhose bis zum kratzigen Kragen meines Wollpullovers. Auf wippenden Fußspitzen stand ich am Küchenfenster und blickte die regenverschleierte Straße hinunter. Das Wetter hatte sich den Umständen und meiner Stimmung angepasst. Seit dem frühen Morgengrauen goss es in Strömen. Der ideale Tag für eine Beerdigung.

Matthias kam zu spät. Wie immer. Ich nahm an, dass er das absichtlich tat, um mich zu ärgern. Ich hatte auf meinen Lippen gekaut, bis die Hälfte meines Lippenstifts bereits abgegangen war, als die Scheinwerfer seines dunkelblauen VW Polos endlich meine Einfahrt kreuzten.

»Ist er das?«, fragte meine Mutter hinter mir und ließ ihre Handtasche zuschnappen. Ihr sorgfältig aufgetragenes Make-up verdeckte nur oberflächlich die tiefen Falten um ihre Mundwinkel.

»Ja. Holst du Louisa?«

Ein letztes Mal ging ich den Inhalt von Louisas Rucksack durch. Schlafanzug, Wechselkleidung, Zahnbürste, Plüschgiraffe. Dazwischen ihre lila Taschenlampe, ohne die Louisa niemals zu Bett ging. Das bohrende Gefühl würde trotzdem nicht vergehen, ganz egal, wie viel ich für sie einpackte. Es machte mich ganz krank, sie in andere Hände übergeben zu müssen. Vater hin oder her, in meinen Augen war Matthias immer noch ein Fremder. Wir stritten über jedes Wochenende, an dem Louisa bei ihm sein sollte, doch an diesem Samstag war ich insgeheim dankbar dafür, sie in seiner Obhut lassen zu können.

Beerdigungen waren einfach nichts für kleine Mädchen und schon gar nicht Kirstens Beerdigung. Kurz sah ich das Gesicht meiner ehemals besten Freundin vor mir. Die markanten Wangenknochen, betont von einem stufig geschnittenen blonden Bob. Ihr freches Grinsen. Ihr vor Lebensfreude sprühender Blick.

Mit neunundzwanzig war sie viel zu jung zum Sterben. Sie hatte ihrem Leben selbst ein Ende gesetzt. Eine Überdosis Propofol, an eine Vene angelegt, wie Kirsten es als Hebamme tausende Male mit anderen Medikamenten für ihre Patientinnen getan hatte.

»Nora? Kommst du? Matthias wartet.«

Meine Mutter stand bereits an der Tür, Louisa hinter ihr, halb versteckt von dem schwarzen Wollmantel ihrer Großmutter, und drehte ein rosafarbenes Buch hin und her, eine Einhorngeschichte, mit der sie die ganze Woche Lesen geübt hatte und mit der sie wahrscheinlich Matthias beeindrucken wollte.

»Ich komme«, rief ich zurück und trug Louisas Rucksack und meinen Mantel zur Haustür. Bevor ich jedoch meiner Mutter durch die geöffnete Tür folgte, ging ich noch einmal vor Louisa in die Hocke. »Hast du alles, mein Schatz?« Ich zog ihren Schal zurecht und prüfte, ob sie auch wasserdichte Schuhe anhatte.

Louisa nickte wortlos und drehte bloß wieder ihr Buch in den Händen. Sie hatte diese Angewohnheit, ihr Kinn ganz nah an die Brust zu ziehen, wobei ihre blonden Haare gleich einem Vorhang über ihre Augen fielen und ihr Gesicht verdeckten. Sie war so still und zart. Zu zart für unsere harte Welt, fürchtete ich manchmal und musste mich zusammenreißen, um sie nicht mit meinem ausufernden Beschützerinstinkt zu ersticken.

»Na, dann komm. Hier ist dein Rucksack.«

Ihre Hand lag wie ein kleiner Vogel in meiner.

»Mama?«, fragte Louisa mich, als wir uns im Schutz meines Regenschirms Matthias' Wagen näherten und das Regenwasser zu unseren Füßen hochspritzte.

»Ja, Liebling?«

Matthias leuchtete mich zweimal hintereinander mit der Lichthupe an. Er schien genervt zu sein, dass ich mir so viel Zeit gelassen hatte. Dabei war er selbst zehn Minuten zu spät.

Louisa hatte ihr Gesicht vor Konzentration verkniffen. »Wieso mögt du und Papa euch nicht?«

Papa. Ein Wort, so schmerzend wie eine Schusswunde. So nannte Louisa ihn erst seit einigen Wochen. Davor war er immer Matthias gewesen.

Ich bemühte mich um ein Lächeln. »Aber das stimmt doch gar nicht. Darüber haben wir schon geredet. Wir passen nur nicht gut zusammen. Wie zwei falsche Puzzleteile, verstehst du? Das heißt aber nicht, dass wir uns nicht mögen.«

Louisa hatte den Blick abgewendet und sagte nichts mehr. Sie war klug und spürte sofort, wenn man nicht aufrichtig mit ihr war. Aber das Ganze war kompliziert und nichts, was ich mit meiner sechsjährigen Tochter besprechen wollte. Nicht heute.

»Glaubst du mir denn, dass ich dich furchtbar lieb habe?«

Das entlockte ihr dann doch ein kleines Lächeln. Sie nickte und ließ sich von mir auf die Wange küssen, bevor ich sie voller Wehmut entließ. »Viel Spaß und pass auf dich auf. Wir sehen uns morgen, und dann machen wir was Schönes zusammen, ja?«

Louisa nickte eifrig. Die letzten Meter rannte sie zum Wagen, was mir nur recht war, weil ich so einem Gespräch mit Matthias aus dem Weg gehen konnte. Seine Freundin Ellis hatte bereits die Beifahrertür geöffnet und quietschte vergnügt, als sie Louisa in ihre Arme schloss. Ellis war eine junge Studentin aus Schweden mit Beinen wie ein Laufstegmodel, was aber nicht der Grund war, wieso ich sie nicht mochte. Das Stechen in meinem Magen rührte nicht von Eifersucht, sondern weil ich insgeheim ihr die Schuld daran gab, dass Matthias so plötzlich ein Interesse an seiner Tochter entwickelt hatte, nachdem er sich fünf Jahre lang kaum gekümmert hatte. Fünf Jahre ohne eine einzige Alimentenzahlung oder ein Geburtstagsgeschenk.

Es war, zugegeben, eine harte Zeit gewesen, dennoch vermisste ich diese ersten Jahre, in denen es nur uns beide gegeben hatte, Louisa und mich. Matthias war von Anfang an kein Teil dieser Familie gewesen, und es tat immer noch weh, die wertvolle Zeit, die ich neben der vielen Arbeit im Krankenhaus für Louisa hatte, nun auch noch teilen zu müssen.

Ich winkte dem Paar knapp zu, dann setzte ich mich neben meine Mutter in meinen eigenen Wagen und startete den Motor.

»Wir müssen los«, sagte sie mit spitzen Lippen und drehte ihr Handgelenk, so dass ich einen Blick auf ihre goldumrandete Armbanduhr erhaschte. Fünf vor zehn.

»Ich weiß.« In Wahrheit war mir jede Verzögerung recht, die mich ein paar Minuten länger von Kirstens Beerdigung fernhielt. Ich wollte nicht dorthin, ich wollte nicht gezwungen sein, über ihren Tod nachzudenken. Über die Entscheidung, die sie getroffen hatte, und weshalb ich im Augenblick ihrer größten Qual nicht für sie da gewesen war.

Der Nordfriedhof war von uns aus eigentlich in zehn Minuten zu erreichen, doch der Regen wurde stärker, kaum hatte ich den Wagen aus der Einfahrt gelenkt. Grauer Dunst hing über den Münchner Straßen und ließ Lichter und Konturen verschwimmen. Der Verkehr stockte. Auf allen Radiosendern liefen nur Werbejingles und Staumeldungen. Ich schwitzte trotz der eisigen Temperaturen.

»Du hast mir nie erzählt, weshalb du und Kirsten euch entzweit habt«, sagte meine Mutter, als wir wiederholt vor einer roten Ampel zum Stehen kamen.

Mein Atem ging flach. Ich widerstand dem Drang, das Fenster runterzufahren und die kalte Novemberluft hereinzulassen. Enge Räume machten mich nervös, vor allem, wenn ich sie mit jemandem teilen musste, weshalb ich mich nur schwer auf das Gespräch konzentrieren konnte.

»Wir haben uns nicht entzweit. Wir haben uns bloß auseinandergelebt.«

Meine Mutter kommentierte dies mit einem langgezogenen Seufzer, der gleichermaßen betroffen und anklagend klang. »Kirsten wird mir fehlen. Sie war immer so aufgeweckt. Es kommt mir wie gestern vor, dass ich euch beiden Kostüme fürs Schultheater genäht habe. *Der Zauberer von Oz*. Erinnerst du dich? Damals wolltest du noch Musicalsängerin werden.«

»Ja.« Es war *Alice im Wunderland* gewesen, aber ich hatte nicht die Kraft, sie zu korrigieren.

»Das alles ist so schrecklich. Glaubst du, sie hat es wegen des Kindes getan, das sie verloren hat?«

»Das ist Jahre her.«

»Trotzdem. Sie war danach nicht mehr dieselbe, findest du nicht?«

»Mhm.«

Ach, Kirsten. Der Kloß in meinem Hals machte weiteres Sprechen unmöglich. Wir waren in derselben Straße aufgewachsen. Hatten dieselbe Schule besucht und gemeinsam an derselben Klinik unsere Ausbildung begonnen. Sie als Hebamme und ich als Krankenpflegerin.

Wir waren wie Schwestern gewesen, hatten alles miteinander geteilt. Gute und schlechte Momente. Sorgen. Träume. Ängste.

Geheimnisse.

Hinter mir hupte es. Die Ampel war auf Grün umgesprungen.

Wir waren fast da. Links von mir erhob sich die Aussegnungshalle des Nordfriedhofs mit der markanten achteckigen Kuppel. Ich parkte so nah wie möglich beim Eingang im Halteverbot und sprang ohne Schirm in den Regen hinaus. Zehn nach zehn. Als wir mit tropfenden Mänteln in der Halle eintrafen, hatte die Zeremonie bereits begonnen, und halblaut gesungene Verse hallten von den in Bogen geformten Wänden wider.

Die Halle war voll, alle Sitzplätze waren belegt. Kirsten war beliebt gewesen. Mit ihrer offenen, lebensfrohen Art hatte sie die Leute angezogen. Das halbe Krankenhaus hatte sich versammelt. Ich erkannte mehrere Kollegen, darunter einen meiner Vorgesetzten, Dr. Richter. Wir nickten einander höflich über die Menge hinweg zu, bevor meine Mutter und ich uns ganz hinten einreihten. Ich hatte freien Blick auf Kirstens Sarg, aufgebahrt unter ausuferndem Blumenschmuck. Daneben ein überlebensgroßes Foto, das Kirsten in ihrem Lieblingskleid zeigte, wie sie frech und heiter in die Kamera lächelte. Es tat zu weh, es anzusehen.

Ein Priester sprach ein Gebet. Die meisten Anwesenden und meine Mutter wiederholten seine Worte. Ich nicht. Ich drückte mich so nah an die kalte Steinwand hinter mir, als wollte ich darin versinken. Ich schwitzte wieder. Mein Rollkragenpullover schnitt mir die Kehle zu.

Kirstens Mutter stand in der vordersten Reihe. Ihr Weinen ähnelte den Lauten eines sterbenden Tieres. Es drang bis zu mir nach hinten.

Ich ertrug das einfach nicht. Ich wollte bereits wieder unauffällig verschwinden, doch meine Mutter packte mein Handgelenk und zwang mich, die Zeremonie bis zum Ende durchzustehen. Wie in Trance verfolgte ich die einzelnen Redner. Ihre Anekdoten und Gebete. Wie sehr sie Kirsten geliebt hatten und betrauerten. Das Unverständnis über ihren frühen Tod. Orgelmusik ertönte. Kirstens Sarg wurde angehoben, und ein Trauerzug bildete sich dahinter. Auf dem Weg nach draußen begegnete ich Kirstens Mutter, die mich in eine feste Umarmung zog. Sie schluchzte hysterisch, ein Schwall aus Worten und animalischen Lauten, den ich kaum verstand.

Ich selbst brachte gerade so eine Beileidsbekundung heraus.

Ich wünschte, ich könnte sagen, dass es Trauer war, die mich lähmte. Die mir die Kraft zum Reden nahm und sich wie Blei um meine Gedärme legte, bis ich das Gefühl hatte, daran zu ersticken.

Doch es war keine Trauer, die ich fühlte. Es war etwas viel Tieferes, Nagenderes, und als ich das Loch sah, in das Kirsten hinabgelassen werden sollte, um sie für immer zu begraben, traf mich das Gefühl so stark, dass mir kurz schwarz vor Augen wurde und ich seitwärts taumelte.

Es war Schuld.

Ich war erschöpft, als ich zu Hause eintraf, mein ganzer Körper von einer inneren Schwere erfüllt, die jeden Schritt zur Qual machte.

Ich sehnte mich nach Louisas heiteren Kinderaugen, ihrem Lachen, dem Gefühl ihrer seidigen Locken unter meiner Hand. Doch im Haus begrüßte mich Stille.

»Sicher, dass ich nicht bleiben soll?«, fragte meine Mutter, die mich bis zum Hauseingang begleitet hatte.

»Mir geht es gut.« Eine offensichtliche Lüge, doch gerade wollte ich lieber allein sein.

»Nun gut, aber ruf an, falls du doch etwas brauchst. Du weißt, ich kann in fünf Minuten da sein.«

»Danke.«

Kurz sah es so aus, als wollte sie noch etwas hinzufügen, sie öffnete die rot geschminkten Lippen, bevor sie sie wieder fest zusammenpresste. »Leg dich etwas hin. Du siehst furchtbar aus.«

Ich schloss die Tür ohne ein weiteres Abschiedswort. Die Ruhe im Haus war erdrückend. Normalerweise arbeitete ich an den Wochenenden, an denen Louisa bei Matthias war, im Krankenhaus, doch wegen Kirstens Beerdigung hatte man mir freigegeben. Es war gerade mal zwei Uhr, und ich hatte nichts, womit ich die leeren Stunden vor mir füllen konnte. Nichts, was das Kreisen meiner Gedanken unterbrochen hätte.

Ich versuchte, mich mit Hausarbeit abzulenken, wusch die Wäsche, trug den Müll hinaus. Doch mir gingen schnell die Tätigkeiten aus. Das Haus war sauber, jede Oberfläche bereits von meiner Mutter gereinigt, die seit Kirstens Tod noch übergriffiger geworden war als sonst. Sie benutzte ihren Notfallschlüssel, um hinter mir her zu räumen und das Haus zu putzen, während ich im Krankenhaus arbeitete. Um in dieser schweren Zeit für mich da zu sein, wie sie sagte, doch ich sah es eher als taktischen Versuch, sich wieder mehr Platz in meinem und Louisas Leben zu erschleichen.

Noch in der nächsten Sekunde schämte ich mich für den Gedanken. Ich sollte dankbar für ihre Hilfe sein. Dankbar für die vielen Male, in denen sie auf Louisa aufgepasst hatte, wenn man mir wieder Doppelschichten aufgebrummt hatte. Ich war zurzeit nicht ich selbst. Kirstens Gesicht verfolgte mich zu jeder Tages- und Nachtzeit. An diesem Tag noch stärker als sonst.

Ich wollte nur noch, dass sie verschwand und mich endlich in Ruhe ließ. Am Morgen hatte ich schon zwei Diazepam gegen das nervöse Flattern in meiner Magengegend genommen, und jetzt schluckte ich noch mal zwei Tabletten aus dem fast aufgebrauchten Blister in meiner Handtasche, kurz darauf noch eine, doch die Unruhe verschwand nicht, sie wurde nur noch stärker, je länger ich allein im Haus war. Mehrmals ertappte ich mich dabei, wie ich immer wieder um die Küche herumschlich. Mein Blick glitt zum Fenster, der Himmel draußen war grau, aber immer noch hell. Viel zu früh, dachte ich. Gleich darauf: *Scheiß drauf.*

Endlich traute ich mich, die Schwelle zur Küche zu übertreten, weil ich wusste, dass es danach kein Halten mehr gäbe. Zielsicher öffnete ich die Schranktür oberhalb des Kühlschranks, wo hinter staubigen Küchengeräten mein Weinvorrat lag. Ich zog eine offene Rotweinflasche aus dem Regal und schenkte mir ein großzügiges Glas ein, das ich ins Wohnzimmer hinübertrug, die Flasche gleich mit.

Ich zog die Vorhänge zu, blendete die Welt gemeinsam mit meinen Sorgen aus.

Tschüss, Kirsten. Gedanklich prostete ich ihr zu. Ein letztes Mal, bevor ich sie endlich ins Vergessen schickte. Fast zwei Jahrzehnte lang war sie meine Freundin gewesen. Die beste. Sie hatte meinem Leben Inhalt gegeben, als ich sonst nichts gehabt hatte, und sie hatte Dinge für mich getan, die kein normaler Mensch für jemanden tun würde. Dinge, die sie nun mit in ihr Grab nahm und die auch ich endlich ruhen lassen konnte. Ich hatte Kirsten geliebt. Wirklich geliebt.

Deshalb konnte ich mir selbst nicht vergeben, wie sehr mich ihr Tod erleichterte.

»Matthias? Ich will mit Louisa sprechen. Gib sie mir.«

Ich hatte das Handy unter meiner Wange am Sofakissen eingeklemmt, weil ich Angst hatte, dass es mir sonst aus der Hand gleiten würde. Meine Arme und Beine fühlten sich seltsam losgelöst an, als würden sie gar nicht wirklich zu mir gehören und in einem Kokon außerhalb von mir schweben. Ein überraschend gutes Gefühl.

Matthias schnaufte, er klang gestresst. Im Hintergrund hörte ich das Klappern von Geschirr.

»Wir sind gerade beim Essen. Ich rufe dich in zehn Minuten zurück.«

»Ich muss sie aber jetzt sprechen! Bitte. Nur kurz.«

»Schön, aber beeil dich.«

»Mama?«

Beim Klang von Louisas Stimme breitete sich wohlige Wärme in meinem Brustkorb aus, selbst jetzt an meinem Tiefpunkt. In ihrer Gegenwart wusste ich wieder, wofür ich kämpfte und dass ich mich in diesem Kampf nicht aufgeben durfte.

Meine Tochter brauchte mich.

»Ja, mein Schatz, ich bin's. Wie geht es dir? Mama hat dich lieb.«

»Gut. Ich bekomme Pommes!«

Pommes. Was für ein Abendessen für ein Kind! Doch ich schluckte meinen Ärger hinunter und hielt meinen Ton bewusst unbekümmert. Louisa konnte nichts dafür, dass Matthias ein Idiot war. »Schön. Und hast du Spaß? Sind alle lieb zu dir?«

Plötzlich hatte ich wieder Matthias am Ohr. »So, können wir nun essen?«

»Ich war noch nicht fertig! Und Pommes sind kein richtiges Essen. Das solltest du wissen.«

»Du kannst sie in zehn Minuten noch mal anrufen und ihr eine gute Nacht wünschen.«

»Aber ich ...« Ich verschluckte die Worte, die Silben drehten sich in meinem Mund. Plötzlich wusste ich selbst nicht mehr, was ich hatte sagen wollen und weshalb mir das Gespräch so wichtig gewesen war.

»Nora ...« Matthias hatte die Stimme gesenkt und zischte nun leise ins Telefon. »Bist du etwa betrunken?«

Ich legte auf und schleuderte das Handy so weit weg von mir, dass es auf der anderen Seite des Wohnzimmers über den Holzboden schlitterte. Das Display leuchtete noch und zeigte Louisas lachendes Gesicht, wie sie mir bei unserem letzten Badeurlaub eine Muschel entgegengestreckt hatte. Die Muschel lag heute noch in meinem Badezimmer, und immer, wenn Louisa daran vorbeiging, legte sie den Finger auf die geriffelte Schale und verkündete stolz: »Die habe ich gefunden, nicht wahr?«

Beschämt zog ich das Kissen über meinen Kopf und versuchte, darunter Matthias' Worte und meine größte Angst zu verdrängen:

Ich war eine schlechte Mutter.

2.

Ich war auf dem Sofa eingeschlafen, was mir überhaupt nicht ähnlich sah, nicht einmal nach der Flasche Wein, die ich gestern getrunken hatte und die nun umgekippt auf dem Teppich lag. Beim Drehen meines Kopfes bohrte sich ein scharfer Schmerz durch meine Stirn. Es pochte. Es dröhnte. Ich konnte kaum die Augen offen halten. Der Schmerz bewegte sich in Wellen durch meinen Körper und ließ mich stöhnen. Gleichzeitig hatte er etwas Befreiendes. Als würde ich endlich für meine Vergehen bestraft werden.

Am liebsten wäre ich den ganzen Tag so liegen geblieben, doch ich hatte Verpflichtungen. Ich war eine Mutter, Louisa würde bald zurück sein, und ich hatte ihr einen Ausflug versprochen.

Reiß dich zusammen.

Heftiger Schwindel erfasste mich, kaum hatte ich die Füße auf dem Boden aufgesetzt. Hatte ich gestern überhaupt etwas gegessen? Bei Kirstens Leichenschmaus hatte ich keinen Bissen runterbekommen, und zum

Abendessen hatte es nur die Flasche Rotwein gegeben. Kein Wunder, dass ich mich so elend fühlte.

Trotz des Schwindels zwang ich mich weiterzumachen. Einen Schritt nach dem anderen. Ich brauchte bloß etwas Wasser, dann würde es mir besser gehen.

Auf dem Weg nach draußen sammelte ich noch das Handy vom Boden auf. Ein Blick auf den Bildschirm bestätigte meine Befürchtung. Zehn Uhr. Matthias kam also mal wieder zu spät. Ich war erst wütend wegen seiner Verantwortungslosigkeit, dann erleichtert. Vielleicht hatte ich sogar noch genug Zeit für eine rasche Dusche, um den gestrigen Tag von mir abzuwaschen. Heute sollte endlich alles anders werden. Ein Neuanfang. Kirsten war tot, es war vorbei. Ich könnte sogar meinen Weinvorrat beseitigen. Louisa verdiente eine Mutter, die bedingungslos für sie da war.

Ja, beschloss ich in dem Moment, begleitet von einem kurzen Hochgefühl, ja, das würde ich tun.

Ich schleppte mich die Treppe hoch, ignorierte das Schwanken meiner Beine und das Zittern meiner Hände, das leise Flüstern, das mir sagte, dass es nur eines Schluckes bedurfte, damit es mir wieder besser ginge. Doch damit war jetzt Schluss. Der Blick in den Spiegel bestärkte mich darin. Es war der Blick auf einen Geist.

Mein Gesicht sah im Kontrast meiner dunklen Haare ohnehin immer recht blass aus, doch heute sah ich aus, als wäre ich todkrank. Mit tiefen Schatten unter den Augen, die sich bis zu meinen Wangenknochen erstreckten. Ich konnte nur hoffen, dass die Dusche mich etwas beleben würde, sonst würde ich Louisa mit meinem Anblick noch Angst einjagen.

Louisa. Wo steckte sie nur?

Ich rief Matthias an, während ich die Dusche anstellte, doch er ging nicht ran.

Mistkerl. Das war mal wieder typisch. Oder war das seine Art, mich für gestern zu bestrafen?

Kirsten hatte mich gleich vor Matthias gewarnt, als ich ihn kennengelernt hatte. Sie war dabei gewesen, als sich unsere Blicke in einer Bar gekreuzt hatten. Mir hatte gefallen, wie selbstbewusst er mich fixierte. Ihm gefiel, wie mein Rocksaum meine schlanken Beine umspielte.

Wir waren noch in derselben Nacht im Bett gelandet. Ein kurzes, belangloses Vergnügen, das ich am nächsten Morgen bereut hatte, als klar wurde, wie wenig wir eigentlich gemeinsam hatten. Ich hatte nicht vorgehabt, Matthias danach jemals wiederzusehen, hatte die Begegnung mit ihm schon wieder fast vergessen.

Bis ich schwanger geworden war. Etwas, das eigentlich unmöglich sein sollte, weshalb ich es mit der Verhütung oft nicht so ernst nahm. Ich kämpfte seit meiner Jugend mit Endometriose, einer chronischen Wucherung der Gebärmutterschleimhaut, die wie ein Krebsgeschwür meinen gesamten Unterleib verknotete. Ich hatte deshalb mit neunzehn schon mal eine schmerzhafte Fehlgeburt erlitten, und danach hatte es seitens der Ärzte geheißen, dass ich überhaupt keine Kinder mehr bekommen könne.

Dieses Baby war ein Wunder gewesen, und ich hatte

von Anfang an den starken Drang verspürt, es zu beschützen. Sogar vor dem eigenen Vater.

Ich hatte es Matthias deshalb zuerst gar nicht sagen wollen, aber Kirsten hatte mich dazu gedrängt, es doch zu tun. Wegen des Babys. »Es braucht einen Vater«, hatte sie mir eingeschärft.

Und da hatte ich es getan. Matthias war zunächst geschockt gewesen, hatte abgestritten, der Vater zu sein. Doch dann hatten wir angefangen, nach Lösungen zu suchen.

Wir passten nicht zusammen, das war uns beiden von Anfang an klar gewesen. Er war mir zu nonchalant. Ich ihm zu kontrollsüchtig. Wir waren unfähig, eine Unterhaltung zu führen, ohne uns dabei in die Haare zu bekommen.

Am Ende hatten wir uns darauf geeinigt, dass ich Louisa allein großziehen und er bloß eine untergeordnete Rolle einnehmen würde. So war es uns beiden lieber. Er versprach mir, mich zu unterstützen, was er dann jedoch nie tat. Bei seinem ersten Besuch war Louisa bereits zwei Wochen alt gewesen. Er schien Schwierigkeiten zu haben, sie überhaupt in den Arm zu nehmen. Deshalb war ich nun auch so wütend. Weil er sich erdreistete, sich plötzlich als Vater zu inszenieren, nachdem er Louisas Existenz fünf Jahre lang fast gänzlich ignoriert hatte. Er verdiente sie nicht. Nicht einmal jedes zweite Wochenende. Und nun wollte er sogar mehr, stritt mit mir wegen der Feiertage und drohte sogar, vor Gericht zu gehen, wenn nötig. Aber das sollte er ruhig versuchen.

Niemand würde mir meine Tochter wegnehmen.

Mein Handy vibrierte am Waschbeckenrand. Sofort streckte ich meinen Arm aus der Dusche in der Hoffnung, dass es Matthias sein könnte, doch es war bloß eine SMS meiner Mutter, die mich fragte, wie es mir ging und ob sie später was zu essen vorbeibringen sollte. Ich ignorierte ihre Nachricht und schaltete wieder zum Display um. Zehn nach zehn. Langsam wurde mir mulmig zumute. Louisa hätte um neun hier sein sollen. War es wirklich so schwer, mir zumindest Bescheid zu geben, wenn sie sich verspäteten?

Ich wickelte mir ein Handtuch um und wählte erneut Matthias' Nummer. Nach dem dritten Klingeln hob endlich jemand ab. Es war Ellis, die mit ihrer hohen Stimme wegen irgendetwas kicherte, das nichts mit mir zu tun hatte.

»Hallo? Hier ist Nora.«

»Nora, hallo. Was gibt's denn?«

Was gibt's? Ich verkniff mir einen Kommentar. »Ich rufe wegen Louisa an. Wo bleibt ihr so lange? Ich wollte mit ihr einen Ausflug machen.«

Kurz wurde es still in der Leitung. »Louisa?« Ellis wirkte nun ernst. »Aber wir haben Louisa vor über einer Stunde bei dir abgesetzt.«

Ich rannte mit nassen Füßen und nur in einen Bademantel gewickelt auf die eisbezogene Straße. »Louisa? Louisa!«

Panik ließ meinen Puls in die Höhe jagen und hatte

den Schwindel aus meinem Körper vertrieben. Gleichzeitig zwang ich mich zur Ruhe. Alles gut. Nichts passiert. Louisa war bestimmt gleich um die Ecke. Hinter den Brombeerbüschen vielleicht oder im Garten hinterm Haus. Ich umrundete das Grundstück dreimal hintereinander, blickte hinter jeden Baum, jeden Strauch, robbte sogar unter mein Auto und hinter die Mülltonnen.

Hatte Louisa vielleicht geklingelt, und ich hatte sie nicht gehört? Hatte ich meine eigene Tochter in der Kälte stehen lassen? Wo könnte sie hingelaufen sein? Zu den Beurers vielleicht, die die zweite Reihenhaushälfte bewohnten. Louisa mochte Frau Beurer wegen ihrer herzlichen Art und ihrer Schublade voller Kekse, aus der sie immer großzügig verteilte, egal wie oft ich sie darum bat, es nicht zu tun.

Ich klingelte, ohne mich um meine Erscheinung zu scheren. Herr Beurer öffnete die Tür, er trug noch Pyjamas und einen karierten Morgenmantel und blickte mich verwirrt an.

»Nora? Was ist denn los? Geht es Ihnen gut?«

»Ich suche meine Tochter. Louisa. Haben Sie sie gesehen?« Ich keuchte die Worte. Meine Füße waren taub vor Kälte. Mein Herz starr vor Schreck. Ich betete, dass Louisa gleich hinter ihm nach draußen geflitzt kam und ich sie in meine Arme schließen konnte.

Bitte, bitte, lieber Gott. Ich würde auch nie wieder einen Tropfen Alkohol anrühren.

Herr Beurer schüttelte den Kopf. »Tut mir leid. Was ist denn passiert? Ist sie weggelaufen?«

Ich rannte wieder auf die Straße, ohne eine Antwort zu geben, und klingelte noch bei vier weiteren Nachbarn. Zwei waren nicht da. Die anderen beiden Familien hatten Louisa ebenfalls nicht gesehen.

Frau Zimmermann vom Haus an der Ecke zwang mich schließlich hereinzukommen. Ich sollte mich erst mal beruhigen und mir etwas anziehen. Danach könnten wir uns in Ruhe einen Plan überlegen und die Polizei verständigen.

Die Polizei? Ich lachte auf. Wie lächerlich. Meine Tochter war nicht fort. Sie spielte mir nur einen Streich. Gleich würden wir darüber lachen. Louisa war so ein verträumtes Kind. Bestimmt hatte sie sich bloß ablenken lassen und dabei die Zeit vergessen.

Meine Tochter war nicht fort.

Meine Tochter ...

Plötzlich gaben meine Beine unter mir nach. Ich landete auf allen vieren auf dem kalten Dielenboden der Zimmermanns. Der Bademantelkragen rutschte von meinen Schultern. Ich zitterte so heftig, dass ich ihn nicht mehr greifen konnte.

Frau Zimmermann kniete vor mir und rief ihrem zehnjährigen Sohn, der mit einem dumpfen Gesichtsausdruck auf der Treppe stand, etwas zu. Ihre Stimme versickerte im Nebel meiner Gedanken, bis ich nichts mehr wahrnahm außer dieser einen verheerenden Erkenntnis, die meine ganze Welt erschütterte.

Meine Tochter war fort.

3.

Eine Stunde später saß ich angezogen in meiner Küche, eine große Tasse Kaffee vor mir, den ich nur mit kleinen Schlucken hinunterbekam und dennoch sofort wieder hochwürgen wollte. Matthias und Ellis saßen mit mir am Küchentisch. Nach meinem Anruf waren sie sofort zu mir gefahren, und gemeinsam hatten wir in Matthias' Wagen die Gegend abgesucht, einmal durch die ganze Nachbarschaft und darüber hinaus, bis zur Grenze des Englischen Gartens. Wir waren bei Louisas Spielplatz gewesen und beim Haus ihrer besten Freundin. Bei ihrer Schule und auf allen möglichen Wegen dazwischen. Nirgendwo eine Spur von ihr. Nirgendwo hatte man sie gesehen. Als hätte der Erdboden sie verschluckt.

Oder etwas Schlimmeres.

Es war Matthias, der schließlich die Polizei verständigt hatte. Etwas, wovor ich selbst zu große Angst gehabt hatte, weil das bedeutete, der Wahrheit ins Auge zu sehen.

Louisa war verschwunden.

Zwei uniformierte Polizisten klingelten kurz darauf an meiner Haustür. Ein Mann und eine Frau. Sie standen vorm Küchenfenster, von dem aus man die Straße überblickte, und nahmen unsere Aussagen auf. Der Mann starrte mich an. Er hatte mir eine Frage gestellt. Was war es noch mal gewesen? Ich versuchte, mich an seinen Namen zu erinnern, doch ich konnte mich nicht einmal richtig auf sein Gesicht fokussieren. Mein Kopf war noch immer voller Nebel. Nebel und Angst.

Wo war meine Tochter?

»Bitte. Was haben Sie noch mal gesagt?«, fragte ich und rieb mit der Handfläche kräftig über meine Schläfen, wie um mich selbst aufzuwecken.

»War Ihre Tochter wütend auf Sie? Hatte sie irgendeinen Grund, nicht nach Hause kommen zu wollen?«

Vor Überraschung stand mir der Mund offen. »Was? Nein! Louisa hängt sehr an mir. Ich hatte ihr gestern noch versprochen, dass wir heute etwas Schönes unternehmen würden.« Bei dem Gedanken kamen mir wieder die Tränen, und meine Stimme zitterte so stark, dass ich ins Stottern geriet. »Fragen Sie lieber ihn, wieso er sie nicht ordentlich zurückgebracht hat!«

»Aber das habe ich!«, verteidigte sich Matthias, dessen Nasenflügel sich blähten. »Ich habe sie hergebracht und gesehen, wie sie zur Tür gegangen ist. Sie hat geklingelt.«

»Aber nicht, wie sie reingegangen ist?«, fragte der Polizist.

»Das nicht ... Aber sie stand direkt davor.« Die Scham lenkte seinen Blick zu Boden. Matthias brachte Louisa niemals persönlich zur Tür. Das war ein ungeschriebenes Gesetz zwischen uns, ebenso wie ich nie direkt zu seinem Wagen ging. Ein kindisches Verhalten, für das wir nun beide bezahlten.

»Haben Sie das Klingeln gehört?«, fragte der Polizist nun an mich gewandt.

»Nein ... Ich weiß es nicht«, gab ich zu. »Ich habe länger geschlafen. Aber darum geht es nicht! Louisa war in seiner Obhut! Er hätte nicht fortfahren dürfen, bis sie wieder sicher bei mir war.«

»Also gibst du nun mir die Schuld?«, blaffte Matthias. »Ich war pünktlich um neun hier wie vereinbart. Wieso sagst du den Polizisten nicht, was wirklich los ist und weshalb du das Klingeln nicht gehört hast? Sie hat gestern getrunken«, bemerkte er an meiner Stelle und richtete sich vor dem Polizisten auf. »Ich habe es gehört, als wir am Abend telefoniert haben. Sie war sturzbesoffen.« Seine Miene war abfällig.

Die Polizisten tauschten einen Blick. »Stimmt das?«, fragte der Mann. Er trug einen dichten Bart, der seinen nach unten geneigten Mundwinkeln noch mehr Ernst verlieh.

»Ob ich ...« Ich spürte, wie mein Gesicht vor Scham rot wurde, und blickte zu seiner Kollegin, die alles, was wir sagten, mit einem neutralen Gesichtsausdruck auf einem Block mitschrieb. »Ja, ich habe getrunken. Allein in meinem Wohnzimmer. Das ist kein Verbrechen. Aber ich habe nicht so viel getrunken, ich hätte es gehört, wenn Louisa an der Tür geklingelt hätte.«

Hätte ich? Ich betete, dass es so war. Ich betete, dass nicht ich schuld war, dass meine Tochter nun in Gefahr war.

»Passiert so etwas öfter?«

»Nein! Wirklich nicht. Ich bin eine gute Mutter. Ich kümmere mich immer gut um Louisa. Was soll das jetzt? Sollten Sie nicht lieber nach meiner Tochter suchen?« Draußen hatte es nur drei Grad. Knapp über dem Gefrierpunkt. Was, wenn Louisa sich irgendwo verlaufen hatte?

»Seien Sie unbesorgt, mehrere Streifenwagen suchen bereits die Umgebung ab, aber jeder Hinweis könnte wertvoll sein. Wir brauchen ein genaues Profil Ihrer Tochter. Orte und Freunde, wo sie sich gerne aufhält. Jede Kleinigkeit, von der Schulroute bis zum Lieblingsbäcker.«

»Dort haben wir schon überall gesucht.«

»Ich brauche dennoch eine Liste aller Orte und Kontakte. Sonja, übernimmst du das?«, fragte er seine Kollegin. Dann wandte er sich wieder Matthias zu. »Beschreiben Sie bitte noch mal ganz genau, was Ihre Tochter anhatte, als sie heute Morgen das Haus verließ.«

Matthias stammelte unbeholfen. »Sie trug eine helle Jeans und ein lila Oberteil mit so einem Paillettenherz auf der Brust.«

»Und graue Winterstiefel«, warf Ellis ein.

»Jacke? Mütze?«, hakte der Polizist nach.

»Rosa Mütze und einen dunkelblauen Parka«, erwiderte Matthias. »Mit grauem Fellkragen.«

»Beige«, korrigierte ich ihn. »Der Kragen ist beige. Mit dunklen Sprenkeln ...«

Der Polizist holte nun ebenfalls einen kleinen schwarzen Block hervor, auf dem er sich hastig Notizen machte. Die Spitze seines Kugelschreibers kratzte hörbar auf dem Papier. »Haben Sie ein Foto von Ihrer Tochter, auf dem sie diese Jacke trägt?«

»Ich weiß nicht. Ich müsste auf meinem Handy nachsehen.«

»Tun Sie das bitte.«

Ich öffnete die Galerie. Die meisten Fotos auf meinem Handy zeigten Louisa. Ich scrollte durch die lange Liste. Louisa beim Schwimmunterricht. Louisa, wie sie Radschlagen übte. Louisa an ihrem ersten Schultag, ihr kleiner Körper halb von der großen Schultüte verdeckt, wegen der sie so aufgeregt war, dass sie kaum fürs Foto stillhalten konnte.

Innerhalb von Sekunden verschwammen die Fotos vor meinen Augen. Dicke Tränen liefen mir über Wangen und Kinn und nahmen mir die Sicht.

»Entschuldigung.« Ich musste das Handy weglegen und barg mein Gesicht in den Händen.

»Darf ich?«, fragte die Polizistin sanft und nahm das Handy an sich.

»Bitte.«

Sie legte mir eine warme Hand auf die Schulter. »Verzweifeln Sie nicht. Die meisten Kinder tauchen innerhalb von vierundzwanzig Stunden wieder auf. Meist ist es etwas ganz Banales. Vielleicht hat sie einen Freund gesehen und ist mit ihm spielen gegangen und hat die Zeit vergessen. Kinder sind manchmal so.«

Ich nickte und schluckte gegen die Tränen an. Ich wollte daran festhalten und glauben, dass es so war. Dass meine Tochter bloß abgelenkt worden war und gleich wieder durch diese Tür kommen würde, ein wenig schüchtern, ein wenig beschämt vielleicht, weil sie wusste, dass sie unartig gewesen war, aber ich wäre viel zu erleichtert, um sie zu schimpfen. Ich würde sie einfach nur ganz fest umarmen und Gott dafür danken, dass dieser schreckliche Tag vorbei war.

Kurz lächelte ich bei der Vorstellung, doch der Zweifel war stärker, die bohrende Frage, was aus den anderen Kindern wurde, die nicht innerhalb von vierundzwanzig Stunden wieder auftauchten.

Der Uhrzeiger oberhalb der Küchenzeile sprang auf viertel vor zwölf. Noch nie war mir das Ticken lauter erschienen. Jedes Ticken eine Sekunde, die mich weiter von Louisa entfernte. Plötzlich war es ein Wettlauf gegen die Zeit, und ihre Unaufhaltsamkeit drückte wie ein Geschwür auf meinen Magen.

Blieben noch einundzwanzig Stunden.

Fünf Uhr. Acht Stunden seit Louisas Verschwinden. Und mit jeder Stunde sank die Wahrscheinlichkeit, dass sie unversehrt nach Hause zurückkehren würde, das wusste ich von einer Statistik, die ich im Internet studiert hatte. Die Sonne ging gerade unter, und damit starb auch meine Hoffnung, Louisa könnte noch irgendwo zum Spielen draußen sein. Sie fürchtete sich im Dunkeln, wagte es nicht einmal, ohne Nachtlicht und ohne ihre Taschenlampe zu schlafen.

Wenn sie noch irgendwo draußen umherirrte, dann hatte sie entsetzliche Angst.

Auf der Straße fuhr ein Lautsprecherwagen der Polizei durchs Viertel. Eben kam er zum dritten Mal vorbei und posaunte Daten zu Louisas Aussehen und Kleidung hinaus, um mögliche Zeugen auf ihr Verschwinden aufmerksam zu machen. Sie brachten es auch im Radio. Mein Handy klingelte pausenlos. Bei den meisten Anrufern handelte es sich jedoch bloß um besorgte Nachbarn und Freunde. Niemand, der wirklich etwas wusste und mir sagen konnte, was mit Louisa passiert war, weshalb ich inzwischen nur noch Anrufe der Polizei entgegennahm.

Ich tigerte von einer Raumecke zur nächsten, um mich vom Ticken der Uhr abzulenken.

Matthias und Ellis waren wieder gegangen, dafür saß nun meine Mutter am Küchentisch und klickte sich auf meinem Laptop durch sämtliche Social-Media-Beiträge, die von Louisas Verschwinden berichteten. Um nach möglichen Hinweisen in den Kommentaren zu suchen, wie sie sagte. Ich hielt das für Zeitverschwendung, war aber froh, dass sie dadurch zumindest beschäftigt war und ich meinen eigenen Gedanken nachhängen konnte, so düster sie auch sein mochten.

Mein Handybildschirm leuchtete zum wiederholten Male auf. Ich griff hektisch danach, doch als ich die Nummer einer Arbeitskollegin darauf las, legte ich es zurück auf den Küchentisch.

»Möchtest du nicht doch einen kleinen Bissen essen?«, fragte meine Mutter und klappte den Laptop zu. Anscheinend hatte sie ihre Hinweissuche aufgegeben.

»Ich kann nicht.«

»Dann setz dich zumindest hin. Komm her. Du hilfst Louisa nicht, indem du dich selbst verausgabst.«

Verausgaben? Es war das Nichtstun, das mich die meiste Kraft kostete. Doch ich zwang mich, mich zu setzen, Ruhe zu bewahren. Nur so konnte ich für Louisa da sein. Aber es war schwer. Mein Kopf barst vor Kopfschmerzen und vor Angst.

»Ich drehe langsam durch«, wimmerte ich und lehnte meine Stirn gegen die kühle Marmortischplatte. »Das Warten macht mich krank. Ich sollte da draußen sein und nach ihr suchen. Nicht rumsitzen und Eintopf löffeln und darauf hoffen, dass irgendetwas passiert.«

»Die Polizei sucht doch schon zu Hunderten nach ihr. Und für den Fall, dass Louisa zurückkehrt, willst du doch hier sein, oder?«

»Ja. Natürlich. Aber ich ...« Mein Hals schnürte sich zu, und ich schluckte trocken. »Ich muss die ganze Zeit daran denken, wer sie mitgenommen haben könnte. Glaubst du ... Glaubst du ...«

Ich konnte den Satz nicht einmal zu Ende denken.

Ich zuckte zusammen, als meine Mutter mein Handgelenk fest packte.

»Hör sofort auf damit«, sagte sie und rüttelte an meinem Arm. Ihre Unterlippe bebte. »Wir dürfen jetzt nicht verzweifeln. Louisa wird zurückkehren. Ganz bestimmt. Ihr geht es gut. Sieh mich an. Es geht ihr gut.«

Ich presste die Lippen unter Tränen zusammen und nickte.

Es geht ihr gut.

Ich musste einfach daran glauben.

Ein Klingeln an der Tür ließ uns zusammenfahren. Meine Mutter stand auf, um aus dem Fenster zu sehen.

Ich schnäuzte mich kurz in ein Taschentuch. »Reporter?«, fragte ich dumpf. Wäre nicht der erste, der heute versuchte, sich ein Interview zu erschleichen. Diese Geier besaßen keinen Funken Anstand.

»Nein. Ein Streifenwagen. Das muss wieder die Polizei sein.«

Innerhalb von Sekunden war ich aufgesprungen. »Ich gehe schon.«

Auf dem Weg zur Tür wollte ich mir erst die Tränenspuren vom Gesicht wischen, aber dann ließ ich die Hand wieder sinken. Was machte es schon für einen Unterschied?

Es klingelte erneut, kurz bevor ich die Tür öffnete. Zwei Männer standen davor. Sie waren legerer gekleidet als die Polizisten, die am Vormittag da gewesen waren. Keine Uniformen, aber mit Dienstmarke.

»Guten Tag«, begrüßte der Jüngere der beiden Männer mich. »Kriminalpolizei. Kommissar Theede und mein Kollege Kommissar Wagner. Wir leiten ab sofort das Sondereinsatzkommando zur Suche Ihrer Tochter. Dürfen wir reinkommen?«

Kommissar Theede war um die vierzig. Er besaß ein warmes Lächeln, aber einen harten, stechenden Blick, bei dem mir leicht unwohl wurde. Der Beamte hinter ihm nickte mir kommentarlos zu. Er war deutlich älter, hatte schmale Schultern und eine pralle Körpermitte, doch obwohl Kommissar Theede der Jüngere der beiden war, schien er im Team den Ton anzugeben und schritt voraus.

Ich wich zurück, um den Weg freizugeben. »Sicher, kommen Sie nur. Meine Mutter ist ebenfalls hier.«

»Das trifft sich gut, sie wollten wir als Nächstes befragen.«

Noch mehr Fragen? »Ich habe Ihren Kollegen am Vormittag bereits alles gesagt.«

Kommissar Theede strich sich die krausen Haare am Hinterkopf glatt. »Wir würden uns gerne selbst ein Bild machen. Wenn Sie nichts dagegen haben.«

»Nein, schon gut. Wenn es dabei hilft, Louisa zu finden ... Gibt es denn Neuigkeiten?« Ihre nüchternen Blicke sagten mir bereits, dass ich enttäuscht werden würde.

»Tut mir leid. Aber wir geben unser Möglichstes«, entgegnete Kommissar Theede. »Wir haben etwa fünfzig Streifenpolizisten ausgesandt, die das Gebiet durchsuchen und mögliche Zeugen befragen. Im Englischen Garten sind Einsatzkräfte mit Suchhunden unterwegs und durchkämmen jedes Gestrüpp.«

Mein Herz sank. So viele Menschen, die nach Louisa suchten, und noch immer keine Spur von ihr. Das konnte nichts Gutes bedeuten, doch ich zwang mich, nicht weiter darüber nachzudenken. Ich musste mich auf den Moment fokussieren. Schritt für Schritt. Bis ich meine Tochter wieder im Arm hielt.

Die Polizisten folgten mir in die Küche, wo meine Mutter zum wiederholten Male alle Ablagen abwischte, obwohl nicht einmal ein Krümel auf den spiegelglatten Oberflächen lag.

Sie wirkte erleichtert, die beiden Männer und ihre Dienstmarken zu sehen, doch ihre Erleichterung währte nur kurz, als sie erfuhr, dass es nichts Neues zu berichten gab.

»Was ist denn mit den ganzen Nachbarn?«, fragte sie und blickte zwischen den Kommissaren hin und her. »Hat von denen denn niemand etwas gesehen? Das ist schließlich ein belebtes Viertel.«

»Frau Beurer von nebenan hat den Wagen von Matthias Steiner vor dem Haus bemerkt«, antwortete Kommissar Theede. »Um neun Uhr etwa, wie er selbst ausgesagt hat. Aber nichts von Louisa. Von den anderen Nachbarn gab es bislang ebenfalls keine brauchbaren Hinweise, aber wir forschen weiter nach.«

»Herrgott.« Meine Mutter griff nach dem Kreuzanhänger, der in Herzhöhe um ihren Hals lag. Ihr Gesicht war äschern. Langsam schien auch sie zu begreifen, wie ernst die Lage wirklich war.

»Würden Sie uns einen Augenblick mit Ihrer Tochter allein lassen?«, fragte Kommissar Theede. »Wir möchten ihr gerne ein paar Fragen stellen. Aber bleiben Sie bitte in der Nähe, damit wir Sie anschließend ebenfalls befragen können.«

Meine Mutter antwortete nicht. Sie hatte die Augen geschlossen und schien in ihrer eigenen Welt gefangen. Nach einem kurzen Zögern ging dann jedoch ein Ruck durch sie, und sie verließ den Raum, die Finger um ihre Kette geklammert.

Die Kommissare setzten sich mir gegenüber. Kommissar Wagner stellte einen Laptop in der Tischmitte auf, daneben zwei Diktiergeräte.

Das Setting beunruhigte mich etwas. Es hatte etwas Anklagendes an sich. Als säße ich in einem Verhör, was aber bestimmt normal war. Ich war die Mutter. Natürlich wurde ich vernommen.

Ich hatte meine Hände unter die Tischoberfläche geschoben, um das Zittern zu verbergen. Als ich sprach, war meine Stimme brüchig vom vielen Weinen. »Haben Sie eine Ahnung, was mit meiner Tochter passiert sein könnte?«

»Wir dürfen keine Vermutungen äußern.«

»Louisa ist ein sehr braves, ein wenig ängstliches Kind. Sie würde nicht einfach weglaufen. Ihr muss etwas zugestoßen sein.«

»Das werden wir hoffentlich bald herausfinden. Doch

dafür ist es wichtig, alle Eventualitäten abzuklären.« Kommissar Theede hatte eine Akte vor sich ausgebreitet, die er einmal kurz durchblätterte, bevor er sie wieder schloss und die Unterarme darüber kreuzte. Sein Blick zeigte eine Mischung aus Verständnis und Wachsamkeit.

»Sind Sie damit einverstanden, dass wir dieses Gespräch aufzeichnen?«, fragte er.

»Ja. Natürlich.« Oder sollte ich etwa nicht?

»Gut.« Kommissar Theede blickte kurz zu seinem Kollegen, woraufhin dieser die Diktiergeräte einschaltete. »17. November, vor mir sitzt Nora Somweber, deren Tochter am frühen Vormittag gegen neun Uhr vor ihrem Elternhaus verschwunden ist. Sie sind dreißig Jahre alt und arbeiten als Krankenschwester im Klinikum Großhadern, ist das korrekt?«

Ich begann nervös auf meinem Stuhl umherzurutschen. »Ja.«

»Im Protokoll steht, dass Sie am Vorabend Alkohol getrunken haben und das Klingeln Ihrer Tochter deswegen möglicherweise überhört haben.«

»Das stimmt«, gab ich zu und spürte wieder Hitze in meine Wangen steigen. Es ärgerte mich, dass die Polizei bei jeder Gelegenheit darauf herumritt. Es warf ein völlig falsches Licht auf die Situation. »Aber nicht viel. Drei Gläser höchstens. Ich glaube nicht, dass ich das Klingeln einfach überhört hätte. Ich habe im Wohnzimmer geschlafen, da hört man die Klingel besonders laut.«

Meine Worte wurden vom leisen Klackern der Tastatur begleitet. Kommissar Wagner schien alles mitzuschreiben.

»Im Müll hinterm Haus wurden mehrere leere Flaschen gefunden. Trinken Sie häufiger?«, bohrte unterdessen Kommissar Theede weiter nach.

Ich stockte. Mein Hals schwoll an.

»Frau Somweber«, fuhr er in einem etwas sanfteren Tonfall fort. »Es geht uns nicht darum, Sie zu beschuldigen. Niemand tut das. Uns geht es einzig und allein darum, uns ein ausreichendes Bild der Lage zu verschaffen. Damit wir Ihrer Tochter helfen können. Verstehen Sie das?«

»Ja«, antwortete ich langsam, eher ein Krächzen. Ich wollte einen Schluck aus meinem Wasserglas nehmen, doch es war leer. Ich schluckte trocken. »Und ja, ich trinke hin und wieder. Die letzten Wochen waren zugegeben sehr belastend für mich. Eine Freundin von mir ist gestorben. Sie hat sich das Leben genommen, weswegen ich mir große Vorwürfe gemacht habe. Da habe ich hin und wieder abends ein Gläschen getrunken, um mich abzulenken. Aber immer nur, wenn Louisa bereits im Bett war. Ich bin nicht so eine Mutter. Ich sorge gut für sie.«

»Wie sieht es mit Tabletten aus? Nehmen Sie die auch? Matthias Steiner hat ausgesagt, dass Sie außerdem Medikamente gegen Angststörungen nehmen.«

Meine Knie schlugen von unten gegen die Tischplatte. Ich hatte Mühe, meine aufwallenden Emotionen im

Zaum zu halten. »Benzodiazepine«, gab ich zu. »Aber nicht regelmäßig. Bloß, wenn ich sehr gestresst bin. Ich litt früher unter Panikattacken, aber das habe ich mittlerweile unter Kontrolle. Matthias weiß das.«

Kommissar Theede sah nicht mich an, sondern seine Akte. »Nur, wenn Sie gestresst sind, sagen Sie. War denn gestern so ein stressiger Tag?«

Ich presste Lippen und Hände zusammen. Mein Schweigen brachte Kommissar Theede dazu, den Blick wieder zu heben. »Ich muss Sie bitten, eine Antwort zu geben«, sagte er ruhig.

Mein Kiefer knackte. »Ja«, antworte ich kaum hörbar. »Ich war am Vormittag auf der Beerdigung meiner Freundin, also ja, ich habe gestern auch Tabletten genommen. Diazepam, um genau zu sein.«

»Wie viel exakt?«

»Nicht viel. Etwa zehn Milligramm«, log ich. »Ich war nach der Beerdigung noch recht aufgelöst, wie Sie sicher verstehen können.«

»Sind Sie derzeit in psychiatrischer Behandlung?«

»Nein. Mir geht es ja auch gut. Wirklich. Ich brauche keinen Psychiater, der mir nur noch mehr Tabletten verschreibt.«

Kommissar Theede blieb ungerührt. »Sie arbeiten im Krankenhaus. Ein ziemlich herausfordernder Job für eine Mutter mit Kind.«

»Ich arbeite dreißig Stunden. Louisa geht in die Kita, und außerhalb der Öffnungszeiten, wenn ich Früh- oder Spätdienst habe, schaut meine Mutter auf sie. Das geht.«

»Und der Vater hat das Kind nur jedes zweite Wochenende?«

»Ja.«

»Ich habe gehört, es gibt Streitigkeiten deswegen. Dass Herr Steiner das Kind öfter bei sich haben will.«

»Das ist richtig.«

»Aber Sie sind dagegen?«, schaltete sich Kommissar Wagner ein.

»Matthias hat sich die ersten fünf Jahre kaum für Louisa interessiert. Ich musste für alles allein aufkommen. Ich sehe nicht ein, dass er jetzt plötzlich den Vater spielen will.«

»Glauben Sie, er könnte irgendwas mit dem Verschwinden Ihrer Tochter zu tun haben?«, fragte Kommissar Theede. »Ich will Sie nicht beunruhigen, aber häufig liegen solche Fälle in der Familie begründet.«

»Matthias? Nein, das nicht. Er war genauso schockiert wie ich, als Louisa weg war …« Dann stockte ich. Wie gut kannte ich Matthias wirklich? Im Grunde kaum. »Ich weiß es nicht«, gestand ich schließlich.

»Erzählen Sie uns von Ihrem Verhältnis zu Herrn Steiner. Wie haben Sie sich kennengelernt?«

»In einer Bar vor sieben Jahren. Es war unbedeutend. Wir hatten bloß Sex und waren beide erst mal ziemlich überrascht, als der Schwangerschaftstest positiv anschlug.«

»Louisa war also nicht geplant?«

»Nein, aber ich habe mir immer Kinder gewünscht und litt sehr darunter, dass ich unfruchtbar sein sollte.

Deshalb war die Schwangerschaft auch so ein Wunder für mich. Ich habe mich unglaublich gefreut, Louisa zu bekommen. Matthias weniger. Er wollte zu Beginn überhaupt nichts mit ihr zu tun haben. Das hat sich erst vor etwas über einem Jahr geändert, als er mit seiner jetzigen Freundin zusammenkam. Ellis. Sie ist ganz vernarrt in Louisa. Seitdem spielt er mit ihr heile Familie und will sie immer öfter sehen.«

»Haben Sie und Herr Steiner oft Streit?«

»Wir arrangieren uns«, gab ich ausweichend zurück.

Sein Kollege Kommissar Wagner tippte wieder etwas in seinen Laptop. Mein Nacken verkrampfte sich. Ich wünschte, ich könnte sehen, was da auf seinem Bildschirm stand. Stand da, dass ich eine schlechte Mutter war, alkoholkrank und psychisch labil und es selbst zu verschulden hatte, dass meine Tochter fort war?

»Wie steht Louisa zu dem Ganzen? Hat sie gerne Zeit mit ihrem Vater verbracht?«

»Zu Beginn weniger. Sie kannte ihn ja kaum. Wir haben beide geweint, wenn er sie abgeholt hat, das hat mir das Herz zerrissen. Aber inzwischen mag sie ihn wohl, hat ihn akzeptiert. Sie nennt ihn sogar Papa und malt Bilder für ihn, die sie ihm an den Wochenenden mitbringt.«

»Hatten Sie den Eindruck, dass es Louisa bei ihrem Vater schlecht ging? Hat sie sich nach einem Besuch je verstört oder auffällig verhalten?«

»Sie meinen, ob er sie geschlagen hat?« Allein der Gedanke ließ meinen Puls in die Höhe jagen. »Niemals.

Nein. Matthias ist sicher kein perfekter Vater, und wir streiten uns oft wegen Louisas Erziehung, aber er wird nicht handgreiflich. Ich hätte niemals zugelassen, dass er auf Louisa aufpasst, wenn ich Angst um sie gehabt hätte.«

Die Fragen gingen so weiter. Jeder aus Louisas Bekanntenkreis wurde durchforscht, gelistet, abgeheftet. Ich musste minutiös unseren Alltag beschreiben, vom Aufstehen bis zum Bettgehen. Was Louisa aß, trank, was sie fernsah, womit sie gerne spielte, was sie liebte und wovor sie sich fürchtete.

Als ich das nächste Mal auf die Uhr blickte, waren fast zwei Stunden vergangen. Und noch immer kein Klingeln. Kein sanftes Klopfen. Keine Louisa. Nur die dichte Dunkelheit außerhalb der Fenster und das saure Brennen in meinem Magen.

Ein Anruf zwang Kommissar Theede schließlich dazu, die Vernehmung zu unterbrechen. Er verließ die Küche, um zu telefonieren, und kam zwei Minuten später mit einem fiebrigen Schimmer in den Augen zurück. »Wir haben endlich einen Hinweis erhalten«, verkündete er und wirkte angespannt. »Ein Zeuge behauptet, ein Mädchen, das zu Louisas Beschreibung passt, heute Vormittag in der Nähe eines Spielplatzes gesehen zu haben.«

»Welcher Spielplatz?«, platzte ich heraus. »War sie allein? Ging es ihr gut?«

»Noch weiß ich nichts Genaueres«, wehrte Kommissar Theede vorsichtig ab. »Ich werde den Zeugen gleich persönlich vernehmen, vorher möchte ich mich aber noch kurz in Louisas Zimmer umsehen. Ist das in Ordnung?«

»Natürlich. Es ist gleich die Treppe hoch. Das Zimmer mit den bunten Tierstickern auf der Tür. Soll ich Sie begleiten?«

»Nicht nötig, danke. Wir werden uns kurz halten.«

Ein Hinweis. Endlich. Erleichtert sank ich in meinem Stuhl zurück, während Kommissar Theede und Kommissar Wagner nach oben gingen. Ich konnte das Knarzen ihrer Schritte auf der Treppe hören, als ich plötzlich zusammenzuckte.

Die Briefe, schoss es mir durch den Kopf, während nackte Angst meine Glieder durchströmte.

Sie durften auf keinen Fall die Briefe finden.

Es kostete mich große Überwindung, nicht sofort nach oben zu stürmen und die Briefe zu vernichten, bevor jemand sie fand, doch ich wusste, das würde mich bloß verdächtig machen. Ich musste Ruhe bewahren. Ausharren entgegen jeder Panik.

Glücklicherweise hielten sich die Kommissare nur wenige Minuten in Louisas Zimmer auf, anscheinend erpicht darauf, dem Zeugenhinweis so schnell wie möglich zu folgen. Die ganze Zeit über ging ich vor dem Treppenaufgang auf und ab und atmete erst wieder auf, als die Kommissare ins Erdgeschoss zurückkehrten.

Sie versprachen, mich zu benachrichtigen, sobald sie Neuigkeiten hatten, in ihren Augen sah ich Mitgefühl.

Ich musste den Blick abwenden. Ich wollte kein Mitgefühl. Ich wollte meine Tochter zurück.

»Jetzt haben sie mich doch gar nicht mehr befragt«, bemerkte meine Mutter, nachdem die Polizisten durch die Haustür verschwunden waren. Sie stand neben der Dielenkommode und berührte eines der vielen Bilder von Louisa, die ich dort stehen hatte.

»Sie haben einen Hinweis bekommen. Anscheinend hat jemand Louisa auf einem Spielplatz gesehen.«

Meine Mutter warf eines der Bilder um, als sie sich ruckartig zu mir umdrehte und mich mit aufgerissenen Augen anstarrte. »Wo?«

»Ich weiß es nicht. Sie melden sich, sobald sie mehr wissen.«

»Tölpel«, kommentierte sie bloß. Es war eines ihrer Lieblingswörter und eines, das mich immer noch zusammenzucken ließ, wenn es über ihre scharfe Zunge rollte.

»Sie geben sicher ihr Bestes.«

»Ich wünschte es, aber falls morgen immer noch keine klare Spur erkennbar ist, sollten wir überlegen, zusätzlich einen Privatdetektiv hinzuzuziehen. Ich zahle auch.«

»Das wird hoffentlich nicht nötig sein.« Ich wollte nicht daran denken, dass Louisa womöglich noch länger verschwunden blieb.

»Das hoffe ich auch.« Das Gesicht meiner Mutter wurde etwas weicher. »Soll ich nicht doch hier schlafen und dir Beistand leisten?«

Ich schüttelte den Kopf. »Danke, aber ... Ich brauche bloß etwas Schlaf. Ich werde mich gleich hinlegen.«

Allein der Gedanke an Schlaf erschien mir irrwitzig, aber ich war erleichtert, als meine Mutter sich daraufhin mit einer Umarmung verabschiedete und ich das Haus wieder für mich hatte. Für mich allein.

Ich hatte vergessen, wie drückend die Stille ohne Louisa war, ohne das Trappeln ihrer schnellen Kinderbeine, ohne ihr Glucksen und Kichern. Die vielen Fragen, die ständig über ihre Lippen sprudelten. Beinahe bereute ich es nun, das Angebot meiner Mutter ausgeschlagen zu haben, aber ich hatte noch etwas Wichtiges zu erledigen, und dafür brauchte ich keine Zeugen.

Ich schaltete den Fernseher im Wohnzimmer auf volle Lautstärke, um zumindest die Stille aus dem Haus zu vertreiben, dann ging ich die Treppe hinauf, um mit den Vorkehrungen zu beginnen.

Diesmal hatte ich Glück gehabt, doch ich durfte nicht riskieren, dass die Kommissare noch einmal ins Haus kamen und sich womöglich genauer umsahen. Wenn sie das taten, würde ich Louisa erst recht verlieren, ganz egal, ob die Polizei sie vorher aufspürte oder nicht.

Ich musste die Briefe vernichten.

Bislang hatte ich sie bloß dürftig in meiner untersten Nachttischschublade versteckt, in der ich auch meinen Schmuck und Sentimentalitäten aufbewahrte. Es war töricht von mir gewesen, sie aufzuheben. Sie waren die einzigen Beweisstücke, die mich jetzt noch belasten konnten.

Ich zählte die Briefe beim Herausnehmen. Es waren neunzehn. Fast jeder mehrere Seiten lang. Ein Bekenntnis der Wut und der Verzweiflung. Bei jedem einzelnen hatte ich geweint und um Vergebung gefleht. Nur beantwortet hatte ich sie nie.

Vielleicht würde das Verbrennen der Briefe mich endlich von meiner Schuld erlösen. Und wenn nicht, dann zumindest von jedem möglichen Verdacht.

Ich zündete sie einzeln an, einen nach dem anderen, und verbrannte sie in meinem Waschbecken bei zugezogenen Vorhängen. Sie knisterten leise, bevor sie auf der weißen Porzellanoberfläche zu Asche zerfielen. Die Flammen beschienen die Muschel, die mir Louisa geschenkt hatte und die eingerahmt von Parfümfläschchen und Cremetiegeln auf dem Waschtisch stand. Es verlieh der Szene etwas Verschwörerisches, ähnlich wie bei einer Opfergabe. Und Gott wusste, ich war bereit, alles zu opfern, um meine Tochter bei mir zu haben.

Ich spülte die Asche gemeinsam mit meinen Tränen den Abfluss hinunter und bat ein letztes Mal um Vergebung.

»Es tut mir leid, Kirsten.«

4.

Es war dunkel dort, wo sie aufwachte. Nicht nachtdunkel. Anders dunkel. Keine Fenster. Kein Licht. Und eng war es. Sie saß zusammengekauert auf dem Boden. Ihr Rücken berührte die Schrankwand, mit den Ellbogen streifte sie die Seitenwände.

Es war ihre Schuld, dass sie im Wandschrank gelandet war. Sie hatte zu viel geweint, war zu laut gewesen.

Sie hatte um sich geschlagen und nach ihrer Mama geschrien. Dann hatte sie eine Tablette schlucken müssen, die wie Kreide geschmeckt hatte. Danach war sie ganz müde geworden. Sie wusste nicht, wie lange sie geschlafen hatte. Ihr war noch immer schwindlig, und ihre Hände taten ihr weh. Sie waren mit einem dünnen Schal gefesselt, der kratzte und in ihre Handgelenke schnitt. Und sie musste Pipi, ganz dringend, schon seit Stunden.

In ihrem Kopf wummerte es. Das Denken fiel ihr schwer, sie konnte sich nur dumpf an die Hand auf ihrem Mund erinnern, die ihre Rufe erstickt hatte, bevor sie in den Kofferraum gehoben worden war. Es war so schnell gegangen. Sie hatte nicht einmal Zeit gehabt, sich zu wehren. Und nun saß sie hier. Allein. Im Dunkeln. Eingesperrt.

Sie stieß mit der Fußspitze gegen die Schranktür. Vorsichtig nur, um ja nicht wieder zu laut zu sein, doch es nützte nichts. Die Tür war zugesperrt, sie ließ sich von innen nicht öffnen, das hatte sie schon zigmal versucht.

Sie bekam Schluckauf, wie immer, wenn sie Angst hatte, und sie hatte entsetzliche Angst. Sie wollte raus hier. Sie wollte zu ihrer Mama. Sie würde auch nicht mehr schreien, schwor sie. Sie würde ganz brav sein.

Hallo?, wollte sie rufen, doch ihren Lippen entwich nur ein leises, kraftloses Fiepen. Ihr Mund war noch immer voller Kreide, die Wasserflasche zu ihren Füßen längst leer.

Sie weinte, als sie merkte, dass sie sich angepinkelt hatte.

Dann ging die Schranktür auf.

5.

Ich schlief nicht wirklich in dieser Nacht. Kaum hatte ich die Augen geschlossen, schreckte ich wieder hoch. Mehrmals ging ich in Louisas Zimmer hinüber, machte das Licht an, blickte in ihr Bett, immer in der Hoffnung, sie könnte friedlich schlafend darin liegen, dass das alles bloß ein furchtbarer Alptraum gewesen war, aus dem ich endlich erwacht war.

Doch jedes Mal wurde ich enttäuscht. Louisas Bett war noch so unberührt wie am Morgen zuvor. Einzig ihr Geruch hing noch in der Luft, dieser zarte, pudrige Vanilleduft, den ihre Haut schon als Baby gehabt hatte und von dem ich Angst hatte, er könnte für immer verfliegen.

Dann setzte ich mich auf ihre kalte Bettdecke und weinte, bis die Müdigkeit mich wieder zurück ins Schlafzimmer trieb. Nur um eine Stunde später wieder in ihrem Zimmer zu stehen.

Um sechs Uhr morgens hatte ich den Versuch zu schlafen längst aufgegeben und saß mit einer Kanne extra starken Kaffees am Küchentisch. Ich hatte mein Handy vor mir liegen und wartete auf die nächste Meldung der Polizei, gleichzeitig hoffend und bangend. Ich wusste, es gab zwei Möglichkeiten, wie sie meine Tochter gefunden haben könnten. Eine davon würde ich nicht überleben.

Als mein Handy schließlich gegen halb neun Uhr klingelte, war ich so verkrampft, dass ich es einige Sekunden lang nur anstarren konnte, ehe ich grußlos abhob.

Es war Kommissar Theede. »Hallo Frau Somweber. Ich bin gerade in der Nähe und wollte Sie darauf vorbereiten, dass ich gleich bei Ihnen vorbeisehen werde.«

»Gibt es Neuigkeiten?«, fragte ich atemlos.

»Vielleicht. Ich bin gleich bei Ihnen.«

Sekunden später wartete ich bereits an der Tür. Ich öffnete Kommissar Theede ungeduscht und in dem T-Shirt, in dem ich geschlafen hatte. Es war mir egal, wie ich aussah und welchen Eindruck ich machte.

Diesmal war der Kommissar allein. Er trug noch dieselben Sachen wie gestern, was den Anschein erweckte, dass er ebenfalls kaum geschlafen hatte, wenn überhaupt. In sein Gesicht hatten sich Sorgenfalten gegraben, sein Hemd war knittrig, und er verbreitete einen starken Pfefferminzgeruch. Wir gingen in die Küche, wo ich ihm einen Kaffee anbot, den er dankend ablehnte. Anscheinend wollte er gleich zur Sache kommen, was mir nur recht war.

Ich wappnete mich für das Schlimmste.

»Also«, begann ich und stützte mich vorsichtshalber

am Küchentisch ab, während kalter Schweiß meine Wirbelsäule hinablief. »Was ist mit meiner Tochter?«

»Über den Verbleib Ihrer Tochter wissen wir leider immer noch nichts Näheres. Die Spur des Zeugen gestern hat sich als Sackgasse erwiesen, aber inzwischen sind weitere Hinweise aus der Öffentlichkeit eingetroffen, die wir akribisch abarbeiten. Wir haben die Suchkräfte verdoppelt und einen speziellen Suchhund im Einsatz. Am Nachmittag werden wir mit Drohnen den Englischen Garten und die Umgebung überfliegen. Sie sollen wissen, dass die Münchner Kriminalpolizei wirklich alles Menschenmögliche tut, um Louisa zu finden.«

»Aber Sie haben sie noch nicht«, bemerkte ich ernüchtert. »Was wollten Sie mir dann mitteilen?«

»Nun. Wie Sie wissen, haben wir Streifenpolizisten dazu angesetzt, Ihr Haus und die Gegend zu beobachten. Wir haben auch Anweisungen erteilt, dass Ihre Post abgefangen und kontrolliert wird. Für den Fall einer Lösegeldforderung.«

»Lösegeld?«, fragte ich verwirrt. »Aber ich habe überhaupt kein Geld.« Mein Gehalt reichte gerade so aus, um für mich und Louisa aufzukommen. Der Gedanke, jemand könnte meine Tochter entführt haben, um Geld zu erpressen, war einfach nur lächerlich.

Dennoch blieb Kommissar Theedes Gesicht unbewegt. »Wir müssen für alle Eventualitäten offen bleiben.«

»Und, haben Sie etwas gefunden?« Mir war nicht entgangen, dass er einen Stapel Papiere in seiner linken

Hand hielt, mit denen er nervös gegen seinen Oberschenkel klopfte.

Kommissar Theede hielt den Stapel in die Höhe. »Erst mal nur das Übliche. Rechnungen, Werbung. Diese Dokumente haben wir ungeöffnet gelassen. Und das hier. Ein handgeschriebener Brief ohne Absender.«

Kirsten.

Ich versuchte, mir meinen Schock nicht anmerken zu lassen. Kirsten war doch tot, wie war das möglich? Doch dann zog Kommissar Theede den Brief hervor, so dass ich den Poststempel auf der Rückseite sehen konnte. Sie hatte ihre Briefe nie mit der Post versendet, sondern entweder selbst eingeworfen oder in meinem Spind im Krankenhaus versteckt. Aber von wem stammte der Brief dann? Ein sorgfältiger Schlitz zeigte, dass er geöffnet worden war. Bestimmt hatte Kommissar Theede ihn bereits gelesen, dennoch machte er sich die Mühe, das gefaltete Blatt erneut hervorzuziehen und auseinanderzufalten.

Zuerst sah ich nur weißes Papier. Dann eine einzige Zeile in einer schmalen, kontrollierten Blockschrift, die mein Innerstes gefrieren ließ.

»›Ich weiß, was du getan hast‹«, las Kommissar Theede vor, während er meine Reaktion beobachtete. »Haben Sie eine Ahnung, was das bedeuten könnte?«

Ich wollte nach dem Brief greifen, um ihn mir näher anzusehen – und um Zeit zu schinden –, aber Kommissar Theede hielt ihn vor mir zurück. »Fingerabdrücke«, sagte er nur. Erst da fiel mir auf, dass er Handschuhe trug.

»Nicht wirklich«, gab ich langsam zurück und hoffte, dass meine Stimme nicht zu sehr zitterte. »Wahrscheinlich jemand, der glaubt, ich hätte besser auf meine Tochter aufpassen sollen. Ich habe einige Facebook-Nachrichten in der Richtung bekommen.«

»Der Poststempel stammt vom 15. November. Zwei Tage vor Louisas Verschwinden.«

Ein heißer Schauer erfasste mich. »Glauben Sie, der Verfasser hat irgendwas mit Louisas Verschwinden zu tun?«, fragte ich. »Dass er das womöglich schon länger geplant hat?«

»Sie glauben also, es ist ein Er?«, fragte Kommissar Theede interessiert.

»Nein. Keine Ahnung. Ich meine, ich weiß es nicht. Ich habe wirklich keine Ahnung.« Meine Beine fühlten sich gefährlich zittrig an. Ich musste mich auf den Küchenstuhl setzen, um nicht hinzufallen.

Ich weiß, was du getan hast.

Ich hatte Kommissar Theede angelogen. Eigentlich war ich mir sicher, was diese Worte bedeuteten und worauf sie anspielten. Am Ende hätten sie genauso gut doch von Kirsten selbst stammen können. Damit waren meine Befürchtungen Wirklichkeit geworden: Es war mit Kirstens Tod nicht vorbei. Jemand anderes wusste von unserem Geheimnis und was ich ihr angetan hatte.

Dass ich diejenige war, die sie in den Selbstmord getrieben hatte.

Es dauerte ewig, bis Kommissar Theede endlich mein Haus verließ. Hartnäckig löcherte er mich mit Fragen. Immer wieder dieselben und immer mit diesem ahnungsvollen Ausdruck in den Augen, der besagte, dass er ganz genau wusste, dass ich ihm etwas verheimlichte.

Als er endlich gegangen war, sank ich kraftlos in meinem Stuhl zusammen. Dieser eine Satz ließ mich nicht los. Immer wieder kehrten meine Gedanken zu den geschriebenen Worten und ihrem möglichen Verfasser zurück. Ich versuchte, mich abzulenken, indem ich noch mal meine Liste aller hilfreichen Kontakte durchging. Ich rief jede Mutter an, deren Kind schon mal mit Louisa gespielt hatte. Jeden Nachbarn, den ich aus unserer Umgebung kannte. Doch jedes Mal bekam ich die gleichen hilflosen Antworten, die gleichen mitfühlenden Beileidsbekundungen, die mir die Luft abschnürten.

Ich rief auch noch mal Matthias an. Diesmal gab es keinen Streit und keine Schuldzuweisungen zwischen uns. Wir weinten beide und hatten bloß einen gemeinsamen Wunsch: Louisa zu finden. Matthias hatte sich den Suchtrupps der Polizei angeschlossen, worum ich ihn beneidete, weil er damit zumindest aktiv etwas zur Rettung unserer Tochter unternahm. Etwas, worum ich die Polizei selbst gebeten hatte, aber sie wollten, dass ich in Louisas Zuhause ausharrte. Nach Beendigung des Telefonats tigerte ich wieder von Raum zu Raum, ohne konkreten Plan, ohne Ziel. Das Loch in mir, das Louisas Verschwinden hinterlassen hatte, zerfraß mich förmlich. Ich konnte nicht klar denken, nicht mehr richtig atmen. Immer wieder ertappte ich mich dabei, dass ich vor der Haustür zu stehen kam und wartete. Aber worauf? Dass sie von selbst einfach wieder hereinspazierte, so als wäre nichts gewesen? Dafür war inzwischen zu viel Zeit vergangen. Wo auch immer Louisa war, sie war bestimmt nicht von selbst dorthin gelangt. Etwas oder jemand musste ihr passiert sein, und der Brief hatte mir eine vage Ahnung gegeben, wer hinter all dem stecken könnte. Eine irrwitzige, verrückte Ahnung, aber dennoch plausibel genug, dass ich ihr nachgehen musste. Ganz gleich was die Polizei sagte, ich hielt es hier in meiner Machtlosigkeit einfach nicht mehr aus. Ich musste raus, etwas unternehmen. Das Ganze war zu verzwickt, um es ganz allein der Polizei zu überlassen. Nicht, wenn ich verhindern wollte, dass Louisa für immer verloren war.

Um zu meinem Wagen zu gelangen, musste ich erst einen Journalisten abschütteln und danach noch an den zwei Polizisten vorbei, die auf der anderen Straßenseite parkten. Ich winkte ihnen halbherzig zu, als ich einstieg, um einen möglichst unauffälligen Eindruck zu machen. Würden sie mir folgen, wenn ich das Grundstück verließ? Stand ich unter Beobachtung?

Der Streifenwagen blieb am Straßenrand stehen, als ich wegfuhr, dennoch nahm ich sicherheitshalber mehrere Umwege, hielt einmal bei einem Supermarkt und einmal bei einer Tankstelle, um den wahren Grund meines Ausflugs zu verschleiern. Niemand durfte erfahren, was ich vorhatte. Schon gar nicht die Polizei. Dennoch achtete ich darauf, dass mein Handy stets in Sichtweite war. Sollte es Neuigkeiten zu Louisa geben, durfte ich sie keinesfalls verpassen.

Das Klinikgebäude Großhadern war bereits von Weitem sichtbar, ein schmuckloser, rechteckiger Klotz, der wegen seiner Aluminiumfassade und dem auffälligen Dachaufbau am Bettenhaus allgemein als »Der Toaster« bekannt war. Im Krankenhaus war es normal, über die Hässlichkeit der Konstruktion zu schimpfen, aber seitdem bekannt geworden war, dass all das in den nächsten Jahren für mehrere Milliarden abgerissen werden sollte, um einem völlig neuen Klinikviertel zu weichen, stimmte mich der Anblick des Toasters eher wehmütig.

Als ich auf den Krankenhausparkplatz einbog, war es drei Uhr, und der lange Gebäudeschatten des Bettenhauses kündigte bereits die nahende Dämmerung an. Das machte dreißig Stunden seit Louisas Verschwinden, doch mir war es egal, was die Statistiken sagten, ich würde meine Tochter zurückholen, koste es, was es wolle. Der Brief hatte mir zumindest eine Spur gegeben. Den Ansatz eines Motivs. Wieso war ich nicht früher auf die Idee gekommen, Louisas Verschwinden könnte mit Kirstens Tod zusammenhängen? Schließlich war es am Morgen nach der Beerdigung passiert. Das konnte einfach kein Zufall sein.

Ich parkte gerade weit genug vom Eingang entfernt, dass ich unerkannt blieb, aber noch die ein und aus gehenden Menschen beobachten konnte. Dann schaltete ich das Licht im Wagen aus und senkte die Lehne nach hinten. Auf dem Beifahrersitz stand eine Papiertüte mit drei Flaschen Cola Zero und einer Packung Nussriegel bereit, die ich aus dem Supermarkt mitgenommen hatte. Wenn nötig, war ich darauf vorbereitet, hier einige Stunden auszuharren. Ich hatte auch eine Schachtel Marlboro gekauft, von denen ich mir nun eine am offenen Fenster anzündete. Gleich der erste Zug ließ mich husten und würgen. Ich hatte seit der Schwangerschaft nicht mehr geraucht. Den Geschmack fand ich noch immer widerlich, doch zumindest war die Zigarette in diesem Moment etwas, woran ich mich festhalten konnte und was das Zittern in meinen Händen vertrieb. Mein Handy lag mit dem Display nach oben auf meinem Schoß. Alle paar Sekunden zuckte mein Blick nach unten, immer in der Hoffnung, dass ich falschlag und Kommissar Theede jeden Augenblick anrufen würde, um mir mitzuteilen, dass sie Louisa endlich gefunden hatten. Doch der erhoffte Anruf blieb aus. Während meiner Wartezeit meldeten sich bei mir lediglich der Polizeipsychologe, meine Mutter und eine betroffene Nachbarin. Alle drei wimmelte ich möglichst schnell ab. Ich war viel zu nervös, um mich auf ein Gespräch zu fokussieren.

Der Himmel wurde zunehmend dunkler, und ich begann selbst unter den zwei Mantelschichten, die ich übergezogen hatte, zu frieren. Nach zwei Stunden war die Schachtel Zigaretten fast leer, und noch immer wartete ich vergebens. In meinem Magen waberte eine Mischung aus kaltem Rauch und Ungeduld.

Was, wenn er heute Spätdienst hatte? Wahrscheinlich war es schwachsinnig gewesen, auf gut Glück hierherzufahren, aber mir war nichts Besseres eingefallen. Zumindest eine Stunde wollte ich noch warten. Es war ruhig geworden auf dem Platz vor dem Krankenhauseingang. Die offiziellen Ambulanzzeiten waren vorbei, durch die breiten Glastüren kamen jetzt nur noch Besucher und Krankenhauspersonal im Schichtwechsel.

Mein Handy vibrierte auf meinem Schoß. Mein Herz machte einen Satz, aber das Display zeigte bloß wieder den Namen meiner Mutter. Ich drückte sie weg, und als ich den Blick wieder zur angelaufenen Windschutzscheibe hob, sah ich ihn endlich. Er trat gerade auf den Parkplatz heraus, eine Windböe fegte sein aschblondes Haar durcheinander, während er mit dem Blick nach unten etwas auf seinem Handy eintippte. Wie die meisten Ärzte ging er nicht wie normale Menschen, sondern bewegte sich im Laufschritt über den Asphalt. Er kam direkt auf mich zu, was ich erwartet hatte. Sein nachtblauer BMW parkte in der Lücke schräg gegenüber von mir.

Schnell steckte ich mein Handy in meine Manteltasche. Ich hatte nur eine Sekunde Zeit, um noch mal tief durchzuatmen, dann stieg ich mit dem Rücken zu ihm aus und stellte mich gut sichtbar auf die Fahrspur zwischen den parkenden Autos. Ich ließ meinen Tränen, die sich seit Louisas Verschwinden in mir anstauten, nun endlich freien Lauf. Kurz darauf hörte ich bereits den sanften Tenor seiner Stimme hinter mir.

»Nora?«

Ich hob den Kopf, als hätte ich ihn eben erst bemerkt. Vor mir stand Max Richter. Oberarzt. Breite Schultern. Haifischlächeln.

Louisas leiblicher Vater.

Und womöglich auch ihr Entführer.

6.

Kirsten und ich wurden zur gleichen Zeit schwanger, damals in dem Sommer vor sieben Jahren, als wir noch so eng miteinander befreundet waren, dass wir jeden Gedanken der anderen kannten. Kirsten war die erste Person, die ich anrief, nachdem das Plus auf dem kleinen Fenster des Schwangerschaftstests erschienen war.

Ich weinte und lachte gleichzeitig ins Telefon. Meine ersten Worte waren unverständliches Kauderwelsch, aber ich war so außer mir, dass ich kaum einen klaren Gedanken zustande brachte. Mein ganzer Körper zitterte vor Glück. Ich konnte einfach nicht fassen, dass ich wirklich schwanger war, obwohl mir mehrere Ärzte prophezeit hatten, dass ich mein Leben lang unfruchtbar sein würde.

Kirsten kam sofort zu mir nach Hause, wo ich schon den ganzen Vormittag über der Kloschüssel hing. Sie hielt mir die Haare aus dem Gesicht, als der nächste Brechreiz mich überwältigte. Da gestand sie mir, dass sie ebenfalls schwanger war. Von Max, ihrem Vorgesetzten und Liebhaber, mit dem sie seit Monaten eine heimliche Affäre hatte. Max war zehn Jahre älter als Kirsten und verheiratet. Doch das zählte nicht, beteuerte sie mir immer wieder, denn Max hatte ihr versprochen, seine Frau schon bald für sie zu verlassen. Das Baby war für Kirsten Schock und Hoffnungsschimmer zugleich. Damit wollte sie die Dinge beschleunigen und mit Max endlich ein neues Leben beginnen. Als Familie.

An diesem Tag malten wir uns unser Leben in den buntesten Farben aus. Wie Kirsten und Max in eine kleine Villa nach Schwabing ziehen und wie wir unsere Kinder gemeinsam zum Spielplatz schieben würden, wie wir schon immer alles zusammen getan hatten. Wir würden dieselben Geburtsvorbereitungskurse besuchen und uns anschließend darüber lustig machen, wie langweilig und spießig das alles war, obwohl wir es insgeheim liebten. Wir würden gemeinsame Strandurlaube machen und unsere Kinder in dieselbe Schule schicken, die genauso wie wir beste Freunde werden würden, da waren wir uns einig. Darauf stießen wir mit einem Glas Orangensaft an, auf uns, unsere Kinder und unser neues Leben, das in diesem Augenblick beginnen sollte.

Es war so ein schöner Traum, und ich hätte ihn gerne gelebt, doch er endete abrupt, als ich Wochen später mitten in der Nacht in einem Blutfleck auf der Matratze erwachte.

Kirsten war sofort zur Stelle, nachdem ich sie angsterfüllt angerufen hatte. Sie wechselte die Laken und versorgte meinen blutenden Körper, um mir anschließend zu sagen, was ich ohnehin längst gespürt hatte. Ich hatte eine Fehlgeburt gehabt, mein Baby war fort.

Danach hielt sie mich, während ich weinte, mehrere Stunden lang, in denen ich nicht mehr tun konnte, als mich zusammengekrümmt hin- und herzuwiegen und leise zu weinen. In meinem Bauch herrschte eine entsetzliche Leere, die mich von innen zu zerfressen schien.

Ich hatte sogar schon Namen rausgesucht, obwohl mir jeder davon abgeraten hatte. Ich hatte meine Tochter Louisa nennen wollen, nach Kirstens und meinem absolutem Lieblingsfilm *Thelma & Louise*. Ich hatte so ein Gespür gehabt, dass es ein Mädchen werden würde, doch nun waren meine Träume zerplatzt.

Kirsten wich auch die nächsten Tage nicht von meiner Seite und kümmerte sich um mich, während ich von tiefer Trauer geplagt ans Bett gefesselt blieb. Ich war so in meinem eigenen Elend gefangen, dass ich gar nicht bemerkte, wie schlecht es ihr selbst in dieser Zeit ging. Erst nachdem ich sie eines Morgens leise weinend in der Küche antraf, erzählte sie mir, dass Max mit ihr Schluss gemacht hatte, nachdem sie ihm von der Schwangerschaft erzählt hatte. Er wollte keine Familie mit ihr, auch ihr Traum war zerstört. Max verlangte sogar, dass sie das Kind abtrieb, für eine Hebamme wie Kirsten etwas Unvorstellbares. Sie wusste nicht weiter. Wie sie ohne Max' Hilfe allein für ein Baby aufkommen sollte. Ein Baby, das sie immer nur an das Leben erinnern würde, das ihr verwehrt blieb.

Merkwürdigerweise half mir ihr Leid dabei, mich aus meinem eigenen Gefühlssumpf zu befreien, weil ich plötzlich wieder für jemand anderen da sein musste, ein Gefühl, das ich mit meiner Fehlgeburt kurzzeitig verloren hatte.

Ich umarmte Kirsten so lange, bis ihre Tränen versiegt waren, dann machte ich uns Pfannkuchen zum Frühstück, die wir dick mit Nutella bestrichen und auf dem Küchenfußboden aßen. Wir schickten Max zum Teufel und schmiedeten stattdessen die irrwitzigsten Pläne für die Zukunft, wie wir Kirstens Baby auch ohne ihn großziehen würden.

Es war Kirsten gewesen, die den Vorschlag als Erste geäußert hatte. Erst vorsichtig nur, wie zum Scherz. Doch dann spannen wir den Gedanken immer weiter, irgendwie kam es uns mehr und mehr natürlich vor, das einzig Logische in unserer Lage.

Kirstens Bauch war rund, während mein Unterleib blutete.

Ich hatte ein Kind verloren, das ich wollte.

Sie trug eines, das sie belastete.

Ohne Max wollte Kirsten das Kind nicht. Ohne einen Vater, der ihr zur Seite stand. Eine Abtreibung kam für sie aber ebenfalls nicht infrage.

Es schien, als könnten wir beide nur gewinnen, also schlossen wir einen Pakt, von dem wir niemals einer Menschenseele erzählen wollten. Unseren Eltern nicht. Max nicht und Matthias nicht. Wir verheimlichten meine Fehlgeburt, während Kirsten sich ihrerseits auf dem Papier eine Fehlgeburt diagnostizieren ließ. Durch ihre Arbeit als Hebamme war es leicht, unsere Unterlagen zu fälschen.

Wie aufgeregt wir damals waren und wie fassungslos darüber, wie einfach wir damit durchkamen. Niemand schöpfte Verdacht, und als bei Kirsten die Schwangerschaft sichtbar voranschritt, fuhren wir gemeinsam nach Italien runter, wo sie in einem gemieteten Ferienhaus ihr Kind auf die Welt brachte.

Meine wunderschöne Tochter.

Louisa.

Vom ersten Augenblick an, als ich ihren zarten, rosigen Körper in meine Arme schloss, war sie mein gewesen. Blut mochte dicker als Wasser sein, aber die Liebe einer Mutter ging über jede biologische Grenze hinaus.

Ich kam als frischgebackene Mama aus unserem Urlaub zurück. Niemand merkte etwas, alle gratulierten mir zu meinem Glück. Meinen Freunden und Verwandten erzählte ich eine abenteuerliche Geschichte, dass ich wegen vorzeitiger Wehen in Italien festgesteckt hatte und meine Tochter beinahe auf einem Weinberg zur Welt gekommen sei.

Es schien der perfekte Plan zu sein. Louisa war ein Engel, niemals war ich glücklicher gewesen. Vielleicht war es dieses Glück, das meinen Blick getrübt hatte. Kirsten hatte zu Beginn so erleichtert gewirkt, dass ich angenommen hatte, dass sie ebenfalls glücklich sein musste. Ich machte sie zu Louisas Patentante. Sie durfte sie genauso lieben und Zeit mit ihr verbringen, ohne die berufliche und finanzielle Last tragen zu müssen. Ich dachte, das wäre genug. Ich dachte, wir könnten auf immer so weitermachen. Bis Kirsten ihre Meinung eines Tages änderte.

Bis Kisten ihr Kind plötzlich zurückwollte.

Als Louisas leiblicher Vater nun vor mir stand, versuchte ich, an seiner Mimik abzulesen, wie viel von meinem und Kirstens Geheimnis er wusste. Hatte Kirsten ihn am Ende doch eingeweiht? In den Briefen, mit denen sie mich bombardiert hatte, hatte sie Max nie erwähnt, aber gut möglich, dass sie doch wieder zusammengekommen waren und sie Louisa deshalb zurückgefordert hatte. Ich hoffte, es bald herauszufinden, doch bislang zeigte Max' Blick nichts als Betroffenheit.

»Mein Gott, Nora. Ich habe es von den Kollegen gehört. Es tut mir so leid, was mit deiner Tochter passiert ist. Kann ich dir irgendwie helfen?«

»Danke«, erwiderte ich zittrig. »Sie wird wieder auftauchen. Da bin ich sicher.«

»Bestimmt.« Er sah magerer aus, als ich ihn in Erinnerung hatte. Menschen, die wegen einer schweren Krankheit zu uns kamen, sahen oft so aus, wenn da etwas in ihnen wütete, das sie innerlich aufzehrte. War es die Arbeit im Krankenhaus, die ihn so mitnahm, oder litt er wegen Kirstens plötzlichem Tod? Bei der Beerdigung war ich zu sehr mit mir selbst beschäftigt gewesen, um Max viel Beachtung zu schenken. Das ärgerte mich nun, weil ich mich nicht mehr daran erinnern konnte, ob er geweint hatte oder nicht. Max lächelte schwach, doch es war ein oberflächliches Lächeln, das nicht die Augen erreichte.

»Was machst du hier?«, fragte er. »Du wolltest hoffentlich nicht zur Arbeit erscheinen.«

»Nein, nein, das nicht, aber ... ich wusste nicht, wo ich sonst hinsollte. Ich musste einfach mal raus. Zu Hause sind überall Louisas Sachen, und vor den Fenstern lauern Reporter ...« Mein Weinen ging nun in Schluckauf über.

»Das ist furchtbar, was du da mitmachst. Ich hoffe, die Polizei findet sie bald.«

»Ich wünschte, Kirsten wäre noch hier. Sie fehlt mir so, gerade jetzt. Ich habe niemanden mehr, mit dem ich richtig reden kann, seitdem sie weg ist.«

Max atmete einmal hörbar ein, als ihr Name fiel. »Sie war deine beste Freundin, nicht wahr? Tut mir leid, dass nur wenige Tage, nachdem sie gestorben ist ... Komm, du zitterst ja vor Kälte. Du solltest wirklich nicht so lange draußen rumstehen. Kann ich dich irgendwohin begleiten? Oder magst du vielleicht einen Kaffee trinken gehen und dich damit kurz ablenken? Du kannst mit mir reden, wenn du willst. Ich bin zwar sicher nicht so charmant wie Kirsten, aber ich kann gut zuhören. Sagt man mir, zumindest.«

Ich erwiderte Max' aufmunterndes Lächeln mit einem zaghaften Heben meiner Mundwinkel. Es kostete mich all meine Kraft, an meinem Plan festzuhalten, zurückzulächeln, wo doch alles in mir schrie. »Danke. Kaffee klingt gut. Ich schlafe zurzeit ohnehin nicht.«

»Ich kenne ein sehr gutes Café nur zwei Minuten von hier. Definitiv besser als alles, was du im Krankenhaus bekommst. Ich kann dich dorthin mitnehmen.«

Max hielt mir seine Autotür auf, doch ich gab mich zögerlich. »Ich weiß nicht. Gerade berichten sie überall in den Medien über mich. Ich sollte wahrscheinlich nicht in der Öffentlichkeit Kaffee trinkend gesehen werden. Die Leute zerreißen sich so schon das Maul über mich, weil ich meine Tochter verloren habe.«

»Natürlich, daran habe ich gar nicht gedacht.« Während Max überlegte, lehnte er die Tür kurz an, ehe er sie wieder weit aufriss. »Du kannst aber auch einfach mit zu mir kommen. Das ist ebenfalls nicht weit, und ich besitze sogar eine original italienische Espressomaschine.«

Ich hob die Hände. »Tut mir leid, ich will keine Umstände machen. Deine Frau sieht es sicher nicht gern, wenn du einfach so Arbeitskolleginnen mit nach Hause nimmst.«

In Max' Wange zuckte es kurz. »Das stimmt, aber wir leben seit Kurzem getrennt, du kannst also unbesorgt sein. In meiner Wohnung sieht es zwar etwas wüst aus, aber falls dich das nicht weiter stört …«

Er und seine Frau waren getrennt? Seit wann? War er dann womöglich wirklich wieder mit Kirsten zusammengekommen, bevor sie gestorben war? Ich gab mir Mühe, meine Aufregung zu verschleiern.

»Gar nicht«, erwiderte ich mit zitternden Mundwinkeln und setzte mich auf seinen Beifahrersitz.

Das Ganze lief fast zu glatt. Max würde mich tatsächlich einfach so in seine Wohnung mitnehmen, was mich nun an meinem Verdacht zweifeln ließ. Konnte Louisa wirklich dort sein? Oder spielte Max bloß mit mir? War das wirklich Mitgefühl, das sich in seinem Gesicht spiegelte? Oder Hohn darüber, dass er mich an der Nase herumführte? Was wusste er von meinem Geheimnis?

Und hinter all diesen Zweifeln die eine große Frage, wegen der ich selbst dem Teufel nach Hause gefolgt wäre:

Wo war meine Tochter?

7.

Der Mensch starb nicht sofort, wenn sein Herzschlag aussetzte. Ich hatte selbst erlebt, wie Patienten viele Minuten später wieder zurück ins Leben geholt wurden. Ohne Atmung. Ohne Gehirnaktivität. Ohne H erzschlag. Man konnte es ein Wunder nennen, aber es war Wissenschaft. Intravenöses Adrenalin, Brustkorbkompressionen, Elektroschocks. Ich war immer fasziniert von diesem Zustand dazwischen, der Schwelle zwischen hier und dort. Gerade fühlte ich mich selbst an einem solchen Ort gefangen, nicht ganz tot, nicht ganz lebendig. Ich fühlte meinen Körper kaum, als ich Max aus seinem Garagenparkplatz folgte und wir den Aufzug hinauf in seine Wohnung nahmen. Ich war ohne Puls. Ohne Gedanken. Ohne Kind.

Max plauderte Belangloses, während er zu nah bei mir stand und mir sein Aftershave in die Nase drang. Ich hörte ihm kaum zu, starrte auf den spiegelnden Boden und fragte mich, was ich hier tat.

Ich wusste, dass Louisa nicht hier war, noch bevor ich

Max' Wohnung betreten hatte. Vielleicht lag es am Geruch, der mir entgegenschlug, eine sterile Kälte, die mehr an eine Lagerhalle erinnerte als an ein Zuhause. Vielleicht lag es auch an der lässigen Art, mit der Max mir die Tür aufhielt und dabei lächelte. Vielleicht hatte ich es schon immer gewusst und mir bloß nicht eingestehen wollen, dass ich noch immer keine richtige Spur hatte und bloß meine Zeit verschwendete.

»Entschuldige das Chaos«, bemerkte Max, nachdem er die Tür hinter uns geschlossen hatte.

Ich nickte, doch es war mehr die Abwesenheit von Chaos, die den Anblick der leeren Wände und blanken Böden so unwohnlich machte. Im Flur standen nicht einmal Möbel, bloß einige unausgepackte Kisten in den Ecken des schmalen Raums.

Max zog seine Schuhe beim Hauseingang aus. Ich tat es ihm nach. »Wie lange wohnst du schon hier?«, fragte ich.

»Einige Monate schon, aber du weißt ja, wie es im Krankenhaus zugeht. Ich bin froh, wenn ich genug Zeit zum Schlafen finde. Zum Auspacken bin ich kaum gekommen. In den meisten Räumen habe ich noch nicht einmal Lampen. Kaffee?«, fragte er auf dem Weg ins Wohnzimmer. Auch hier standen mehr Kisten als Möbel, aber zumindest gab es ein Sofa und einen Fernseher. Als Couchtisch diente eine weitere ungeöffnete Umzugskiste. »Oder etwas Stärkeres? Du siehst aus, als könntest du es brauchen.«

Max bewegte sich zur Kochinsel, die in dem loftartigen Raum das Wohnzimmer von der Küche trennte. Bevor ich verneinen konnte, hatte er bereits eine Flasche Gin aus einem der Hochglanzregale hervorgezogen. Max trug sie gemeinsam mit zwei milchigen Gläsern und einem Karton Orangensaft zum Sofa hinüber, wo wir uns setzten. Ich sah ihn nicht an, obwohl er mit mir redete, sondern hatte nur noch Augen für die Mischung aus Gin und Orangensaft, die er mir einschenkte und die zwischen den Glaswänden hin- und her schwappte.

Ich redete mir ein, ich würde es nicht trinken. Höchstens daran nippen. Aus Höflichkeit. Doch kaum hatte ich das Glas angesetzt, hatte ich es mit einem Schluck geleert. Der Gin brannte in meiner Kehle und wärmte meinen Bauch. Das Feuer in mir belebte mich, mein Puls kehrte zurück. Ich atmete wieder.

Wortlos füllte Max mein Glas erneut auf. Diesmal stießen wir an. Das Klirren der Gläser vibrierte meine Wirbelsäule hinunter.

»Auf Kirsten«, sagte ich und beobachtete seine Reaktion.

»Auf Kirsten«, wiederholte Max. »Und darauf, dass sie deine Tochter bald finden. Tut mir leid, wie heißt sie noch mal?«

»Louisa«, presste ich hervor.

»Louisa. Was für ein schöner Name. Sie ist bestimmt ein kleiner Engel.«

»Ich will nicht wirklich über sie reden.« Allein ihre Erwähnung trieb mir erneut die Tränen in die Augen. Wie betäubt blickte ich auf den Boden meines Glases.

Leer. Dabei konnte ich mich nicht einmal erinnern, erneut getrunken zu haben.

»Entschuldige«, sagte Max, während er nachschenkte. »Es muss furchtbar sein, was du durchmachst.«

Ich nickte, mein Kiefer verkrampft, mein Blick trüb. Ich fasste mein Glas fester, um mich zu fokussieren. Schließlich war ich nicht hier, um in Selbstmitleid zu versinken. Ich hatte eine Mission.

»Es ist nichts, was man mit Worten beschreiben kann, aber du verstehst mich sicher. Kirstens Tod muss ein Schock für dich gewesen sein.«

Max antwortete nicht gleich, nahm einen Schluck, lächelte, trank erneut. Dann stellte er sein Glas ab. Obwohl er es nur sanft aufsetzte, zuckte ich bei dem Geräusch zusammen. »Kirsten hat dir von uns erzählt? Natürlich hat sie das. Schließlich wart ihr Freundinnen.«

»Wir kannten uns seit der Schulzeit«, bestätigte ich. Damals hatte ich keine anderen Freunde gehabt außer ihr. Kirsten war alles für mich gewesen.

»Es war ein Schock, ja, aber das mit uns ist schon lange vorbei. Wir sahen uns nur noch flüchtig bei der Arbeit. Getroffen hat es mich natürlich dennoch.«

»Hast du sie geliebt?« Ich hatte keine Ahnung, wieso ich das fragte. Die Antwort änderte nichts.

Max wirkte ebenfalls überrascht. Sein Blick glitt kurz in die Ferne, bevor er sich wieder auf mich fixierte. »Ja«, antwortete er dann. »Ja, das habe ich.«

Ich räusperte mich. »Ich hatte mich bloß gewundert … Nachdem du und deine Frau nun getrennt seid …«

»Es hatte nichts mit Kirsten zu tun. Wie gesagt. Das mit Kirsten und mir war schon lange vorbei.« Max nahm sein Glas wieder auf, prostete mir zu. Die Kanten seiner Schneidezähne blitzten auf beim Lächeln. »Aber das wusstest du bestimmt. Als ihre beste Freundin.«

War das eine Anspielung darauf, dass wir uns entzweit hatten? Meine Schulterblätter zogen sich zusammen, gleichzeitig war ich bemüht, mir nichts anmerken zu lassen. »Dennoch hatte ich keine Ahnung, wie es wirklich in ihr aussah, wie verzweifelt sie sein musste.«

Lügnerin. Ich hatte um ihre Verzweiflung gewusst, aber in meinem Egoismus hatte ich mich nur um mein eigenes Glück geschert, und Kirstens Glück hatte dem im Wege gestanden.

»Man kennt einen Menschen nie wirklich, oder?«, bemerkte Max. »Nicht ganz. Etwas bleibt immer verborgen, egal, wie nah man jemandem steht. Ich hoffe, du machst dir keine Vorwürfe deswegen. Du hättest ihr nicht helfen können.«

Hätte ich nicht? Am Ende hatte ich Kirsten nicht nur die Tochter geraubt, sondern auch ihre beste Freundin. Ich hatte eine solche Angst davor gehabt, was sie tun könnte, dass ich sie komplett aus meinem Leben gestrichen hatte. Kirsten war eine unbequeme Fremde geworden. Einen Hilferuf ihrerseits hätte ich nicht einmal mehr bemerkt, weil ich da schon lange weggesehen hatte.

»Ich träume oft noch von ihr. Wie sie stirbt. Nicht wie sie wirklich gestorben ist. Ich träume, dass sie von einer Klippe stürzt oder von einem Auto erfasst wird. Jedes Mal bin ich zu spät, um ihr zu helfen. Träumst du auch von ihr?«

Max sah mich lange mit seinen blauen Augen an, dann schüttelte er den Kopf. »Nein.«

»Du Glücklicher. Was ist mit deiner Frau? Weshalb habt ihr euch getrennt?«

»Das Übliche, schätze ich. Wir haben uns auseinandergelebt.«

»Habt ihr Kinder?«, fragte ich, obwohl ich die Antwort längst kannte.

»Nein.«

»Ein Mann, der für seine Arbeit lebt, also.«

Max zuckte die Schultern. »Gehört irgendwie zur Jobbeschreibung.«

»Hast du dich nie gefragt, wie es sein könnte? Als Kirsten schwanger war, meine ich. Hast du dir da jemals ein Leben mit ihr und Kindern vorgestellt?«

»Ich wusste, es würde nicht funktionieren.«

»Ein Glücksfall also, dass sie das Kind verloren hat.«

Max erstarrte, als er gerade wieder zu seinem Glas greifen wollte. »So würde ich das nicht gerade nennen.«

»Nein, ich weiß. Aber praktisch irgendwie. Für dich zumindest. Ein Mann kann nie wirklich verstehen, was das für eine Frau bedeutet.«

»Sie hat sich nicht deshalb das Leben genommen. Das Ganze liegt Jahre zurück.«

»Aber richtig glücklich war sie danach auch nicht mehr.«

In Max' Augen flammte Zorn auf. »Das war nicht meine Schuld«, verteidigte er sich.

Und er hatte recht. Es war meine.

»Entschuldige«, sagte ich matt, und mit dem Wort verließ mich meine letzte Kraft. Ich sank ins Sofa zurück, mein Kopf wog schwer vom Gin und zu vielen Sorgen.

»Alles in Ordnung?«, fragte Max und rückte neben mich. »Du hast einen ganz schönen Zug.«

»Mir geht es gut.«

»Wir wissen beide, dass das nicht stimmt.«

»Du hast recht. Tut mir leid. Du bereust sicher, mich mitgenommen zu haben.«

»Unsinn. Ich bin Arzt. Es liegt in meiner Natur, zu helfen.«

Der Zorn war aus Max' Gesicht verschwunden. Mild lächelte er auf mich herab, und in dem Moment traf es mich. Vielleicht war es das Blau seiner Augen, die so sehr Louisas glichen. Blau wie der Winterhimmel. Und plötzlich überwältigten mich meine Trauer und die Angst um meine Tochter. Ich keuchte und schluchzte aus vollem Hals, der Schmerz drohte mich zu verschlingen.

Max zeigte sich bloß einen kurzen Moment überrascht, bevor er mich in seine Arme zog und meinen Kopf auf seiner Schulter barg. Das machte es noch schlimmer. Meine Nase berührte sein Haar. Hellblond und im Nacken gelockt, wie Louisas Haar. Ich weinte noch heftiger, aber dann atmete ich tief ein, atmete seinen Geruch ein. Meine Schluchzer versiegten nach und nach. Das Hämmern zwischen meinen Schläfen wurde leiser.

Ich merkte, dass er angefangen hatte, meinen Rücken zu streicheln. Und dass ich die Arme um ihn geschlungen hielt, was mir sicher peinlich gewesen wäre, wäre ich weniger betrunken gewesen. So ließ ich sie dort, ließ mich noch ein wenig länger halten, umfangen von Wärme und dem sanften Geräusch unserer Atmung. Wie lange war es her, dass jemand mich so gehalten hatte? Monate? Jahre? Kirsten war der letzte Mensch gewesen, den ich abgesehen von Louisa so nah an mich herangelassen hatte, und dass Kirsten und ich echte Freundinnen gewesen waren, hatte lange vor ihrem Tod aufgehört.

Es tat gut. Mehr, als ich mir eingestehen wollte. Ich erlaubte mir, mich fallenzulassen. Nur für einen kurzen Moment noch, schwor ich mir. Doch dann setzte mein Gehirn aus. Anders konnte ich es mir nicht erklären, als ich kurz darauf das Kinn hob und versuchte, Max zu küssen. Ich wusste, dass es falsch war, noch in der Sekunde, in der sich unsere Lippen berührten, und zuckte zurück. Hitze kroch meinen Hals hinauf.

»Entschuldige«, murmelte ich und schob mich weg von ihm, die Augen schamhaft zusammengepresst.

»Schon gut. Es ist alles gut.« Max versuchte, über mein Gesicht zu streichen, aber ich ließ ihn nicht. Stolpernd kam ich auf die Beine, wäre beinahe über den Umzugskarton gefallen, der vor dem Sofa stand. Unsere Gläser wackelten.

Mir war schlecht.

Ich schaffte es gerade noch rechtzeitig, Max nach dem Weg zum Bad zu fragen, ehe ich auch schon losrannte und mich in der Kloschüssel übergab. Mein ganzer Körper zitterte und krampfte. Im Hintergrund hörte ich Max vorsichtig an der Tür klopfen. Über das Dröhnen in meinem Kopf konnte ich nicht genau hören, was er sagte, aber es klang entschuldigend.

Meine Stirn glühte noch immer vor Scham. Meine Tochter war verschwunden, und mir fiel nichts Besseres ein, als zu trinken und fremde Männer zu küssen? Was für ein furchtbarer Mensch ich war. Was für eine grässliche Mutter. Wobei Max kein Fremder war, rief ich mir in Erinnerung. Das war doch das Problem, deshalb hatte es mich zu ihm hingezogen, oder etwa nicht? Weil ich eine Verbindung gesucht hatte. Weil er alles war, was mir im Moment noch blieb. Von Kirsten. Von Louisa.

Ich blieb vor der Kloschüssel auf dem kalten Badezimmerfußboden sitzen, die Stirn auf meinen Handrücken gebettet, und atmete flach.

Die Tür öffnete sich einen Spalt. Max streckte seinen Kopf vorsichtig herein, blieb jedoch draußen.

»Nora? Geht es dir besser? Tut mir leid, es ist meine Schuld, ich hätte dir nicht so viel zu trinken geben dürfen. Nicht in deinem Zustand ...«

Ich brachte kein Wort heraus, nickte bloß mechanisch, während ich mein verschwitztes Haar aus meinem Gesicht wischte. Max' Finger trommelten auf den Türrahmen. Er sah aus, als wünschte er sich gerade weit weg, was ich ihm nicht verübeln konnte.

»Ich müsste nur leider gleich los«, fuhr er fort und lächelte verlegen. »Das Krankenhaus hat angerufen. Es gibt einen Notfall, bei dem ich einspringen muss. Soll ich jemanden anrufen, der dich abholen kommt? Ich kann auch ein Taxi bestellen.«

»Nein, schon gut. Bring mich einfach zurück zum Parkplatz, bis dahin geht es schon wieder.« Ich hatte mich bereits hochgerappelt. Beschämt stellte ich fest, dass saurer Speichel mein Kinn und meine Mundwinkel benetzte. »Gib mir nur noch zwei Minuten«, bat ich. »Ich komme gleich.«

»Klar. Ich warte draußen.«

Max' beharrliche Freundlichkeit brachte mich dazu, mich noch schlechter zu fühlen. Zumindest hatte ich mir selbst den Gefallen getan, eine Abfuhr seinerseits nicht abzuwarten, ehe ich einen Rückzieher gemacht hatte. Das wäre das Einzige, was die Situation noch schlimmer gemacht hätte. Mich lächerlich und peinlich zu verhalten und dafür zurückgewiesen zu werden.

Ein Teil von mir fragte sich dennoch, was wohl passiert wäre, wenn mein Gewissen sich nicht dazwischengeschaltet hätte. Hätte Max es zugelassen? Wie weit wäre er gegangen? Wie weit ich?

Wahrscheinlich war es gut, dass ich es niemals herausfinden würde. Die Dinge standen kompliziert genug. Ich durfte mich nicht mehr so gehen lassen. Ich musste Verantwortung zeigen, fokussiert bleiben.

Ich mied meinen Blick im Spiegel, während ich mir eiskaltes Wasser ins Gesicht spritzte. Ich spülte mehrmals meinen Mund, dennoch bekam ich diesen Geschmack nicht weg, diese Mischung aus Selbsthass, Gin und Erbrochenem.

Ich hoffte, vielleicht eine zweite Zahnbürste in einem der Badezimmerschränke zu finden, doch wie im Rest der Wohnung herrschte auch hier Leere. Die Hälfte der Schränke war unbenutzt. Hinterm Spiegel fand ich bloß einige Cremetiegel. Einen Rasierer. Shampoo. Wattestäbchen.

Und eine platt gedrückte, hellgrüne Tube mit französischer Beschriftung.

Der Anblick der Tube traf mich mit voller Wucht. Mit steifen Fingern nahm ich sie an mich, drehte sie vorsichtig. Ich kannte die Marke, man bekam sie nur über ausgewählte Online-Versandhändler. Und teuer war sie. Dreißig Milliliter für knapp hundertfünfzig Euro die Tube. Das wusste ich so genau, weil es ein Geburtstagsgeschenk gewesen war. Von mir an Kirsten, das letzte, das wir ausgetauscht hatten, bevor sie ... bevor wir ...

Die Kante der Aluminiumtube schnitt in meine Handinnenfläche, als ich sie krampfhaft zusammendrückte. *Kirsten.* Sie war hier gewesen.

Und Max hatte gelogen.

Max und ich redeten auf der Rückfahrt zum Parkplatz nicht, wofür ich dankbar war, weil ich aus dem Chaos meiner Gedanken ohnehin keinen zusammenhängenden Satz hätte ziehen können.

Was bedeutete es, dass Kirsten in Max' Wohnung gewesen war? Waren sie doch wieder ein Paar geworden? Wusste er von Louisa? Und wieso hatte er mich getäuscht?

Ich verpasste den Moment, als Max den Wagen vorm Krankenhaus parkte, und starrte immer noch gedankenverloren geradeaus, bis er mich sanft an der Schulter berührte. Die Uhr am Armaturenbrett zeigte nach acht. Inzwischen konnte alles Mögliche passiert sein. Ich musste nach Hause.

Max griff sich an den Hemdkragen. Die Situation schien ihm unangenehm zu sein. »Also, Nora ... falls du noch mal irgendwas brauchen solltest ... jemanden zum Reden oder –«

»Danke.« Ich war ausgestiegen, ehe er seinen Satz vervollständigen konnte.

Ich blickte bloß einmal flüchtig zurück, winkte mechanisch und zog dann rasch die Tür meines eigenen Wagens hinter mir zu. Meine Hände zitterten. Der Alkohol hatte seine angenehme Wirkung verloren, und nun hatte ich mit den Nachwehen zu kämpfen. Zumindest hatte der Fund im Badezimmer mich rasch ernüchtert.

Noch während ich den Wagen über den Parkplatz rollen ließ, holte ich das Handy aus meiner Manteltasche, um zu prüfen, ob es Neuigkeiten gab. Ich hatte es immerzu auf laut geschaltet gehabt, um keine Anrufe zu verpassen, aber nun sah ich, dass der Akku sich geleert hatte, während ich bei Max war. Mein Magen rutschte ins Bodenlose.

Ich fuhr schneller, als ich sollte, schneller, als die Begrenzungen erlaubten, aber ich wollte unbedingt zurück.

Zu meiner Überraschung brannte in meiner Küche Licht. Ein Hoffnungsschimmer, der mich anzog und mich die Meter vom Wagen bis zur Haustür rennend zurücklegen ließ.

Die Tür ging auf, noch ehe ich den Schlüssel im Schloss gedreht hatte. Meine Mutter stand auf der anderen Seite. Ich öffnete den Mund, doch bevor ich irgendetwas sagen konnte, traf mich ihre Handfläche auf der linken Wange. Der Schreck war stärker als der Schmerz, dennoch zuckte ich nicht einmal zusammen. Das hatte sie schon lange nicht mehr getan. Nicht seitdem ich ein Teenager gewesen war. In meiner Erinnerung hatte es mehr wehgetan.

»Wo warst du nur?«, zischte sie und schlug die Tür hinter uns zu. »Du warst Stunden verschwunden. Niemand konnte dich erreichen. Was, wenn irgendwas mit Louisa gewesen wäre?«

»Mein Handyakku war leer«, erwiderte ich lahm und schlurfte hinter ihr in den Flur hinein. Meine Wange prickelte. Ich widerstand dem Impuls, darüber zu streichen. »Gibt es Neuigkeiten?«

»Nein. Nichts von Louisa. Auch wenn dich das nicht groß zu kümmern scheint.« Sie schnaubte durch aufgeblähte Nasenlöcher.

»Das stimmt nicht! Und das weißt du. Ich habe ebenfalls nach ihr gesucht.«

»Du wärst besser zu Hause geblieben. Die Polizei war hier. Mehrmals. Sie haben mich mit Fragen gelöchert.« Die Augen meiner Mutter durchbohrten mich wie Dolche. »Sie wollten etwas zu einem Vorfall von vor eineinhalb Jahren wissen. Anscheinend war Louisa schon einmal als vermisst gemeldet.«

Die Erinnerung lief wie Eiswasser meinen Rücken hinab. »Das war ein Missverständnis«, murmelte ich.

»Ach, ja? Wieso weiß ich davon nichts? Es hieß, sie galt ganze zwei Tage als verschwunden!«

Ich versuchte zu lächeln, um meine Mutter zu beschwichtigen, doch es gelang mir nicht. »Es war dumm, im Nachhinein keine Erwähnung mehr wert. Kirsten hatte auf Louisa aufgepasst, während ich Spätdienst hatte. Es hat länger gedauert, und Kirsten hat beschlossen, mit Louisa einen Ausflug in die Berge zu machen. Ich hatte sie bloß falsch verstanden und habe Panik bekommen, weil ich sie nicht erreicht habe und Angst hatte, es wäre etwas passiert. Dabei hatte sie bloß ihr Handy verloren. Verstehst du, Louisa war nie wirklich verschwunden.«

Ein dummes Missverständnis. Ja, so hatte Kirsten es mir erzählt, nachdem ein Polizist Louisa zufällig an einer Raststätte anhand eines Fahndungsfotos erkannt hatte. In Kirstens Kofferraum befanden sich nicht bloß Kleidung und Vorräte für einen kurzen Ausflug, sondern für mehrere Tage. Dennoch hatte ich Kirsten gesagt, dass ich ihr glaube. Wir hatten noch gelacht an jenem Abend, wie dumm das alles war, und gemeinsam eine Flasche Weißwein geleert. Doch als Kirsten das nächste Mal auf Louisa hatte aufpassen wollen, hatte ich sie schon zu meiner Mutter gebracht. Auch das nächste und das übernächste Mal. Ich fing an, Kirstens Anrufe zu ignorieren und sie in den Krankenhausfluren zu meiden. Ich hatte keine Zeit, wenn sie abends zum Würfelspielen vorbeikommen wollte, und war zu beschäftigt, um auf ihre Nachrichten zu reagieren, die immer länger und verzweifelter wurden. Sie verlangte, Louisa zu sehen. Sie verlangte, ihre Tochter zu sehen.

Von da an hatte ich sie auf allen Kanälen blockiert.

Eine Woche später fand ich den ersten Brief in meinem Spind.

Vielleicht war es naiv von mir gewesen, zu glauben, man könnte eine Mutter einfach so von ihrem Kind trennen, ohne dass es Folgen hätte. Dabei hatte ich es von Anfang an gespürt. In Kirstens fiebrigem Blick, wenn sie Louisas wackelige Schritte verfolgte. In der Beugung ihres Handgelenks, wenn sie Louisa eine Minute zu lange in den Armen hielt. Die Wehmut, mit der sie sie mir zurückreichte.

In Wahrheit hatte ich es mir einfach nicht eingestehen wollen. Ich hatte mir eingeredet, Kirsten wolle mir eine gute Freundin sein, indem sie jede freie Minute opferte, um auf Louisa aufzupassen, sie in den Kindergarten brachte oder ihr Spielsachen kaufte. Nie hätte ich gedacht, in solchen Momenten um meine Tochter fürchten zu müssen. Sie war mein Kind, das war für mich so selbstverständlich gewesen wie der Sonnenaufgang und der Sonnenuntergang. Leider hatte Kirsten das anders gesehen, das war mir aber erst richtig bewusst geworden, nachdem mir der Polizist den Koffer mit Kinderkleidung überreicht hatte, den sie auf ihrem vermeintlichen Ausflug in die Berge dabeigehabt hatte.

»Du hättest es mir dennoch sagen müssen«, sagte meine Mutter, deren Blick noch nichts von seiner Schärfe eingebüßt hatte. »Oder zumindest der Polizei. Wie stehen wir denn nun da?«

»Ich hatte es vergessen. Ich hielt es nicht für wichtig. Wieso auch? Kirsten ist tot. Die ganze Geschichte ist unsinnig und verjährt.«

»Nicht wichtig. Was –«

»Wieso bist du überhaupt hier?«, unterbrach ich sie und richtete mich vor ihr auf. Kurz hatte ich mich von den Schatten meiner Kindheit einholen lassen, hatte vergessen, dass ich selbst nun erwachsen war, größer, stärker, und dass ich mich nicht mehr vor ihr rechtfertigen musste.

Meine Mutter begegnete meinen Blick kühl. »Ich hielt es für angebracht, dass zumindest ein Familienmitglied die Stellung hält für den Fall, dass deine vermisste Tochter heimkehrt. Oder ist das plötzlich auch nicht mehr wichtig?«

Meine Hand zuckte, ein ungeahntes Verlangen brannte darin. Sie auch zu schlagen, nur einmal, sie nur einmal die gleiche Demütigung und Machtlosigkeit fühlen zu lassen. Doch ich widerstand. Ich lächelte mit zusammengekniffenen Lippen und wies mit dem Arm in Richtung Tür. »Ich bin nun wieder hier, oder? Du kannst gehen.«

Meine Mutter blickte überrascht. Ich wagte es nur selten, mich ihr so offensichtlich zu widersetzen. Es fühlte sich gut an. Für zwei Sekunden zumindest, bis ich die Tränen in ihren Augen sah und ihre kühle Fassade vor mir zerbröckelte.

»Es tut mir leid.« Ihre Hand zitterte, als sie über ihre Lider fuhr und dabei ihre Wimperntusche verwischte. »Ich wollte dich nicht schlagen. Ich habe solche Angst um Louisa, und dann warst du auch noch verschwunden, und ich wusste überhaupt nicht mehr, was ich tun sollte.«

»Schon gut«, sagte ich, auch wenn überhaupt nichts gut war.

»Es sind schon zwei Tage vergangen. Was sollen wir nur tun?«

Ja, was sollten wir nur tun? Ich wünschte, ich wüsste es. Mein Ausflug heute hatte mir zu Klarheit verhelfen sollen, stattdessen war ich nur noch verwirrter als zuvor. Meine Gedanken waren ein unlösbarer Knoten, ein wirres Gespinst aus Fragen, Halbwahrheiten und Lügen, und ich schaffte es einfach nicht, ihn aufzulösen. Nicht allein.

Und plötzlich konnte ich nicht mehr an mich halten. Meine Mutter hatte bereits die Hand auf die Klinke gelegt, als es mir entfuhr, Worte wie ein heißer Schwall, sauer wie Gift vom zu langen Zurückhalten.

»Warte. Es gibt da etwas, das ich dir sagen muss.« Ich biss mir auf die Unterlippe. »Über Louisa ... und mich.«

Ich wartete, bis sie sich wieder zu mir umgedreht und ich ihre Aufmerksamkeit hatte. Dann erzählte ich. Ich tat es mehr für mich als für sie. Weil es mich von innen heraus auffraß und ich mich so entsetzlich allein fühlte in diesem Kampf, den ich so lange schon nur mit mir ausfocht. Ich sehnte mich nach einer Mitstreiterin, einer Verbündeten. Und so kläglich unsere Beziehung auch oft sein mochte, ich hatte niemanden mehr auf der Welt außer meiner Mutter.

Ich erzählte ihr alles. Von der Fehlgeburt, dem Tausch, Kirstens Reue und meiner Angst, die schließlich zu ihrem Selbstmord geführt hatte. Ich erzählte ihr auch von Max – nicht davon, wie ich mich in seine Arme geschmiegt hatte, aber von meinem Besuch bei ihm und dass ich Hinweise auf Kirsten in seiner Wohnung gefunden hatte. Von meiner Befürchtung, sie könnten wieder zusammengekommen sein und dass Kirsten etwas mit Louisas Verschwinden zu tun haben könnte.

Meine Mutter sagte lange nichts. Aber sie hörte zu. Ich sah es an dem wachsamen Ausdruck ihrer Augen, wie ihre Gedanken arbeiteten.

Erst nachdem ich geendet hatte, bewegte sie sich von der Tür weg. Sie führte mich in die Küche und kochte uns beiden eine Kanne Kräutertee. Dann setzte sie sich mir gegenüber und ergriff meine bebenden Hände. »Wir müssen die Polizei einweihen.«

»Nein!«, rief ich sofort, während die Angst mich schüttelte.

»Doch. Hör zu. Sie müssen diesen Max durchleuchten.«

»Ich glaube nicht, dass er Louisa hat. Die Wohnung war so gut wie leer. Louisa war sicher nicht dort.«

»Aber womöglich weiß er irgendetwas. Schließlich ist er der Vater.«

Das war er, und genau deshalb fürchtete ich mich so davor, die Polizei miteinzubeziehen. »Was, wenn sie mir Louisa wegnehmen?«

Ich flüsterte die Worte nur, aber der milde Blick meiner Mutter zeigte mir, dass sie mich dennoch verstanden hatte. »Unsinn. Du bist ihre Mutter. Daran ändert sich nichts. Aber so musst du dich jetzt auch verhalten. Egal wie schwer es ist, aber wenn nur der Hauch einer Möglichkeit besteht, dass dieser Max etwas damit zu tun hat oder auch nur etwas weiß ...«

»Du hast recht.« Meine Augen brannten. Ich merkte erst jetzt, dass ich weinte und wischte meine Wangen an meinen Schultern ab. »Du hast recht«, wiederholte ich, lauter diesmal, um mir selbst Mut zuzusprechen. »Ich werde gleich morgen dort anrufen.«

»Gut.« Meine Mutter sank mit einem erleichterten Seufzer zurück. »Womöglich ist dieser ganze Spuk dann endlich vorbei.«

Ich bezweifelte, dass es so einfach sein würde, dennoch fühlte ich mich leichter in diesem Moment. Vielleicht, weil die Last meiner Geheimnisse nicht mehr nur auf mir ruhte. Ich war überrascht, wie ruhig meine Mutter auf mein Geständnis reagiert hatte. Keine Sekunde hatte sie mir einen Vorwurf gemacht oder Unverständnis über mein Handeln gezeigt. Und in dem Moment wurde mir einiges klar: wieso sie war, wie sie war, und wieso wir uns so oft schwertaten miteinander. Weil auch sie eine Mutter war und das gleiche Brennen in der Brust trug, in dem Liebe und Angst so nah beieinanderlagen, dass es manchmal schwerfiel, die beiden voneinander zu unterscheiden.

Ich wünschte nur, sie hätte mir in meiner Kindheit mehr von ihrer Liebe gezeigt und weniger von ihrer Angst.

Der Tee war kalt geworden, keine von uns hatte ihn angerührt. Nachdem alles gesagt und das weitere Vorgehen entschieden war, begleitete ich sie erneut zur Haustür.

Meine Mutter bewegte sich anders als zuvor, gebeugter, älter, und ich musste meine Schritte verlangsamen, um mich ihr anzupassen. Selbst die Falten um ihren stets geschminkten Mund wirkten tiefer. Und als sie den Blick zu mir hob, spürte auch ich die Last vergangener Jahre und Erlebnisse auf meinen Schultern.

»Du hättest es mir früher erzählen sollen«, sagte sie. »Es hätte nichts an meiner Liebe zu Louisa geändert. Ich hoffe, das weißt du.«

Ich nickte. Und ich glaubte ihr. Zum ersten Mal seit Langem spürte ich wieder so etwas wie eine echte Verbindung zwischen uns. Ein Gefühl, das uns zusammenschweißte, in der Freude wie im Leid. Dieses Gefühl, das Segen und Fluch zugleich war. Dieses Gefühl aus Stacheln und Dornen, schlafgemurmelten Worten, sanften Liebkosungen und schreckhaften Schreien.

Dieses furchterregende Gefühl, das man Mutterliebe nannte.

8.

Sie durfte im Wohnzimmer sitzen. Zum ersten Mal.

Ihr Herz klopfte vor Aufregung, doch sie gab keinen Laut von sich. Denn sie spürte, dass sie beobachtet, getestet wurde. Also saß sie starr und ausdruckslos am Tisch und versuchte, nicht zu neugierig zu wirken. Man sah ohnehin nicht viel. Draußen war es dunkel, dennoch waren die Jalousien geschlossen. Auf dem Tisch vor ihr lagen Malstifte und Papier bereit. Sie wollte gar nicht malen, aber sie zog trotzdem mit dem Stift Kreise über das knisternde Papier, weil sie Angst hatte, sonst wieder im Schrank zu landen. Gleichzeitig sah sie sich vorsichtig unter ihren Stirnfransen hervor um. Es sah anders aus als zu Hause, kleiner, aber auch aufgeräumter. Alles war sorgfältig sortiert, sogar die Blumen vor dem Fenster wirkten ordentlich. Und unterhalb der Fensterbank, halb versteckt von einer palmenähnlichen Pflanze saß eine Katze und sah sie an. Sie war sehr groß, mit einem dunkelgrauen, buschigen Fell, so dass sie wie ein kleiner schwarzer Löwe aussah.

Sie spitzte die Lippen und versuchte, die Katze lautlos anzulocken. Sie stellte sich vor, dass es der Katze wie ihr ging und sie ebenfalls hier eingesperrt war. Sicher wollte sie lieber nach draußen in die Natur und durch Wälder und Wiesen streifen, als in dieser stickigen, aufgeräumten Wohnung zu sitzen. Vielleicht konnten sie Verbündete werden und gemeinsam fliehen. Ihre Mutter hätte bestimmt nichts gegen eine Katze, nicht wenn sie dafür endlich nach Hause käme und ihr die ganze Geschichte erzählte. Bestimmt sorgte sie sich schon, sie war schon viel zu lange weg.

Als hätte sie ihre Gedanken erraten, setzte sich die Katze in dem Moment in Bewegung. Gemächlich kam das Tier auf sie zu, den Schwanz mit einem leichten Knick nach oben gestreckt. Ihre Freude darüber konnte sie kaum unterdrücken. Mit einem Lächeln streckte sie zaghaft die Hand nach unten aus, versuchte, den weichen, buschigen Kopf der Katze zu berühren. Um ihr zu zeigen, dass sie genau wusste, wie es ihr ging. Dass sie von jetzt an füreinander da sein würden.

Die Kralle kam so schnell, dass sie ihre Hand nicht rechtzeitig zurückziehen konnte, sie schnitt durch Haut und die empfindliche Stelle zwischen Daumen und Zeigefinger. Beinahe hätte sie aufgeschrien und musste die Zähne zusammen beißen, um keinen Laut zu machen. Die Katze war aufs Sofa geflohen und besetzte dort lauernd den höchsten Platz.

»Zeichnest du was Schönes?«

Die Frage ließ sie zusammenzucken. Sie nickte heftig, hielt ihre Tränen zurück und zeichnete weiter, sie zeichnete das Haus, in dem sie aufgewachsen war, und ihren Lieblings-

spielplatz gleich daneben. Ihre Mutter, wie sie bei der leeren Schaukel stand, wo eigentlich sie sitzen sollte. Sie zeichnete ihr einen traurigen, nach unten geneigten Mund, während Blut von ihrem Daumen aufs Papier tropfte und das Kleid ihrer Mutter rot färbte.

9.

Jede Mutter kannte das Gefühl. Diese eine Sekunde, in der man nicht hinsah und das eigene Kind außer Sichtweite geraten war. Der Moment, in dem es taumelte und beim Spazierengehen der Straße zu nah kam. Wenn es sich auf dem Balkon zu weit nach vorne beugte, wenn es nach dem heißen Backblech griff, wenn es das Geländer losließ oder die eigene Hand.

Dieses Zusammenkrampfen der Gedärme, was einem die Luft aus den Lungen drückte. Als würde man fallen, in ein bodenloses Loch ohne Abgrund. Der tiefe Schrecken, der einem bis zu den Knochen geht, bevor kurz darauf die Erleichterung folgte. Weil das Kind bloß von einem Rocksaum verdeckt war, weil man es wieder sicher bei der Hand packen konnte. Weil nichts passiert, weil wieder alles gut war.

Doch bei mir hörte das Gefühl nicht auf. Ich fiel noch immer, die ganze Zeit. Am Morgen nach dem Aufstehen, nach einer weiteren Nacht ohne Schlaf. Auf dem

Weg die Treppe runter und während ich die Kaffeemaschine einschaltete und stumm danebenstand und dem Zischen lauschte.

Ich fiel und fiel, und das Einzige, was ich mehr fürchtete als den Fall selbst, war der Aufprall, der alles vernichten würde.

Ich vermisste Kirsten in diesem Moment. Ihr rauchiges Lachen und den warmen Klang ihrer Stimme, der verhieß, dass alles gut werden würde. Sie wüsste genau das Richtige zu sagen und im passenden Moment zu schweigen. Kirsten, die ich immer hatte anrufen können und die immer für mich da gewesen war. Ich hatte es ihr schlecht gedankt, aber ich wünschte dennoch, sie wäre jetzt bei mir. Sie würde verstehen, was ich durchmachte. Sie mehr als jede andere. Sie, die selbst eine Mutter war. Die Louisas Mutter war.

Und ich verstand nun auch. Wie Kirsten sich gefühlt haben musste, nachdem ich die Verbindung zu ihr von einem Tag auf den anderen gekappt und sie nicht mehr in Louisas Nähe gelassen hatte. Ich hatte dabei nur an meine eigene Angst gedacht, nicht an diesen tiefen Schmerz, den ich Kirsten verursacht hatte und den ich nun in meiner eigenen Brust fühlte und von dem ich keine Ahnung hatte, wie ich damit leben sollte. Doch mein Schmerz half Kirsten nicht mehr. Es war zu spät für Entschuldigungen, und für Vergebung erst recht. Kirsten war fort und damit auch jede Gelegenheit zur Versöhnung.

Ich musste da alleine durch.

Mein Handy lag auf der Küchentheke. Ich starrte es die ganze Zeit an, doch noch hatte ich mich nicht getraut, es zur Hand zu nehmen, die Nummer der Polizei zu wählen und den Anruf zu tätigen, den ich meiner Mutter versprochen hatte. Es war gerade erst sechs Uhr, und ich redete mir ein, dass um diese Zeit ohnehin niemand abheben würde. Nichts wäre nach dem Anruf mehr so wie vorher. Ich würde nie wieder einfach so Louisas Mutter sein.

Doch ich musste diese Chance nutzen. Ich war es ihr schuldig.

Also wappnete ich mich. Atmete tief ein. Tief aus. Und ergriff das Telefon. Ein Blick auf das Display genügte, und ich ließ es wieder fallen.

Ich weiß, was du getan hast.

Es war eine Facebook-Nachricht. Derselbe Satz hatte schon auf dem anonymen Brief gestanden, diesmal sah ich neben dem Text Kirstens Profilbild. Sie war von ihrem Account aus verschickt worden. Ich wusste, dass es nicht Kirsten sein konnte, und dennoch starrte ich fassungslos auf das erloschene Display.

Kirsten war tot, aber wer hatte mir die Nachricht dann geschickt und wieso? War es Max gewesen? Kirstens Mutter? Jemand, der ihr Passwort kannte und sich eingeloggt hatte, um mir einen Streich zu spielen? Der über uns Bescheid wusste? Der womöglich sogar Louisa hatte?

Ich sank neben dem Handy zu Boden. Schwer atmend tippte ich eine Antwort ins Nachrichtenfeld.

Wer ist da?

Meine Augen brannten vom grellen Displaylicht, das ich direkt vor mein Gesicht hielt, doch niemand antwortete. Ich sah, dass Kirsten mich entfreundet hatte, ihr Profil war für mich uneinsehbar geworden.

Und wenn sie überhaupt nicht tot war? Der Gedanke schnitt wie ein Messer durch meine Gedanken und traf mich tief, dennoch ließ er sich, einmal gedacht, nicht mehr abschütteln. Wenn sie ihren Tod bloß vorgetäuscht hatte, um sich ein Alibi zu verschaffen und irgendwo mit meiner Tochter ein neues Leben zu beginnen? Der Sarg war geschlossen gewesen, ich hatte ihre Leiche nie gesehen, aber bestimmt war so etwas heutzutage nicht möglich, bestimmt gab es forensische Tests, die so etwas ausschlossen.

Oder?

Ich befand mich auf gefährlichem Terrain, wusste nicht mehr, wo oben und unten war, wo die Realität aufhörte und wo Wahnsinn begann.

Wo ist Louisa?, schrieb ich erneut im Facebook-Chat.

Wo?????

Ich wusste, dass ich keine Antwort erhalten würde, dennoch musste ich mich zwingen, das Programm zu beenden. Mein Herzschlag raste, und ich saß keuchend am Boden wie ein angeschossenes Tier.

Es wurde Zeit, endlich die Polizei zu verständigen.

Kommissar Theede ging beim ersten Klingeln ans Telefon. »Frau Somweber«, begrüßte er mich knapp, und etwas an seiner Stimmlage ließ mich aufhorchen.

»Wir sind bereits auf dem Weg zu Ihnen. Sind Sie zu Hause?«

»Ich ... Ja, ich bin hier. Ich wollte –«

»Gut. Bleiben Sie dort.«

Er legte auf. Womöglich war er wütend, weil ich gestern so lange verschwunden gewesen war. Verständlich, aber ich hatte keinen Kopf, um mir länger deswegen Sorgen zu machen. Ich rannte bloß schnell nach oben, um mich umzuziehen und mein Gesicht zu waschen. Auf dem Weg zurück nach unten fischte ich noch Kirstens Cremetube aus meiner Handtasche, um sie der Polizei als Beweisstück präsentieren zu können.

Kaum war ich in der Küche angelangt, klingelte es bereits. Heute waren sie wieder zu zweit. Kommissar Theede und Kommissar Wagner. Draußen war es noch dunkel, als sie eintraten. Es war noch früh am Morgen, aber die Augen der Männer sahen so aus, als hätten sie ohnehin nicht geschlafen. Wie ich.

»Frau Somweber.« Kommissar Theede ergriff wie immer zuerst das Wort, während sein Kollege erst mal im Hintergrund blieb und seinen Blick durch den Flur schweifen ließ. »Wir hatten gestern Schwierigkeiten, Sie zu erreichen. Ich muss Sie darum bitten, während unserer Ermittlungen stets verfügbar zu sein.«

»Ich weiß. Entschuldigen Sie. Mein Akku war leer, und ich ... Es wird nicht wieder vorkommen.« Meine Ohren glühten. Ich hatte noch keine Ahnung, wie ich anfangen sollte. Bei meiner Mutter war es mir noch leichtgefallen, doch nun hatte ich einen Kloß im Hals, der sich einfach nicht lösen wollte.

Wie sich herausstellte, musste ich auch gar nichts erzählen.

»Es gibt Neuigkeiten«, fing Kommissar Theede an. »Leider noch nicht über Louisa«, fügte er rasch hinzu, nachdem ich nach Luft geschnappt hatte. »Aber in der Nacht haben wir einen interessanten Anruf von einem Nachrichtensender erhalten. Jemand hatte ihnen anonym einen Brief zugesandt, den sie im Fernsehen bringen sollten. Ein Fiasko sondergleichen. Wegen der Sensibilität des Themas haben sie aber zum Glück davon abgesehen und stattdessen uns den Brief zugespielt.«

Bereits beim Wort Brief war ich zusammengefahren. Ich war mir sicher, dass man mir meine Anspannung ansah, dennoch spielte ich noch auf Glück. »Was für ein Brief?«

Da trat Kommissar Wagner nach vorn. In seiner Hand hielt er ein Stück Papier in einer Plastikfolie, das er bis jetzt hinter seinem Rücken versteckt gehalten haben musste.

Ich wusste sofort, was es war, noch bevor ich den ersten Satz gelesen hatte. Ich erkannte die Schrift, den kraftvollen Schwung der Buchstaben, der mit jeder Zeile dynamischer wurde, bis die Worte sich gegenseitig zu verschlingen schienen.

Es war einer von Kirstens Briefen. Diesen hatte ich nie erhalten, es musste der letzte gewesen sein, den sie an mich geschrieben hatte. Der letzte, bevor sie ihrem Leben ein jähes Ende bereitet hatte.

Ich neigte den Kopf, um ihn besser entziffern zu können, da streckte Kommissar Wagner ihn mir entgegen. »Möchten Sie ihn lesen? Uns würde sehr interessieren, was Ihre Meinung dazu ist.«

Ich ignorierte seinen spitzfindigen Ton und zog wortlos das plastikverhüllte Papier an mich.

Nora, erinnerst Du Dich an unsere Ausflüge an den Tegernsee im Sommer? Louisa hat dort ihre ersten Schwimmversuche unternommen, während wir links und rechts von ihr unsere Arme unter ihren kleinen Körper gehalten und stolz gegrinst haben. Einmal im August war es so heiß, dass keine von uns sich rühren konnte. Nicht einmal Louisa wollte spielen und hatte sich unter ihrem Handtuch verkrochen. Wir waren im Schatten eingeschlafen, geplättet von der Hitze. Dann bin ich plötzlich aufgewacht. Es muss Instinkt gewesen sein, anders kann ich es mir nicht erklären. Du hast noch geschlafen, und da sah ich, dass Louisa nicht mehr neben uns lag. Ich bin sofort aufgesprungen und habe sie gerade noch entdeckt, wie sie ganz allein den Steg entlang in Richtung Wasser watschelte. Ich rief nach ihr, und während Du langsam wach wurdest und mich fragtest, was los sei, war ich bereits losgerannt. Mein ganzer Körper war erfüllt von einer ungeahnten Energie, und als ich sie endlich erreicht hatte und sie in meinen Armen weg vom Wasser zog, habe ich es zum ersten Mal gespürt. Was für einen entsetzlichen Fehler ich damals begangen habe.

Und nicht nur ich, Du auch. Innerlich weißt Du doch bestimmt, wie falsch das alles ist, sonst würdest Du mir nicht aus dem Weg gehen. Aber ich gebe nicht Dir die Schuld. Ich war so schwach damals. Ich wusste gar nicht wirklich, was ich tat, und nun zerfrisst es mich, Tag für Tag.

Ich kann nicht mehr essen, nicht mehr schlafen. Nachts liege ich da und spüre diese entsetzliche Leere in meinem Bauch, die mich nicht atmen lässt. Dann denke ich an mein Mädchen in Deinem Bett, das nicht weiß, dass es eine Lüge lebt. Sie ist nicht Dein. Das war sie niemals. Du musst sie mir zurückgegeben. Um ihretwillen. Louisa hat ein Recht darauf, zu erfahren, wer ihre wahre Mutter ist.

Aber das kümmert Dich nicht, nicht wahr? Ich habe genug Worte in dem Versuch verschwendet, Dich zur Einsicht zu bringen, aber ich werde nicht länger tatenlos sein. Ich werde zur Polizei gehen und ihnen alles beichten. Mir ist egal, welcher Verbrechen man mich beschuldigt und ob ich meinen Job verliere. Ich habe mich viel zu lange von meiner Angst hemmen lassen, habe zugelassen, dass Du mich von meiner eigenen Tochter entfremdest. Das alles hat jetzt ein Ende.

Dieser Brief soll meine letzte Warnung an Dich sein. Ich tue das nicht für Dich, sondern für Louisa, weil ich trotz allem nicht will, dass ihre Welt aus den Fugen gerät. Ich hoffe, Du nutzt diese Chance und lässt mich wieder Teil ihres Lebens sein. Sonst wird es ein Leben ohne Dich sein.

Ich warte bis Freitag auf Deine Antwort.

Kirsten

Mein Blick haftete an den unterstrichenen Wörtern. Ich wagte kaum zu atmen oder auch nur den Blick zu heben. Weil ich wusste, was es für mich bedeutete.

Es war vorbei.

»Dieser Brief wirft allerhand Fragen auf, finden Sie nicht?«, fragte Kommissar Theede und zog mir langsam das Papier aus meinen taub gewordenen Fingerspitzen. »Kirsten. Ich nehme an, dabei handelt es sich um Ihre ehemalige Freundin Kirsten Winkler, die vor einer Woche an einer Überdosis Propofol gestorben ist? Ein interessanter Zufall.«

»Sie hat Selbstmord begangen.«

»Sie scheint Ihretwegen ziemlich verzweifelt gewesen zu sein.«

Ich schloss kurz die Augen. Ein seltsamer Schwindel erfasste mich. »Ich wollte es Ihnen sagen«, brachte ich hervor. »Deshalb hatte ich heute früh überhaupt angerufen. Ich wollte Ihnen alles erzählen. Ich schwöre es.«

»Nun, wir sind gespannt auf Ihre Aussage. Sie dürfen uns ins Präsidium begleiten.«

Ein Ruck ging meine Wirbelsäule hinauf. »Geht das nicht auch hier?«

»Kommen Sie einfach.« Kommissar Wagner stand plötzlich direkt hinter mir. Sie behandelten mich wie ein Tier auf der Flucht. War ich das etwa? Waren sie hier, um mich zu verhaften?

Ich merkte, dass ich kurz davor stand, zu hyperventilieren und presste meine Handfläche gegen meinen

Mund. Zähne schabten über Haut. Ich konnte nicht mehr sprechen.

»Ganz ruhig.« Kommissar Theede legte bestimmend seine Handfläche in mein Kreuz. Er schob mich aus der Küche hinaus, während sein Kollege uns die Haustür aufhielt. Etwas hatte sich verändert. Ich merkte es an der Art, wie sie mich beäugten und mich nicht aus ihrer Mitte ließen, bis ich im Streifenwagen hinter ihnen saß.

Ich war nicht länger Opfer.

Ich war Angeklagte.

10.

Ich saß in einem schmucklosen, fensterlosen Raum, vor mir ein Pappbecher mit bitterem Automatenkaffee, den ich zwischen meinen Handflächen hin und her drehte. Im Hintergrund tickte eine Uhr. Zwanzig Minuten lauschte ich diesem Ticken nun schon, ohne dass sich die Tür zum Flur geöffnet hätte. Man ließ mich warten, eingepfercht zwischen diesen kahlen Wänden und dem Kreisen meiner Gedanken.

Ein uraltes Gefühl kroch durch meine Adern. Kalter Schweiß verklebte meine Kopfhaut. Ich atmete bewusst, um mich von einer nahenden Panikattacke abzulenken, wünschte mir meine Handtasche herbei, den Blister mit meinen Tabletten, ohne den ich sonst nie aus dem Haus ging.

Als Kommissar Theede endlich mit verkniffenen Lippen und einem Stapel Akten unterm Arm den Raum betrat, war ich nervlich bereits so angeschlagen, dass ich alles gesagt, alles gestanden hätte, nur um hier rauszukönnen.

»Kommissar Theede«, keuchte ich und zerdrückte reflexhaft den Pappbecher in meiner Hand. »Sie müssen mich nicht so behandeln. Ich bin keine Verbrecherin. Ich habe doch schon gesagt, dass ich Ihnen alles erzählen werde.«

»Zwei verfluchte Tage zu spät«, knurrte er, und die Kälte in seinem Blick ließ mich verstummen. »Sie haben unsere Ermittlungen massiv behindert und damit Ihre Tochter in Gefahr gebracht. Ist Ihnen das bewusst?«

Beim Setzen knallte Kommissar Theede den Aktenstapel zwischen uns auf den Tisch. Das Klatschen erinnerte mich an die Ohrfeige meiner Mutter und ließ mich unwillkürlich zusammenzucken.

Ich wusste nicht, was ich antworten sollte, denn er hatte ja recht. Ich hätte schon viel früher etwas sagen sollen.

Ein Foto war zwischen losen Papierblättern hervorgerutscht. Der blonde Fransenschnitt und das freche Grinsen darauf waren unverkennbar. Kirstens direkter Blick ging wie eine Kugel durch mich durch. Ich konnte ihm nicht lange standhalten und musste wegsehen. Kommissar Theede schien mein Unbehagen zu spüren und schob das Foto weiter auf mich zu, bis es genau zwischen uns lag. »Stimmt es, was in diesem Brief steht?«, fragte er. »Ist Frau Winkler in Wahrheit Louisas Mutter?«

Ich nickte zaghaft. »Aber es ist nicht so, wie sie es dargestellt hat. Ich habe ihr Louisa nicht weggenommen. Es war sogar Kirstens Idee, dass ich Louisa an ihrer Stelle aufziehen sollte. Wir waren beide gleichzeitig schwanger. Ich hatte eine Fehlgeburt und litt sehr darunter, wegen meiner Endometriose keine Kinder bekommen zu können. Und Kirsten wollte ihres überhaupt nicht, wir hatten also beide was davon. Kirsten war glücklich mit der Entscheidung.«

»Und wann hat Frau Winkler beschlossen, nicht mehr glücklich mit der Entscheidung zu sein? Im Brief klingt das nämlich anders.«

Mein Blick schweifte nach unten. »Ich weiß nicht genau. Wir waren eng miteinander befreundet, und Kirsten war von Anfang an in Louisas Leben involviert gewesen. Louisa hat sie Tante genannt. Sie hat sie unglaublich geliebt, aber nach einiger Zeit ... Kirsten wurde immer übergriffiger, was Louisa betraf. Sie wollte mitbestimmen, welche Schule sie besucht, was für Sport sie macht ... Ich wurde sie kaum noch los. Ich konnte nichts mehr mit Louisa ohne sie machen. Am Ende fing ich schon an, wegen meiner Arbeitszeiten zu lügen, nur um mal mit meiner Tochter allein zu sein, aber Kirsten fand es heraus und wurde wütend, richtig wütend. Und da war diese Art, mit der sie Louisa plötzlich ansah ... Ich bekam ein schlechtes Gefühl dabei, sie auf sie aufpassen zu lassen.«

»Hat Frau Winkler deshalb beschlossen, zur Tat überzugehen? In unseren Unterlagen haben wir eine vergangene Vermisstenanzeige gefunden. Louisa war schon einmal verschwunden. Auch das haben Sie uns vorenthalten. Später wurde das Mädchen in der Obhut von Frau Winkler gefunden. Der zuständige Polizist hat den

Fall als Missverständnis abgetan. Aber das stimmte nicht, oder?«

»Sie hat es so dargestellt, aber geglaubt habe ich ihr nicht, nein. Ich habe danach den Kontakt zu ihr eingestellt.«

»Was Frau Winkler nicht auf sich sitzen lassen wollte. In ihrem Brief hat sie damit gedroht, zur Polizei zu gehen. Sie wollte Ihnen Louisa wegnehmen. Hat Ihnen das Angst gemacht?«

»Ich habe den Brief nie erhalten. Ich habe ihn vorhin zum ersten Mal gelesen.«

»Weil Frau Winkler zuvor verstorben ist.« Kommissar Theede hob seine Augenbrauen. »Praktischerweise.«

Ich verschränkte die Arme vor der Brust. »Was wollen Sie damit andeuten? Sie haben Kirstens Akte doch hier liegen«, sagte ich und stieß den braunen Papierstapel mit den Fingern an. »Es war Selbstmord. Außerdem habe ich ihr nie etwas Schlechtes gewünscht. Ihr Tod hat mich tief getroffen.«

Die Lüge brannte auf meiner Zunge.

Kommissar Theede blätterte einmal demonstrativ in Kirstens Akte, ohne den Blick von mir zu nehmen. »Selbstmorde sind oft so eine Sache. Sie sind doch Krankenschwester, oder? Haben Sie Zugang zu Propofol?«

Mein Magen drehte sich. Kurz hatte ich Angst, mich gleich auf den Tisch zu übergeben. »Brauche ich einen Anwalt?«

Kommissar Theedes Augen blitzten. »Kommt drauf an. Haben Sie etwas zu verbergen?«

»Mein größtes Geheimnis haben Sie bereits erfahren.«

»Aber nicht von Ihnen. Das macht Sie in meinen Augen nicht sehr vertrauenswürdig.«

»Ich hatte doch bloß Angst wegen Louisa! Ich wollte verhindern, dass man sie mir wegnimmt.«

»Was schlecht funktionieren wird vom Gefängnis aus. Sie haben sich einer ganzen Reihe Straftaten zuschulden kommen lassen. Urkundenfälschung, Kindesentziehung, Falschaussage. Und das sind bislang nur die, die ich beweisen kann.«

»Ich kooperiere ja! Wirklich.«

»Gut. Dann beginnen Sie noch mal ganz am Anfang. Und lassen Sie diesmal nichts aus, hören Sie? Ich will alles, absolut alles wissen.«

»Verstanden«, erwiderte ich nüchtern.

Kommissar Theede schaltete sein Diktiergerät ein. Und ich redete.

Stunden vergingen. Ich musste auf Toilette, war aber zu eingeschüchtert, um nach einer Pause zu fragen. Kommissar Theede verwickelte mich in einen Strudel aus immer gleichen Fragen. Er bohrte und stach und hinterfragte jede meiner Aussagen so lange, bis ich mir selbst zu misstrauen begann.

Ich war erschöpft. Ich erzählte alles, und dennoch war es nie genug. Wir drehten uns im Kreis. Ich wollte nur noch, dass es aufhörte. Wann hörte es auf?

Irgendwann kam auch Kommissar Wagner hinzu, der mir noch einmal die gleichen Fragen in anderer Reihenfolge stellte. Sahen sie denn nicht, wie sinnlos das alles war? Wie sehr sie kostbare Zeit mit mir verschwendeten?

»Bitte«, flehte ich, nachdem Kommissar Theede mich erneut dazu aufgefordert hatte, meine Beziehung zu Kirsten zu schildern. Vor Ermüdung barg ich meinen Kopf in den Händen. »Das habe ich Ihnen doch schon alles erzählt. Mehrmals! Ja, ich habe ein Verbrechen begangen. Ich werde gestehen und jede Strafe annehmen, die man mir aufbrummt, aber da draußen ist immer noch mein Kind verschwunden. Wie wollen Sie Louisa helfen, wenn Sie den ganzen Tag mit mir hier drinnen festsitzen?«

»Seien Sie unbesorgt«, entgegnete Kommissar Theede. »Wir haben ein ganzes Team an Polizisten, das unermüdlich nach dem Mädchen sucht.«

»Aber dank Ihnen haben wir vielleicht die ganze Zeit am falschen Ort gesucht«, bemerkte Kommissar Wagner, der aufgestanden war und am anderen Ende des Raums auf und ab ging.

»Wie meinen Sie das?«, fragte ich.

»Nun. Wie wir zu Beginn schon festgestellt haben, liegen die meisten solcher Verbrechen in der Familie begründet. Vielleicht haben Sie Louisa ja selbst entführt.«

Mir klappte der Mund auf. »Glauben Sie das wirklich?«

Kommissar Wagner trat wieder näher an den Tisch, bis sein massiger Körper einen Schatten über mein Gesicht warf. »Frau Winkler hat Sie bedroht. Sie haben selbst mehrmals betont, welch große Angst Sie davor hatten, Louisa zu verlieren.«

»Das ist lächerlich. Kirsten ist tot! Ich hatte keinen Grund mehr, mich wegen ihr zu fürchten.«

»Eben.« Kommissar Wagner verzog seinen Mund zu etwas, das nicht ganz ein Lächeln war. »Was für ein Zufall, nicht?«

Ich krallte die Hände in meine Oberschenkel. »Ich werde nichts mehr sagen, bis ich einen Anwalt bekomme.«

Kommissar Wagner nickte. »Das ist Ihr gutes Recht.«

»Frau Somweber«, warf nun Kommissar Theede ein und hob in einer beschwichtigenden Geste die Hände. »Wir sollten hier zusammenarbeiten. Es geht schließlich um das Leben Ihrer Tochter. So sehen Sie Louisa doch, oder?«

»Natürlich. Louisa ist mein Ein und Alles«, bestätigte ich. »Und ich kann beweisen, dass ich mit ihrem Verschwinden nichts zu tun habe. Ich habe doch diesen Brief bekommen. Mit der Drohung? Heute Morgen habe ich noch eine erhalten. Auf Facebook. Hier, sehen Sie.« Ich kramte mein Handy aus meiner Hosentasche hervor. Meine Hand zitterte zu stark, um den Bildschirm ruhig zu halten, weshalb ich es in der Mitte des Tischs zwischen mir und den Kommissaren ablegte. Ich scrollte nach oben zum Anfang der Nachricht, bis wieder dieser eine Satz erschien, der mich in kalten Schweiß ausbrechen ließ: *Ich weiß, was du getan hast.*

Kommissar Theede studierte den Chatverlauf konzentriert. »Die Nachricht stammte von Frau Winklers Profil?«

»Das beweist überhaupt nichts«, bemerkte Kommissar Wagner patzig und tigerte erneut an das andere Ende des Raums.

»Jemand muss sich mit ihren Daten eingeloggt haben, um mir Angst einzujagen. Sehen Sie es jetzt endlich ein? Ich weiß, wie dumm es von mir war, zu lügen, aber ich bin hier nicht die Gefahr. Es gibt noch jemanden, der von unserem Geheimnis wusste, und ich bin mir fast sicher, dass derjenige auch Louisa entführt hat.«

»Der Vater zum Beispiel. Max Richter.«

»Zum Beispiel«, erwiderte ich vorsichtig. »Ich glaube, dass die beiden wieder miteinander Kontakt hatten. Nein, ich weiß es sogar. Ich war nämlich in seiner Wohnung.«

»In der Wohnung von Max Richter?«, fragte Kommissar Theede. »Was wollten Sie dort?«

»Er hatte mich auf einen Kaffee eingeladen, nachdem er mich auf dem Krankenhausparkplatz getroffen hatte. Er hatte wohl Mitleid mit mir. Ich sah es als Chance, um etwas mehr über ihn und Kirsten herauszufinden. Dabei habe ich etwas, das ihr gehörte, in seinem Badezimmer gefunden. Eine Cremetube, die ich ihr einmal zum Geburtstag geschenkt habe.«

Kommissar Theede blätterte noch mal in seinen Unterlagen zurück. »Aber Sie sagen, dass Max Richter nichts von seiner Tochter weiß?«

»Ich glaube nicht, besser gesagt, ich weiß es nicht. Er war nicht wirklich ehrlich zu mir. Womöglich spielt er ein doppeltes Spiel. Können Sie nicht einfach nachsehen, wer mir die Facebook-Nachricht geschickt hat?«

»Wir werden das prüfen«, bestätigte Kommissar Theede. »Und Dr. Richter vernehmen.«

»Heißt das, ich kann gehen?« Die Angst vor der Antwort ließ mich einen Moment die Luft anhalten. Denn ich wusste, dass alles umsonst gewesen wäre, würde ich jetzt eingesperrt werden. All das Kämpfen und Lügen. Die Entfremdung von Kirsten. Mein Verrat und ihr Tod.

Zu meiner Erleichterung neigte Kommissar Theede den Kopf. »Fürs Erste, bis wir die Beweislage ausreichend geprüft haben. Ich möchte aber noch mal hinzufügen, dass Sie jederzeit erreichbar zu sein haben und die Stadt nicht verlassen dürfen. Außerdem brauche ich Ihre Unterschrift für das Protokoll und Ihre Einverständniserklärung, dass wir dieses Gespräch aufzeichnen.«

Ich nickte, während Kommissar Theede mich über all meine Rechte und Pflichten aufklärte, ohne ihm wirklich Gehör zu schenken. Ich hätte alles unterzeichnet, solange ich nur endlich hier rauskam, raus aus diesem Raum, dessen Wände mich immer mehr erdrückten und mir die Luft zum Atmen nahmen.

Ich schwankte, als ich schließlich das Polizeipräsidium verließ. Draußen hatte es zu schneien begonnen. Große dicke Flocken, wie man sie sonst nur in Filmen sah. In hypnotisch anmutenden Kreisen segelten sie langsam in Richtung Erde und überdeckten all den Schmutz und das Schlechte.

Es war der erste Schnee in diesem Jahr. Ich verließ den überdachten Bereich des ehemaligen Klostergebäudes und ließ die Schneeflocken auf meinem Gesicht schmelzen. Ihre eiskalten Küsse betäubten und belebten mich gleichermaßen.

Ich liebte Schnee, hatte ihn schon immer geliebt. An einem anderen Tag hätte der Anblick mich tanzen lassen vor Freude. Ich hätte Louisa an der Hand genommen, und wir wären raus in den Garten gelaufen. Wir hätten die Hände nach den fallenden Flocken in den Himmel gestreckt und herumgealbert. Wir hätten Schneebälle geformt und uns gegenseitig ums Haus gejagt, um uns später bei Tee und Kakao unter einer Decke gekuschelt aufzuwärmen. Louisa wäre an meiner Schulter eingeschlafen, und ich hätte ihren kleinen Kopf gestreichelt, während wir uns zum wiederholten Mal »Die Eiskönigin« auf Netflix ansahen.

Ich wärmte mich an dieser Erinnerung, ließ mich kurz von ihr forttragen, hinein in diesen Moment, bis ich fast die heiße Schokolade am Gaumen schmecken konnte und den weichen Flaum von Louisas Haaren unter meinen Handflächen spürte.

Die Seligkeit der Illusion währte nur kurz. Das laute Dröhnen einer Autohupe holte mich zurück in die Realität und in meinen Schmerz. Meine Mutter war mit ihrem alten Seat vorgefahren und winkte mir hinter angeeisten Scheiben ungeduldig zu.

Kurz hatte ich vergessen, dass sie gekommen war, um mich abzuholen. Ich hatte sie gleich nach meiner Entlassung angerufen und war dankbar gewesen, dass sie am Telefon keine weiteren Fragen gestellt hatte.

Eine Schneeböe wehte mit mir in den Wagen, als ich die Tür aufzog und neben meiner Mutter auf den Beifahrersitz glitt. Der Motor keuchte kurz beim Anfahren. Schweigend rollten wir die Straße entlang. Die Fahrbahn war noch nicht gestreut worden, und die Reifen gerieten in den nassen Schneemassen ins Schlingern. Ich hielt das Gesicht gesenkt und rieb meine Handflächen aneinander. Erst in der warmen Heizungsluft fiel mir auf, wie kalt mir eigentlich war.

Meine Mutter gab mir zwei Minuten, um mich zu sammeln, ehe sie das Schweigen brach. »Was ist passiert?«, fragte sie hohl und mit einem leichten Zittern in der Stimme. »Hast du ihnen von Max erzählt? Haben sie etwas rausgefunden?«

Ich tat, als müsste ich den Sitz verstellen, um Zeit zu schinden. »Es lief nicht wie geplant«, erwiderte ich stockend. »Sie haben es selbst rausgefunden und mich verhört. Ich stehe nun nicht gerade gut da.«

»Nicht gut da, wie meinst du das?«, fragte sie und streifte mich mit ihrem bohrenden Blick, während sie die Neigung zum Altstadtringtunnel hinabfuhr.

»Sie ...« Mein Hals fühlte sich dick an beim Sprechen. »Sie glauben, ich könnte etwas mit Louisas Verschwinden zu tun haben.«

»Du?« Meine Mutter schnaubte vor Entrüstung und

schnitt beim Spurenwechsel einen anderen Wagen. »Aber das ist lächerlich! Sie ist deine Tochter.«

»Eben nicht.« Ich knirschte mit den Zähnen. »Nicht biologisch gesehen. Deshalb glauben sie, ich hätte vielleicht verhindern wollen, dass man sie mir wegnimmt. Sie haben einen Brief gefunden, in dem Kirsten über unsere Abmachung spricht und damit droht, zur Polizei zu gehen.«

»Es ist dennoch lächerlich. Kirsten ist tot, haben die Dummköpfe das etwa vergessen?«

»Aber jemand anderes ist noch sehr lebendig. Und dieser Jemand stellt mir nach.«

»Sie sollten einfach ihren Job machen. Am besten diesen Max überprüfen. Und nicht dich in die Mangel nehmen.«

»Es ist meine Schuld«, seufzte ich. »Ich hätte es ihnen viel früher sagen sollen. Jetzt habe ich mich verdächtig gemacht.«

»Aber sie suchen doch noch nach ihr, oder?« Die Augen meiner Mutter erschienen mir ungewohnt sorgenvoll in ihrem feingliedrigen Gesicht.

»Natürlich, aber wie es aussieht, gibt es bislang nichts Neues. Sie tappen im Dunkeln, und ich – ich bin ihre einzige Spur.«

11.

Nachdem meine Mutter mich wieder zu Hause abgesetzt hatte, zwang ich mich dazu, eine Schale Frühstücksflocken zu essen. Mein Körper zitterte vor Hunger, auch wenn ich keinen Appetit verspürte. Ich wählte Louisas Lieblingssorte, die mit den bunten Kreiseln, die so klebrig süß waren, dass Louisa sie nur zu besonderen Anlässen bekam.

Es schmeckte furchtbar, doch der Zucker half dabei, mich zu beruhigen. Zumindest das äußerliche Zittern nahm danach ab, auch wenn es in mir ganz anders aussah.

Ich schaffte es dennoch nicht aufzuessen. Ich rührte seit einigen Minuten nur noch mit dem Löffel durch die vollgesogene Masse, als es an der Tür klingelte.

Sofort war ich in Alarmbereitschaft. Mein Körper verkrampfte sich und zog sich um den zuckrigen Brei in meinem Magen zusammen. War das die Polizei? Waren sie hier, um mich abzuführen?

Ich näherte mich der Tür in kleinen Schritten, so langsam, als würde ich mich auf einem Minenfeld bewegen.

Es läutete noch einmal. Und noch einmal. Ich sah durchs Fenster, starr vor Furcht, dahinter das bläuliche Lichterflackern eines Polizeieinsatzes zu sehen. Die Schwärze hinter den Scheiben trug keineswegs dazu bei, meine Nerven zu besänftigen.

Mit angehaltenem Atem öffnete ich die Tür. Und erstarrte.

Es war Max.

Ich war zu überrascht, um etwas zu sagen. Sein Anblick löste ein Dutzend verschiedene Gedankengänge auf einmal in mir aus. Ich dachte an die Polizei, die Drohungen, Kirstens Cremetube, die ich dummerweise vergessen hatte abzugeben und die immer noch in meiner Handtasche lag, an das kühle Gefühl von Max' Lippen und an die Risse in meinem Herzen. Ich dachte: Was will er, und was soll ich tun?

Doch all diese Gedanken verflogen, als Max weiter ins Licht trat und den unverhohlenen Schmerz in seinem Gesicht offenbarte.

»Nora. Hallo.« Unbeholfen sah er zwischen der Straße und mir hin und her. »Ist das also doch dein Haus. Ich war mir nicht sicher. Aber schön hast du es hier.« Max verstummte. Sah mich aus rot umrandeten Augen an, die verletzlich wirkten. Da erst verstand ich.

»Oh Gott.« Ich legte eine Hand auf mein Gesicht, in dem Wunsch zu verschwinden. »Du warst bei der Polizei, oder? Sie haben es dir gesagt.«

Max' Kiefer arbeitete, dann nickte er kurz. »Kann ich reinkommen?«, fragte er brüchig.

»Sicher.« Ich trat zurück, um ihn durchzulassen. Seine Anwesenheit ließ mich schneller atmen. Ich versuchte, es zu kaschieren, indem ich vor ihm in Richtung Wohnzimmer ging. »Willst du etwas trinken?«, fragte ich.

»Danke. Nein.« Max setzte sich auf den einzelnen Sessel gegenüber des Sofas, der auch Louisas Lieblingsplatz war, und sah sich um. Sein Blick blieb erst an einer Legonachbildung von Elsas Eispalast haften, die in der Ecke des Raums stand, und fiel dann auf ein Foto von ihr, das ich ausgedruckt und auf eine Vitrine geklebt hatte.

Sekunden vergingen, in denen Max das Foto bloß anstarrte. »Ist sie das?«

»Ja.« Es war eines meiner Lieblingsfotos, und der Anblick machte mein Herz schwer vor Liebe und Wehmut. Louisa war darauf gerade vier geworden, und wir hatten den Zoo besucht. In dem Moment hatte sie gerade versucht, eine kleine Ziege zu füttern, die vor lauter Gier an ihr hochgesprungen war. Louisa hatte Augen und Mund weit aufgerissen und hielt die Futtertüte weit von sich gestreckt, während Futterpellets in alle Richtungen flogen.

Max lächelte kurz, bevor er den Blick wieder auf seine Hände richtete, die er unermüdlich aneinanderrieb. »Etwas an unserem Treffen war mir von Anfang an merkwürdig vorgekommen. Ich konnte es bloß nicht richtig deuten. Ich schätze, jetzt ergibt alles einen Sinn.«

»Max ... Ich weiß gar nicht, was ich sagen soll. Es tut mir leid.«

»Schon gut. Ich bin selbst genauso schuld. Die Polizei hat mir alles erzählt, und wie es aussah, wollte Kirsten dieses Arrangement zu Beginn genauso. Ich habe damals von ihr verlangt, dass sie abtreibt ... Ich weiß noch, wie erleichtert ich war, als sie mir sagte, sie hätte das Kind verloren. Ich habe ihr gern geglaubt. Das macht mich zu einem schlechten Menschen, oder?«

»Ich weiß nicht.« Ich stützte mich an der Lehne ab, dann setzte ich mich. »Ich habe sicher nicht das Recht, über andere zu urteilen.«

»Ich wünschte trotzdem, du hättest es mir gesagt. Gestern zumindest.«

»Um dir von einer Tochter zu erzählen, die verschwunden ist? Das wäre mir grausam erschienen.«

»Wahrscheinlich. Ich hätte es trotzdem gerne gewusst. All die Jahre, und ich hatte keine Ahnung ...«

»Hat Kirsten ... Hat sie Louisa wirklich nie erwähnt? Ich wollte nicht rumschnüffeln, aber ich habe etwas von ihr in deiner Wohnung gefunden. Ich weiß, dass Kirsten dort war.« Mein Herzschlag beschleunigte sich. Insgeheim hoffte ich immer noch darauf, einen Funken von Schuld in Max' Gesicht zu finden, der alles erklären würde, doch statt Schuld fand ich bloß Trauer und konnte beobachten, wie seine blauen Augen, die Louisa so sehr glichen, sich trübten.

»Oh.« Max rieb sich über den unrasierten Bartschatten entlang seiner Wangen. »Ja, sie war dort. Wir haben uns ein paarmal nach meiner Trennung getroffen, aber es war nichts Ernstes. Nicht, wie du vielleicht denkst, deshalb habe ich es auch nicht erwähnt. Wir haben keinen richtigen Draht mehr zueinander gefunden. Sie hatte sich verändert. Und von Louisa hat sie kein Wort gesagt.«

Ich entließ einen langen Atemzug und bemerkte, dass ich die Luft angehalten hatte.

»Erzähl mir etwas von Louisa«, bat Max. Er sprach ihren Namen bedächtig aus. Er hallte nach und blieb in meinem Kopf hängen.

Ich schloss die Augen, weil ich spürte, dass ich sonst weinen würde. »Louisa, sie ist ... Was soll ich sagen? Sie ist wundervoll. Klug, aber auch vorsichtig. Es macht Spaß, ihr beim Denken zuzusehen, wie gewissenhaft sie alles angeht und die Welt um sich herum beobachtet. Sie liebt Geschichten und liest mir immerzu aus ihren Lieblingsbüchern vor. Und sie hat so viele Fragen. Am liebsten würde sie alles wissen. Dann ist sie oft enttäuscht, wenn ich ihr keine genauen Antworten geben kann. Wieso Feuer wehtut oder wieso manche Tiere fliegen können und andere nicht. Ihre Berufswünsche ändern sich jede Woche. Mal will sie Ärztin werden, mal Lehrerin. Seit letztem Monat ist sie überzeugt davon, zur Bäuerin berufen zu sein, und hat bereits eine lange Liste aller Tiere angefertigt, die sie auf ihrem Hof haben will. Sie hasst Schokolade, das fand ich schon immer verrückt. Aber sie liebt diese Gummischlangen, die man mit denen Zähnen lang ziehen kann. Und Froot Loops ...

Sie bekommt sie nicht oft, aber sie ist regelrecht süchtig danach. Und sie … sie …«

Die Worte verfingen sich in meinem Mund, wurden zu einer zähen, stockenden Masse.

»Tut mir leid«, stöhnte ich und schlang die Arme um meinen bebenden Körper. »Ich kann das nicht.«

»Schon gut«, erwiderte Max sanft. Ich hatte ihn nicht aufstehen sehen, aber plötzlich saß er auf dem Sofa neben mir und drückte sachte meine Schulter. »Sie klingt großartig.«

Ich nickte bloß, weil Reden zu schwer war.

Max saß still neben mir, ohne weitere Fragen zu stellen oder Erklärungen zu fordern. Ich war überrascht, wie angenehm das war und wie viel Trost ich in seiner Nähe fand. Ich verstand langsam, was Kirsten in ihm gesehen haben mochte. Max strahlte eine innere Stärke und Gefasstheit aus, die sich übertrug und die meinen Atem wieder ruhiger gehen ließ.

Ich ertappte mich dabei, wie ich in Gedanken zu einem Witz ansetzte, um der Situation die Intimität zu nehmen, doch in dem Moment, als ich den Kopf zu ihm hob, versiegten die Worte wieder. Er saß nun viel näher, zu nah. Deshalb überraschte es mich auch nicht, als Max seine Lippen auf meine legte. Zögerlich erst, als würde er um Erlaubnis bitten. Fester, nachdem ich nichts unternahm, um ihn aufzuhalten. Dabei sollte ich ihn aufhalten. Ich sollte es wirklich. Doch ich tat nichts, ließ zu, dass er mich weiter küsste, nicht nur auf den Mund, auch auf den Hals, hinter meinem Ohr. Eine Hand lag in meinem Nacken, die andere streichelte meine Taille, fuhr unter mein Oberteil, berührte nackte Haut.

Ich war zu überrascht, um seine Liebkosungen zu erwidern, genoss es jedoch auch zu sehr, um Widerstand zu leisten. Es war lange her, dass ich einem anderen Menschen so nah gewesen war. Viel zu lange. Ich hatte vergessen, wie gut es sich anfühlte. Wie bittersüß die Flucht ins Körperliche sein konnte. Ein Akt, der so simpel war und dadurch gleichzeitig so befreiend. Mund auf Mund. Haut auf Haut.

Es gab nichts zu bereden oder zu zerdenken. Ich konnte einfach vergessen. Dem Schmerz entrinnen. Zumindest ein paar Sekunden lang.

Insgeheim wusste ich natürlich, dass es nicht viel besser war als ein Glas scharfen Alkohols, bloß ein weiteres Betäubungsmittel. Aber ich war zu schwach. Ich wollte nur die schwelende Angst in mir überdecken. Ich fing an, Max' Kuss zu erwidern, der jedes Zögern verloren hatte, der nun hart war, fordernd. Er drängte mich zurück, bis ich auf dem Rücken lag und er über mir. Seine Hände glitten meine Seiten entlang, lösten den Stoff von meiner klammen Haut, streichelten meine Brüste.

Ich half ihm dabei, auch den Rest meiner Kleidung von meinem Körper zu ziehen, ansonsten rührte ich mich kaum, lag still da, während er mit seinem Unterkörper zwischen meine Beine rutschte.

Ich drehte den Kopf zur Seite, um ihn nicht ansehen zu müssen. Ich wünschte, ich könnte sagen, ich hätte mich doch noch gewehrt oder zumindest Unwillen gezeigt.

Als er in mich eindrang, spürte ich einen scharfen Schmerz, dank der Endometriose in meinem Bauch ein bekanntes Gefühl, das mich seit meiner ersten sexuellen Erfahrung stetig aufsuchte. Sex bedeutete deshalb für mich selten rein körperliches Vergnügen. Ich hatte stattdessen gelernt, mich auf die Verbindung, die ich spürte, zu konzentrieren, die Hitze unserer Körper, die sanfte Reibung auf meiner Haut. Ich hielt mich fest an dem Schmerz, ließ mich von ihm durchdringen und beleben.

Max stöhnte unterdrückt, und kurz musste ich an Kirsten denken. An ihren Körper, der ihn auf ähnliche Weise umschlungen gehalten haben musste und dabei Louisa empfangen hatte. Ein Umstand, auf den ich schon immer neidisch gewesen war, aber zumindest das hier teilten wir nun.

Ich war fast enttäuscht, als er sich kurz vor dem Orgasmus von mir löste, die Augen geschlossen, der Kiefer entspannt. Ich badete dennoch in dem Pulsieren unserer Körper, wollte dieses Gefühl noch länger auskosten, bevor gleich die Scham kam, die Reue.

Viel zu schnell hatte sich Max von mir erhoben, machte uns wieder zu Fremden, die nicht wussten, was sie zueinander sagen sollten, wie sie hierhergekommen waren. Ich fischte nach einer Decke, um mich sauber zu wischen und mich dahinter zu verstecken, schlüpfte anschließend in meinen Pullover wie unter ein Schild, hielt mich an den Ärmeln fest. Ich konnte Max' Blick auf mir spüren, wie meine Wangen darunter entflammten.

Seine Hand umfasste mein Handgelenk. »Geht es dir gut?«, fragte er, während sein Daumen federleichte Kreise über meine Haut zog. »Ich hoffe, ich war nicht zu forsch. Ich war nur … Ich mag dich, Nora. Wirklich.«

Darüber konnte ich nur lachen. »Ich bin ein Wrack.«

»Du kämpfst um deine Tochter, das bewundere ich.«

Mein Unterleib krampfte noch immer, der Schmerz ließ mich flacher atmen. »Indem ich mich mit Männern vergnüge, während sie irgendwo leidet?«, bemerkte ich trocken. »Ich denke nicht.«

Ich wollte mich abwenden, mich von ihm lösen, aber Max hielt mich weiter fest, sein Blick fixierte mich. »Du brauchst dich nicht zu schämen.«

»Du verstehst das nicht. Sie ist mein –«

»Dein Ein und Alles, ich weiß. Deshalb will ich dir bloß zeigen, ich bin für dich da. Louisa ist jetzt genauso sehr meine Verantwortung. Wir können das gemeinsam durchstehen. Solange du mich nur lässt.« Lächelnd zog Max mich näher, bis ich wieder in seinen Armen lag, mein Kopf unter sein Kinn geklemmt. Sein Atem fühlte sich warm an auf meiner Stirn. »Wer weiß, vielleicht können wir später irgendwann eine richtige Familie werden.«

»Wer weiß«, wiederholte ich und spürte, wie die Vorstellung etwas in mir zum Glühen brachte.

Max hatte derweil angefangen, über mein Haar zu streicheln. Ähnlich, wie ich es bei Louisa immer tat, wenn wir gemeinsam auf dem Sofa lagen. »Weißt du, ich würde sie wirklich gerne kennenlernen«, raunte er.

Ich seufzte in seinen Nacken, drängte mich näher. »Das wünsche ich mir auch.«

Max' Hand legte sich um meinen Hals. »Du musst mir nur sagen, wo sie ist.«

»Was?« Ich glaubte, ihn nicht richtig verstanden zu haben, doch bevor ich nachhaken konnte, klingelte mein Handy im Nebenraum und trieb uns auseinander.

Innerhalb von Sekunden war ich auf den Beinen. »Entschuldige kurz.« Ich hastete in die Diele, wo ich mein Handy auf der Kommode hatte liegen lassen. Die Bildschirmanzeige ließ meinen Atem stocken.

Es war die Polizei.

»Hallo?«

»Kommissar Theede hier. Frau Somweber, wir haben Neuigkeiten.«

Ich sank in den Knien ein und musste das Handy mit beiden Händen greifen. »Ja?«, keuchte ich.

»Leider nichts Gutes. Spaziergänger haben Louisas Parka gefunden. Ich werde Ihnen gleich ein Foto zuschicken, damit Sie uns das bestätigen können.«

»Ihren ... Parka? Mehr nicht?«

Kommissar Theede seufzte hörbar. »Es tut mir leid.«

12.

An die Sekunden danach erinnerte ich mich nicht mehr. Ich wurde nicht bewusstlos, war aber auch nicht wirklich anwesend. Max redete auf mich ein und wollte erfahren, was los war. Er brachte mir eine Decke aus dem Wohnzimmer und wickelte sie um meine Schultern. All das nahm ich wie durch einen dichten Nebel wahr. In meiner Hand hielt ich noch immer das Handy umklammert, auf dem ein Foto Louisas Parka zeigte. Kommissar Theede hatte noch mal angerufen, um seine Bestätigung zu bekommen, aber ich hatte nicht rangehen können.

Seine letzten Worte surrten in Dauerschleife durch meinen Kopf. Louisas Parka war im Grünwalder Forst nahe der Isar gefunden worden. Die Polizei hatte Hundertschaften angeheuert und durchkämmte nun gemeinsam mit Spürhunden das gesamte Gebiet. Um was zu finden? Ihre Mütze? Stiefel? Oder – nein, ich konnte und wollte nicht weiter darüber nachdenken.

Der Grünwalder Forst war groß. Ich war mit Louisa

schon einmal zum Picknicken hingefahren, und wir hatten uns auf den Steinen am Isarufer gesonnt. Damals war Sommer gewesen, und die Sonne hatte bunte Lichtsprenkel auf den dicht bewachsenen Waldboden geworfen. Wie mochte es jetzt dort aussehen? War es finster? War es unheimlich?

Ich wusste nur eins: Ich musste selbst dorthin. Ich musste meine Tochter finden.

Max kniete noch immer vor mir auf dem Boden und versuchte vergebens, mich zum Reden zu bringen. Er atmete überrascht ein, als ich plötzlich aufsah und sein Handgelenk griff. »Max«, sagte ich. »Wir müssen los. Du musst mich fahren.«

Es schneite noch immer, als Max auf die Bundesautobahn in Richtung Süden auffuhr. Ich hatte ihm alles gesagt, was ich von der Polizei wusste, und das hatte gereicht, dass er ohne Zögern seinen Wagen gestartet und mich mitgenommen hatte.

Während Max schweigend neben mir die eisige Straße entlangfuhr, klickte ich mich erneut durch die Fotos, die Kommissar Theede mir geschickt hatte, die den Parka aus verschiedenen Blickwinkeln zeigten. Der Stoff war schmutzig und von feuchter Erde durchnässt. Ich versuchte immer noch, Hinweise darauf zu finden, dass es doch nicht Louisas war. Dass das Beige zu dunkel war und die Anzahl der Taschen nicht stimmte.

Doch es war ihrer, ich wusste es. Wer hatte ihn weggeworfen und wozu? Kommissar Theede hatte mir nicht sagen wollen, wo genau er gefunden worden war. Er hätte auch sicher dagegen protestiert, dass ich selbst zum Fundort fuhr, aber davon wollte ich mich nicht abhalten lassen. Ich musste helfen, egal wie. Zu Hause würde mich sonst bloß der Wahnsinn einholen.

Es war leicht, die Polizei zu finden. Das neonblaue Kreisen ihrer Warnleuchten war bereits aus Hunderten Meter Entfernung zu sehen. Ihre Fahrzeuge parkten eng beieinander am Waldrand auf einem schmalen Streifen schneebedeckter Wiese. Kommissar Theede hatte nicht übertrieben, was das Ausmaß des Einsatzes betraf. Ich zählte über ein Dutzend Autos, was mich vielleicht hätte beruhigen sollen, aber das tat es nicht. Nicht, solange Louisas Schicksal ungewiss blieb.

»Warte«, wies ich Max an, als er weiter auf die Einsatzfahrzeuge zuhielt, und fasste ihn an der Schulter. »Fahr nicht zu nah ran, sonst schicken sie uns bloß wieder weg.«

»Was hast du vor?«, fragte Max.

»Park einfach hier am Straßenrand.«

Max widersprach nicht und fuhr eng ans Gebüsch ran, wo wir hoffentlich unentdeckt bleiben würden. Das Schneetreiben war mittlerweile so dicht geworden, dass ich kaum noch etwas von den Polizisten am Waldrand sehen konnte. Alles war weiß. Boden, Buschwerk, Geäst. In scharfem Kontrast zum Nachthimmel leuchtete der Schnee noch stärker und ließ mich innerlich fluchen. Für Louisa bedeutete der Neuschnee nichts Gutes. Wenn es Spuren von ihr gab, lagen sie mittlerweile unter einer zentimeterdicken Schneeschicht begraben. Ich stieg aus und streifte Handschuhe und Haube wie eine Rüstung über.

Max folgte mir, beäugte mich jedoch misstrauisch. »Und jetzt?«

»Die Isar liegt gleich hinter diesem Waldstück. Dort soll der Parka gefunden worden sein. Ich möchte mir die Stelle ansehen.«

»Hältst du das für eine gute Idee? Die Polizei ist wahrscheinlich besser gerüstet, um nach ihr zu suchen. Am Ende behindern wir noch den Einsatz.«

»Keine Sorge. Ich gehe auch allein.«

Max kam auf mich zu, schien nach mir greifen zu wollen, doch ich entzog mich seiner Reichweite, was er mit einem Stirnrunzeln quittierte. »Glaub mir, ich will genauso helfen«, sagte er. »Das habe ich doch vorhin versucht, dir zu sagen. Aber sollten wir uns nicht zumindest einen Plan machen?«

Ich schüttelte den Kopf. »Du verstehst das nicht.« Wie konnte er auch? Ein geteilter DNA-Strang reichte lange nicht aus, um die brennende Verzweiflung nachzuempfinden, die Louisas Verschwinden in mir hinterlassen hatte. Am Ende war er eben doch keine Familie, sondern nur ein weiterer Fremder.

Ich drehte mich um, ohne seine Reaktion abzuwarten, und ging schnurstracks auf die Bäume zu, deren kahles Geäst sich bereits nach mir ausstreckte.

Das Betreten des Waldes war wie der Übergang in eine andere Welt. Trotz der vielen Menschen, die sich gerade inmitten der Bäume bewegen mussten, war die Luft von einer eigentümlichen Ruhe erfüllt. Unter meinen Fußsohlen knirschten der Schnee und der gefrorene Waldboden. Ansonsten war alles still, wie in einen Dornröschenschlaf versetzt. Dabei musste ich an Louisa denken, die die Geschichte um die schlafende Prinzessin immer besonders geliebt hatte. Den ganzen letzten Sommer lang hatte sie ein großes Schauspiel daraus gemacht, sich an den verschiedensten Gegenständen im Haus in den Finger zu piksen, um sich danach mit einem theatralischen Seufzer einfach fallen zu lassen. Ich hatte sie geschimpft, dass so etwas nicht lustig sei und sie sich noch verletzen werde, aber insgeheim hatte ich gelächelt. Jedes Mal.

Meine kleine Prinzessin.

Ich lächelte auch jetzt wegen der Erinnerung, doch das Lächeln gefror mir auf den Lippen, wenn ich daran dachte, dass es aus diesem Alptraum womöglich kein Erwachen gab.

»Nora! Nun warte doch.«

Max kam mir durch den knarzenden Schnee nachgestapft. Sein Atem waberte in hauchdünnen Nebelwolken um sein Gesicht. Für einen Ausflug im Freien war er bloß mit einem Wollmantel und Lederschuhen viel zu dünn gekleidet.

Ich wartete nicht, verlangsamte jedoch meinen Schritt, nahm mir Zeit, mich umzusehen, meine Umgebung zu prüfen. Die Wahrheit war: Ich hatte keine Ahnung, was ich hier tat und wie ich Louisa helfen sollte. War sie wirklich hier gewesen? Wann? Und mit wem? Der Grünwalder Forst war zu weit weg von zu Hause, als dass sie alleine hätte herkommen können. Jemand musste sie hergebracht haben. Jemand, der ihre Jacke entsorgt hatte und meine Tochter womöglich immer noch versteckt hielt.

»Ich hatte gehofft, dass du es bist«, entfuhr es mir keuchend und strich einen Ast beiseite, um darunter hindurchzuschlüpfen. Die Bäume wuchsen hier dichter, ich musste im Zickzack gehen, um vorwärtszukommen, was mir die Orientierung erschwerte. Ging ich noch geradeaus oder bewegte ich mich im Kreis? Sollte ich nicht langsam auf einen Weg stoßen, der zur Isar hinunterführte? Aus der Ferne hallte der Ruf eines Mannes durch den Wald. Oder waren es mehrere?

Zweige knackten, als Max aufholte und direkt hinter mir ging. »Was?«

Ich zog die Schultern hoch und zwang mich weiterzugehen. »Deshalb hatte ich dich aufgesucht«, sagte ich. »Vor dem Krankenhaus. Das war kein Zufall. Ich habe absichtlich auf dich gewartet. Ich hatte gehofft, dass du und Kirsten euch zusammengetan habt, um Louisa zu entführen. Dann wäre sie zumindest in Sicherheit gewesen. Dann hätte ich gewusst, wo ich sie suchen müsste.«

»Nora, nun warte einmal. Was redest du da? Meinst du das ernst?«

Ich wollte mir die Tränen aus den Augenwinkeln wischen, um wieder klar sehen zu können, doch Max griff nach meinem Arm und zog mich zurück, zog mich zu sich. »Du bist ganz aufgelöst, du solltest dich erst mal beruhigen.«

Ich fing an zu schluchzen und lehnte meine Stirn gegen seine Brust. »Es ist meine Schuld, was mit Kirsten passiert ist. Das hier ist ihre Rache, weil ich Louisa für mich behalten habe. Und nun lässt sie mich büßen.«

»Ganz ruhig. Das ist nicht wahr. Kirsten ist tot, das weißt du doch.«

»Ja. Aber ...«

»Sie hätte dir überhaupt nicht drohen können.«

Der Atem gefror in meinen Lungen, und mein Körper versteifte sich. »Du weißt von den Drohungen?«

Ich löste mich von Max, um ihn ansehen zu können. Die Nacht hüllte sein Gesicht in Dunkelheit, aber auch so sah ich, dass sein Lächeln verunsichert wirkte. »Ich war heute doch bei der Polizei, schon vergessen? Ich sagte es doch, sie haben mir alles erzählt.«

Von den Briefen und Chatnachrichten auch? Das ergab keinen Sinn. Ich bewegte mich von ihm weg. »Ich glaube dir nicht.«

»Nora ...«

»Warst du es? Hast du mir etwa diese Drohungen geschickt? Du wusstest schon vorher von Louisa, nicht wahr? Du hast mir die ganze Zeit was vorgespielt.«

»Ich weiß nicht, wovon du redest. Du bist erschöpft, Nora. Komm, lass uns einfach zurückgehen.«

Ich hob abwehrend meinen Arm. »Bleib, wo du bist!«

»Wieso?« Etwas entflammte in Max' Blick, während er demonstrativ einen Schritt nach vorne setzte. »Hast du Angst vor mir?«

Das Blut rauschte durch meinen Kopf, betäubte mein Denken, meinen Atem. Was sollte ich tun? Sollte ich schreien? Würde die Polizei mich hören? Wäre sie rechtzeitig hier?

Max machte noch einen Schritt auf mich zu, da übernahm ein anderer Teil in mir die Führung. Flucht. Ein alter Instinkt. Ich rannte los.

Ich achtete kaum auf den Weg vor mir, ich rannte einfach, Hauptsache vorwärts, Hauptsache weg von ihm. Äste kratzten über meine Wangen und verfingen sich in meinen Haaren. Ich war zu langsam, das Dickicht zu dicht. Max schien mühelos Schritt halten zu können, geriet nicht einmal außer Atem. Beinahe gelassen klang seine Stimme hinter mir im Unterholz: »Nora, nun lass den Unsinn. Warum läufst du weg von mir? Glaubst du, ich tue dir etwas?«

Ich versuchte, ihn auszublenden, mich nur auf die Schritte vor mir zu konzentrieren. Bald müsste ich den Weg erreicht haben. Dort wäre ich nicht mehr allein. Dort könnte ich Hilfe holen.

»Was willst du tun? Zur Polizei gehen? Dass ich von Louisa wusste, macht mich nicht automatisch zum Schuldigen. Es steht dein Wort gegen meins.«

Ich taumelte, fing mich wieder, rannte weiter. Schnee und vereistes Blattwerk stoben um mich herum auf.

»Du nennst dich Mutter, aber du bist bloß eine Lügnerin, eine Heuchlerin. Louisa hat in Wahrheit gar nie dir gehört. Du hast sie nicht verdient.«

Ich bildete mir ein, Max' heißen Atem im Nacken fühlen zu können und rannte noch schneller. Ich sah kaum noch etwas. Ein Labyrinth aus schneebedeckten Ästen und knochigem Gestrüpp, das mich hineinzog wie in einen Strudel, aus dem es kein Entrinnen mehr gab. Mein Herz jagte im Gleichtakt meiner Angst durch meinen Brustkorb. Ich hatte meine Mütze verloren. Einen Handschuh. Der Weg wurde kurz lichter, ließ mich freier laufen. Weit konnte es nicht mehr sein, fast glaubte ich schon das Rauschen der Isar hinter der nächsten Baumreihe zu hören.

Max, war er noch hinter mir? Er hatte aufgehört zu reden. Ich konnte auch seine Schritte nicht mehr hören. Ich drehte den Kopf nach hinten, dabei verfing sich mein Fuß in einer Erhebung am Boden. Der Schwung katapultierte meinen Körper nach vorne, ich stolperte, die Arme weit von mir gestreckt, um meinen Fall zu dämpfen. Ich hatte Glück. Ich befand mich am Anfang einer tiefen Senke, aber schaffte es gerade noch, mich zu bremsen, ehe ich den Graben hinabstürzte. Keuchend rollte ich noch in der Bewegung auf den Rücken und sah mich um.

Der fallende Schnee schien den Wald zu erleuchten, dennoch sah ich nichts als Schwärze zwischen den kahlen Baumstämmen. Keine Silhouette, kein Max. Hieß das, er hatte aufgegeben? War er zum Wagen zurückgegangen?

Angestrengt versuchte ich, meine Atmung zu beruhigen, um besser lauschen zu können, doch der Wald blieb still und reglos. Nur der Schnee setzte lautlos auf dem Boden auf.

Ich machte mich ganz klein und rund und bewegte nur noch meinen Kopf, um von einer Richtung in die andere spähen zu können. Meine Finger waren taub, wo sie sich in die gefrorene Erde unter mir gruben. Alles in mir war aufs Äußerste gespannt, auf kleinste Veränderungen fokussiert. Es zerriss mich fast, als ich eine Bewegung links von mir wahrnahm. Ein Lichtstrahl, der, durchbrochen von schwarzen Baumsilhouetten, durch die Dunkelheit schnitt. Vielleicht ein Auto, vielleicht eine Taschenlampe, aber auf jeden Fall ein Mensch.

Ich richtete meinen Oberkörper auf und sammelte Luft, um nach Hilfe rufen zu können.

Ein Knacken im Unterholz war meine einzige Warnung. Ich duckte mich und spürte gerade noch den Luftzug des schwingenden Astes, den Max knapp an meinem Rumpf vorbei auf mich niedergehen ließ. Zweige brachen, und Schnee wirbelte auf.

Und über alldem stand Max, breitbeinig, zähneknirschend, mit erhobenen Armen und Abscheu im Blick.

»Das ist für Kirsten«, sagte er, bevor er erneut ausholte.

Ich rollte seitwärts, nicht schnell genug, um auszuweichen, aber rechtzeitig, damit der Schlag mich nur am Rücken traf und nicht am Kopf. Er streckte mich dennoch nieder und ließ mein Gesichtsfeld schwarz werden. Der Schmerz loderte wie Feuer durch meinen Körper, nahm mir den Atem. Aber ich war noch nicht weg. Ich kämpfte, ich robbte. Hilfe war nicht weit entfernt. Hörte uns denn niemand?

»Dachtest du, ich wüsste nicht, was du Kirsten angetan hast?«, fragte Max über mir. »Dachtest du, du könntest mich einfach so bezirzen und so tun, als wärst du das Opfer? Dachtest du, ich kaufe dir das alles ab? Du hast sie umgebracht, du Miststück!«

Ich wollte protestieren, mich wehren, aber meiner Kehle entkam nur ein Keuchen.

»Wir hatten Pläne. Wir hatten davon geträumt, Louisa zu uns zu nehmen. Mit ihr in den Bergen zu leben ... Aber du – du hast ihr keine Wahl gelassen. Es geschieht dir ganz recht, dass du jetzt das Gleiche durchmachen musst wie sie. Wie fühlt sich das an? So allein?«

»Bitte ...« Ich bekam einen Baumstamm zu fassen. Röchelnd zog ich mich daran hoch, bis zumindest mein Oberkörper aufrecht war und ich Max verschwommen entgegenblicken konnte. »Es tut mir leid wegen Kirsten. Ich wollte nie ...«

»Unsinn!«, blaffte er. »Du hast keine Sekunde an Kirsten gedacht. Gib es doch zu, sie war dir scheißegal. Du hast sie einfach verrecken lassen.«

»Das stimmt nicht! Sie war meine Freundin. Ich hätte sie nicht alleine lassen sollen, aber ich wollte nie, dass ihr etwas passiert oder sie –«

»Dafür ist es nun zu spät.«

Meine Kehle zog sich schmerzhaft zusammen. »Bitte«, flehte ich. »Wo ist meine Tochter?«

Max wiegte den Ast in seinen Händen, kam wieder näher, baute sich auf. Sein Blick war gnadenlos. »Sie war niemals deine Tochter.«

Dann packte er mich an meinem Mantelkragen und stieß mich die Senke hinab.

13.

Eine Hand berührte meine Wange, warm und weich. Lächelnd streckte ich mich der Berührung entgegen. »Louisa, bist du das?«

Ich hob die Arme, um ihr Gesicht zu umfassen, ihr zartes, wunderschönes Gesicht, doch die Person, die über mir kniete, war nicht Louisa. Es war eine junge Frau in schwarzer Uniform, die meinen Körper betastete und mir mit einer Taschenlampe in die Augen leuchtete.

»Alles gut«, rief sie einer Person hinter sich zu. »Sie ist bei Bewusstsein!«

Ich verstand nicht. Wo war Louisa? Sie hatte mir doch gerade noch eine Decke gebracht, weil mir so kalt war, und neben mir gesessen ...

Bibbernd zog ich den Kopf ein. Die Bewegung schmerzte. Alles schmerzte.

»Ganz ruhig. Hilfe ist unterwegs«, sagte die Frau. »Wir brauchen eine Trage!«

Langsam sickerte wieder Bewusstsein in meine

Zellen. Max. Er hatte mich durch den Wald gejagt, mich diesen Hügel hinabgestoßen. Dabei musste ich mich am Kopf verletzt haben. An den Aufprall konnte ich mich nicht mehr erinnern, bloß noch ans Fallen. Und an das hasserfüllte Glühen in Max' Augen, während er von Kirsten gesprochen hatte. Hatte er mir also doch etwas vorgespielt. Mich belogen. Er hatte mich hier unten liegen gelassen, verwundet, in der Kälte.

Wo war er jetzt?

Meine Glieder und Gedanken waren von einer bleiernen Schwere umhüllt. Ich versuchte, sie mit aller Kraft abzuschütteln und mich aufzurichten.

»Es geht schon«, sagte ich zu der Polizistin, die wegen meiner Bewegungen protestierte. »Ich brauche keine Trage. Mir geht es gut.«

»Bleiben Sie liegen«, sagte sie laut. Neben ihr saß ein Schäferhund, der mich hechelnd mit seinen dunklen Augen fixierte.

»Sagen Sie mir lieber, was mit meiner Tochter ist. Haben Sie sie gefunden?«

Der strenge Ausdruck in den Augen der Frau wurde weich. »Sind Sie die Mutter? Nora Somweber?«

»Ja.«

»Sie sollten nichts überstürzen. Sie sind verletzt. Was ist passiert?«

»Bloß ein Kratzer«, widersprach ich und tastete nach dem Pochen an meiner Schläfe. Es war keine große Wunde, aber sie blutete noch, allzu lang konnte ich also nicht bewusstlos gewesen sein. Vielleicht war Max sogar noch in der Nähe.

»Ist Kommissar Theede hier? Ich muss ihn sprechen.«

»Sie müssen gar nichts, außer liegen zu bleiben.«

»Doch. Ich –«

»Halt!«, rief die Polizistin, als ich mich auf wackeligen Beinen aufrichtete. Im gleichen Moment fuhr ein schmerzhafter Blitz von meinen Schläfen meine Wirbelsäule hinunter. Ich kam ins Straucheln, meine Knie gaben nach. Ich hielt mich am Arm der herbeigesprungenen Polizistin fest, während mein Magen sich krampfartig zusammenzog und ich mich auf dem Waldboden übergab.

Am Ende ließ ich doch zu, dass sie mich auf einer Trage aus dem Wald transportierten. Ich war einfach zu geschwächt, körperlich, geistig. Als zwei Männer mich vom Waldrand bis zur Straße trugen, sah ich, dass Max' Wagen fort war. Sie setzten mich in den hinteren Bereich eines der Einsatzfahrzeuge, wo ein Notarzt meine Verletzungen untersuchte. Keine Brüche, bloß blutende Abschürfungen und eine Gehirnerschütterung.

»Machen Sie sich auf Kopfschmerzen gefasst«, sagte er. »Bettruhe. Keine abrupten Bewegungen. Wir werden Sie nach Hause fahren, und morgen sollten Sie unbedingt ein Krankenhaus aufsuchen.« Er ratterte die Namen von Medikamenten herunter, doch ich hörte nicht richtig zu, klammerte mich bloß an die Thermoskanne Tee in meinen gefrorenen Händen.

»Frau Somweber?«

Die vertraute Stimme riss mich aus meinen Gedanken. Binnen Sekunden war ich wieder hellwach und atmete erleichtert auf. Kommissar Theede war hinter dem Arzt ins Fahrzeug getreten und winkte ihn beiseite, um zu mir durchzukommen. »Was in Gottes Namen tun Sie bloß hier? Und was ist mit Ihnen passiert? Sind Sie verletzt?«

»Max war das. Max Richter. Er hat mich hierher begleitet, um nach Louisa zu suchen. Es war eine Falle. Er hat mich angegriffen, als wir im Wald waren, und eine Senke hinabgestoßen. Ich glaube, dass er Louisa hat. Bitte, Sie müssen unbedingt zu ihm!«

»Max Richter?« Kommissar Theede blickte verblüfft drein. »Wir haben ihn erst heute Nachmittag befragt.«

»Er hat uns allen etwas vorgespielt. Er hat mir diese Drohungen geschickt und wollte Kirsten rächen. Sie müssen mir glauben!«

»Schon gut, wir werden das überprüfen. Wir schicken gleich einen Streifenwagen zu ihm.«

»Danke.« Meine Schultern sackten herab. Meine Augenlider schlossen sich flatternd.

»Brauchen Sie einen Krankenwagen, um Sie ins Krankenhaus zu fahren? Sie sehen wüst aus.«

»Es geht schon. Ich will nur, dass das alles vorbei ist.« Würde es bald vorbei sein? Ich hoffte es inständig, als Kommissar Theede nach Verstärkung rufend den Wagen verließ und mein Körper wieder in dieser Schwere versank. Ich sah Louisa vor mir, ihren forschenden Blick.

Ich wollte sie zu mir ziehen, sie endlich umarmen, doch ehe ich ihre kleine Hand zu fassen bekam, verschwand sie wieder, und ich erwischte nur kalte Luft und schal gewordene Hoffnung.

14.

Sie war allein in der Wohnung. Das wusste sie, weil sie das Zufallen der Haustür gehört hatte und seither nichts mehr. Keine Schritte, kein leises Atmen. Nicht einmal die Katze miaute.

Einige Minuten zuvor hatte sie wieder eine Tablette nehmen müssen, aber diesmal hatte sie sie nicht geschluckt. Sie hatte sie in ihrer Mundhöhle versteckt und, zurück im Schrank, auf dem Boden ausgespuckt. Sie zertrat die Tablette unter ihrer Ferse, während sie weiter angestrengt lauschte. Ihr Herz klopfte stark und übertönte in ihren Ohren alle anderen Geräusche. Es war dunkel im Schrank, aber mittlerweile hatten ihre Augen sich an die gedämpften Lichtverhältnisse gewöhnt. Sie konnte Schemen erkennen, die fellbesetzte Jacke, die in ihrem Nacken hing, oder die Schuhschachtel, in der sie stapelweise bedrucktes Papier gefunden hatte. Sie sah ihre eigenen vor Angst zusammengekrümmten Zehen in den staubigen Socken.

Als sie vorhin kurz rausgedurft hatte, hatte sie überall in der Wohnung Kisten rumstehen sehen, das hatte sie beunru-

higt. Die Kisten waren vollgepackt gewesen mit Kleidung und Büchern und in Papier gewickeltem Geschirr. Und sie war nicht dumm. Sie wusste, dass Erwachsene ihre Sachen nur dann in Kisten packten, wenn sie vorhatten, länger wegzugehen. Sie wusste nur nicht, was sie mehr fürchten sollte: mitgehen zu müssen oder zurückgelassen zu werden. Hier drinnen.

Auf jeden Fall aber witterte sie ihre letzte Chance, deshalb hatte sie auch die Tablette ausgespuckt. Und deshalb kniete sie jetzt mit einem Ohr an der Schranktür und zählte die Minuten nach dem letzten Geräusch, das sie von außerhalb vernommen hatte.

Ihre Hände waren wieder mit einem Schal gefesselt, aber lockerer als sonst. Sie konnte den Stoff mit den Zähnen lösen und schob anschließend ihre Finger in den schmalen Spalt zwischen Schranktür und Boden. Die Tür war verschlossen. Sie hatte das Klicken gehört, als der Schlüssel gedreht worden war, dennoch drückte sie probehalber dagegen, lauschte wieder, drückte. Sie traute sich nicht zu rufen, aus Angst, die falsche Person könnte sie hören, aber sie wurde mutiger, klopfte auf der Suche nach Schwachstellen gegen die Tür.

In einem Film hatte sie einmal gesehen, wie ein Einbrecher bloß ein paarmal eine dünne Metallstange im Schlüsselloch hin- und her schieben musste, um eine Tür zu öffnen. Sie hatte das Gleiche mit dem hinteren Ende einer Gabel, die sie von ihrer letzten Mahlzeit stibitzt und unter ihrem Oberteil versteckt hatte, versuchen wollen, aber etwas war anders als in dem Film. Sie fand kein richtiges Schlüsselloch, bloß einen unnachgiebigen, metallischen Kasten. Sie drückte mit der Gabel dagegen, kratzte und klopfte, aber vielleicht gab es irgendeinen Trick, den sie nicht verstand, denn nichts passierte. Kein Schlüsselloch tat sich auf, und die Tür blieb weiterhin starr und unbeweglich. Frustriert knirschte sie mit den Zähnen, dann schob sie die Gabel versuchsweise in den Rahmenspalt zwischen Tür und Holzverkleidung.

Ein überraschendes Klicken ertönte. Die Tür schwang auf.

Im ersten Moment hielt sie nur den Atem an und wagte es nicht, nach draußen zu spähen. Irgendwie fürchtete sie, dass alles bloß ein Trick gewesen sein könnte und sie in eine Falle getappt war. Dass man sie furchtbar bestrafen würde, sobald sie den Kopf aus ihrem Gefängnis streckte, doch der Raum war leer.

Ganz langsam streckte sie ihren Fuß nach draußen. Als nichts passierte, trat sie hinaus, bis sie zitternd im Wohnzimmer stand. Die Möbel waren an die Wände gerutscht worden, um Platz für noch mehr Kisten zu machen. Sie ging auf Zehenspitzen um sie herum, vorbei an dem Tisch, an dem sie immer saß, wenn sie rausdurfte, und zu dem Fenster dahinter. Die Vorhänge waren wie immer zugezogen, doch diesmal kam sie nah genug, um die Hand hinter den Stoff zu schieben und durch die entstandene Lücke nach draußen zu blicken. Das Bild enttäuschte sie. Da war nichts Vertrautes. Kein Anzeichen ihres Zuhauses oder ihrer Mutter.

Sie trat wieder vom Fenster zurück, wäre beinahe auf den Schwanz der schwarzen Katze getreten, die fauchend an ihr vorbeihuschte. Sie sprang vor Schreck zurück. Ihr Ellbogen stieß gegen eine Vase am Fensterbrett, die gefährlich wackelte, ehe sie sie festhalten konnte. Sie unterdrückte ein Keu-

chen, die Haare in ihrem Nacken waren nass vor Angstschweiß.

Sie sah auch durch das nächste Fenster, dann ging sie weiter, vom Wohnzimmer in die Küche und von dort aus in den Flur. Auf einem runden Beistelltisch lag eine aufgeschlagene Zeitung. Sie sah ihr eigenes Foto, so groß, dass es fast über die ganze Seite ging. Sie war zu aufgeregt, um die Worte darüber zu entziffern, aber bestimmt war es eine Botschaft ihrer Mutter, die wollte, dass sie nach Hause kam.

Sie strich einmal über das wellige Papier, stellte sich vor, dass sie mit ihren Fingerspitzen ihre Mutter berühren konnte, dann wandte sie sich dem Teil der Wohnung zu, der ihr die meiste Angst einflößte: der Tür.

Es war das erste Mal, dass sie sie sah, vorher war sie noch nie so weit vorgedrungen. Ihre Beine zitterten noch mehr, wollten sie kaum bis zur Eingangstür tragen, die vor ihr aufragte. Es gab einen Riegel und eine Kette, aber gerade hing die Kette lose am Türrahmen. Sie streckte ihren Arm nach oben, um die Klinke zu erreichen, rüttelte daran, setzte ihr ganzes Gewicht ein, aber es half nichts. Die Tür ließ sich nicht öffnen.

Sie sah sich um, ob es vielleicht eine Schale mit Schlüsseln gab, wie ihre Mutter sie immer neben der Tür stehen hatte, aber sie fand keine. Auch nicht im Schrank gegenüber. Dann kam ihr eine Idee. Sie rannte wieder zurück zum Schrank, ihrem Gefängnis. Zwar wagte sie es kein weiteres Mal hineinzuklettern, aber sie schob suchend ihre Hand über den Boden, bis ihre Finger die Gabel fanden, mit der sie sich schon einmal befreit hatte.

Als sie damit wieder zurück in den Flur kam, blieb sie wie erstarrt stehen. Vor lauter Übermut hatte sie vergessen zu lauschen und die Wohnungstür nicht gehört. Die Gabel rutschte ihr aus der Hand. Sie hatte noch nicht einmal genug Zeit, um zum Schreien Luft zu holen, ehe eine Handfläche hart auf ihre Wange traf und sie zum Schweigen brachte.

15.

Ich wachte schweißgebadet und mit rasendem Herzschlag auf. Hatte ich etwa geschlafen? Schwer vorstellbar, aber die Sonne schien bereits durchs Fenster, dahinter ein blassblauer Himmel, als wäre es ein Tag wie jeder andere. Das Schneetreiben hatte aufgehört, Baumkronen und Dächer waren in helles Weiß getaucht. Der Anblick ließ mein Herz schwerer werden. Als hätte der Schnee Louisa gemeinsam mit allen Farben einfach von der Welt getilgt.

Ich drehte meinen Kopf zum Handy, um zu prüfen, ob Kommissar Theede mich schon wegen Neuigkeiten kontaktiert hatte, aber mein Bildschirm zeigte keine neue Nachricht. Bevor ich eingeschlafen war, hatte ich ihn minütlich kontrolliert, fest davon überzeugt, jeden Moment von der Polizei hören zu müssen, dass sie Max festgenommen hatten, dass Louisa befreit war, dass sie auf mich wartete.

Die Enttäuschung sickerte wie Gift durch meine Nervenbahnen. Mühsam richtete ich mich auf und griff nach den Schmerztabletten und den Diazepam, die ich mir auf dem Nachttisch bereitgelegt hatte. Jede Bewegung wurde mit hundert Nadelstichen bestraft. Mir war leicht schwindlig. Aufstehen war nur in Zeitlupentempo möglich. Bis zum Bad brauchte ich eine gefühlte Ewigkeit, aber die Dusche tat gut und ließ etwas von dem Schwindelgefühl von mir abfallen.

Wieso nur hatte sich die Polizei noch nicht bei mir gemeldet? War etwa doch niemand zu Max gefahren? War er vorher geflohen? Ich verbrannte mich am Duschwasser, das ich zu heiß aufdrehte, aber irgendwie genoss ich das schmerzhafte Gefühl auch, weil es durch meine Gedanken und Sorgen drang und mich kurz etwas anderes fühlen ließ als diese andauernde Angst.

Meine Haut spannte nach der Dusche. Mein erster Blick galt wieder dem Handy. Nichts, bloß mehrere ungelesene Nachrichten von meiner Mutter, auf die ich seit gestern Nachmittag nicht mehr reagiert hatte.

Und zwei Anrufe von Matthias. Der Gedanke an ihn drückte mir den Brustkorb zusammen. Inzwischen musste auch er wissen, dass ich ihn belogen hatte und Louisa gar nicht seine leibliche Tochter war. Ich war noch nicht bereit für das Gespräch und die Entschuldigung, die ich ihm schuldete. Schlechten Gewissens wischte ich seinen Namen vom Bildschirm und wartete wieder.

Der erhoffte Anruf kam dann um zehn. Kommissar Theede umging geschickt meine Fragen und kündigte lediglich an, dass er und Kommissar Wagner in zehn Minuten bei mir eintreffen würden.

Ich stand schon in der offenen Haustür, als sie wenig später die Stufen hochkamen. Bereits an der Art, wie Kommissar Theedes grimmiger Blick mich streifte, spürte ich, dass sie nicht die erhofften Neuigkeiten für mich hatten.

Wir setzten uns ins Wohnzimmer. Ich rutschte nervös auf den Sofakissen umher, während ich zwischen den Kommissaren hin- und hersah.

»Und? Was ist nun? Haben Sie Max vernommen? Was hat er wegen Louisa gesagt?«

Kommissar Theede verschränkte seine Finger ineinander, er sah mich nicht direkt an, sondern knapp an mir vorbei. »Wir haben Max Richter erneut ins Präsidium eingeladen, jedoch hat er uns eine andere Version der Geschichte erzählt. Er sagte, Sie hätten ihn zuerst bedroht. Dass Sie ihn beschuldigt hätten, Louisa entführt zu haben, und daraufhin auf ihn losgegangen seien.«

Ich hätte es für einen Scherz gehalten, wenn Kommissar Theedes Gesicht nicht so ernst geblieben wäre. Meine Entrüstung entwich mir in einem heftigen Prusten. »Er lügt! Das stimmt nicht. Er hat mich mit einem Ast attackiert, weil ich ihm wegen Louisa auf die Schliche gekommen war, und anschließend einen Hang hinuntergestoßen.«

»Der Mann hat aber dummerweise Verletzungen, die seine Erzählung glaubwürdig erscheinen lassen«, bemerkte Kommissar Wagner abschätzig und bedachte mich wieder mit diesem Blick, den ich schon von ihm kannte. Dieser Blick, der besagte, dass er mir kein Wort glaubte und mich verachtete.

»Verletzungen?« Ich verstand nicht. »Ich habe ihm kein Haar gekrümmt. Die Verletzungen muss er sich selbst zugefügt haben.« Verzweifelt schaute ich Kommissar Theede an. »Sie haben mich gestern doch gesehen! Wie er mich zugerichtet hat. Er hat mich einfach dort im Wald liegen lassen. Ich hätte sterben können!«

Kommissar Theede antwortete ruhig: »Er hat uns auch erzählt, dass Sie ihm schon einmal aufgelauert hätten, um sich Zugang zu seiner Wohnung zu verschaffen.«

»So war das nicht. Davon habe ich Ihnen doch erzählt. Er hatte mich zu sich eingeladen, aber da muss er bereits alles über mich und Kirsten gewusst haben. Er hat mit mir gespielt. Aber das tut doch jetzt auch gar nichts zur Sache. Es geht um Louisa! Und der Mistkerl hält sie irgendwo versteckt!«

»Frau Somweber.« Kommissar Theede beugte sich mir entgegen. »Wir können nur so weit agieren, wie Sie uns in das Geschehen einweihen. Und bislang haben Sie uns wichtige Informationen vorenthalten.«

»Aber diesmal sage ich die Wahrheit!« Ich schrie fast und zwang mich, wieder ruhiger zu werden, die Tränen zurückzuhalten und möglichst vernünftig zu wirken, damit sie mir endlich, endlich glaubten. »Bitte, ich will doch bloß, dass Sie ihn sich näher ansehen«, flehte ich. »Er ist der Vater. Er hat ein eindeutiges Motiv! Wieso untersuchen Sie ihn nicht einfach?«

»Das haben wir«, entgegnete Kommissar Theede und erhob sich auf eine Art, die das Ende des Gesprächs bedeutete. »Wir haben uns auch bei ihm zu Hause umgesehen. Dr. Richter war sehr kooperativ. Bislang gibt es jedoch keinerlei Anzeichen, die darauf hinweisen, dass er irgendetwas mit Louisas Verschwinden zu tun hat. Dr. Richter bestreitet, bis gestern überhaupt von ihrer Existenz gewusst zu haben.«

»Er lügt! Er wusste es. Er war es, der mir diese Drohungen geschickt hat, und wahrscheinlich hat er auch Kirstens Brief an die Medien weitergeleitet, um mich auffliegen zu lassen. Die beiden waren wieder zusammengekommen. Das alles ist eine Art perfider Racheplan, den sie gegen mich ausgeheckt haben, und weil Kirsten –«

»Das hat Dr. Richter auch gesagt«, unterbrach Kommissar Wagner mich mit einem süffisanten Grinsen und wischte mit der Hand vor seinem Gesicht hin und her. »Dass Sie nicht ganz bei Sinnen waren und Ihrer toten Freundin die Entführung in die Schuhe schieben wollten.«

»Ich bin nicht verrückt«, protestierte ich, Hitze im Gesicht, Kälte im Herzen. »Er hat etwas damit zu tun! Wieso glauben Sie mir nur nicht?«

Kommissar Theede räusperte sich. »Es geht hier nicht darum, was wir glauben, Frau Somweber. Wir sind die Polizei. Wir handeln rein nach Beweislage.«

»Welchen Beweis brauchen Sie denn noch?«, fragte ich und deutete auf mein geschundenes Gesicht, das mehrere Kratzer und Beulen aufwies. »Natürlich war Louisa nicht in seiner Wohnung! Dort habe ich doch auch schon nachgesehen. Er muss sie irgendwo anders versteckt halten. Was ist mit dem Parka im Grünwalder Forst? Haben Sie nicht noch weitere Beweise aufspüren können?«

»Wir sind noch dabei, alle Spuren auszuwerten. Vielleicht beruhigt es Sie ja, dass wir auch DNA-Proben von Dr. Richter entnommen haben. Wenn er mit dem Parka in Berührung gekommen sein sollte oder mit einem der Briefe, werden wir das herausfinden.«

»Und sonst unternehmen Sie nichts?« Max war doch nicht dumm. Wenn er den Parka entsorgt hatte, hatte er bestimmt vorher sämtliche Spuren vernichtet. Aber wieso hatte er ihn überhaupt im Wald liegen gelassen? Am Uferrand, wo ihn Wanderer leicht finden konnten? Um mich in die Irre zu führen, mich zu verunsichern? Das Bild war zugegebenermaßen nicht ganz stimmig, aber Max deswegen gleich freizusprechen, kam für mich nicht infrage. Ganz im Gegensatz zu den Kommissaren, die mit gleichmütiger Überheblichkeit nach ihren Mänteln griffen und die Panik in meiner Stimme ignorierten. Sie sahen nicht, was ich sah, wollten es vielleicht auch gar nicht. Für sie war ich die Verrückte. Die Alkoholikerin. Rabenmutter. Kindesdiebin. Ich konnte ihre Ablehnung doch spüren, als sie sich mir ein letztes Mal vor der Haustür zuwandten, mit einem aufmunternden Lächeln, das nur vorgetäuscht war, und kalten Augen, die enthüllten, was sie in Wirklichkeit von mir dachten.

»Wir melden uns, wenn wir Neuigkeiten haben«, sagte Kommissar Theede. »Bleiben Sie am besten einfach mal zu Hause. Legen Sie sich hin, kurieren Sie sich aus. Die Polizei tut wirklich ihr Bestes, auch ohne Ihr Zutun.«

Das Beste war offensichtlich nicht genug, doch ich verkniff mir den Kommentar, weil es zu sehr nach meiner Mutter geklungen hätte. Ich blieb in einiger Entfernung stehen und ließ sie abschiedslos davonfahren. Ich war wie festgefroren, meine Schläfen pochten vor Schmerz und Verwirrung.

Ich konnte nicht fassen, dass sie Max einfach so laufen ließen. Und schuld war nur ich, weil ich mich selbst so unglaubwürdig gemacht hatte. Nicht nur, dass ich mich die ganze Zeit von Max an der Nase hatte herumführen lassen, ich habe sogar mit ihm geschlafen, hat er der Polizei das auch erzählt? Es machte mich wütend, wenn ich jetzt daran dachte. Wütend und beschämt. Wie dumm ich mich verhalten hatte. Wie naiv. Ein leichtes Opfer. So begierig nach Aufmerksamkeit und Zuwendung, dass es sich dem Raubtier selbst in die Hände legte.

Aber das war nun vorbei. Ich hatte meine Lektion gelernt. Auf die Polizei konnte ich mich nicht verlassen, also musste ich anfangen, mir selbst zu helfen, aber ich musste auch cleverer werden, nachdenken, bevor ich handelte. Mich in Max hineinversetzen.

Er hatte gewusst, dass ich zur Polizei gehen würde, hatte alles sorgfältig geplant. Er hatte mich im Wald nicht töten wollen, sondern nur oberflächlich verletzt. Als Warnung, damit ich ihm nicht mehr in die Quere käme? Dann hatte er mich aber unterschätzt, denn es brauchte schon mehr als ein paar Hiebe mit einem Ast, um mich von meiner Tochter fernzuhalten.

Ich könnte ihn beschatten, ihm folgen für den Fall, dass er Louisa aufsuchte. Irgendwo musste er sie schließlich versteckt halten, und bei ihm zu Hause war sie offensichtlich nicht.

Ich kaute an meinem Daumennagel, bis ich Blut schmeckte. Wie hypnotisiert starrte ich auf das aufgerissene Nagelbett, Farben und Formen gingen ineinander über. Da war doch etwas, das ich übersah. Etwas musste einfach da sein. Sekunden verstrichen. Minuten. Erst ein Geräusch an der Tür ließ mich aus meiner Lähmung aufschrecken. Ich fuhr herum und stand meiner Mutter gegenüber, die mich aus weit aufgerissenen Augen anstarrte.

»Großer Gott. Was ist denn mit dir passiert?« Sie streckte die Hand in Richtung meiner blau verfärbten Schläfen aus, berührte mich jedoch nicht. »Bist du gestürzt?«

»Max war das. Wir sind gestern aneinandergeraten.«

»Dieser Teufel«, brummte sie und kniff die Lippen zusammen, die jede Farbe verloren hatten. »Haben sie ihn wenigstens verhaftet?«

»Nein. Er behauptet, es wäre Selbstschutz gewesen. Das Ganze ist ziemlich verzwickt ... Die Polizei war bis eben hier, aber sie lassen mich im Stich. Sie sind auf

Max' Seite und glauben mir kein Wort. Ich wollte mir eben einen Plan überlegen, aber die Kopfschmerzen machen mich wahnsinnig, ich kann kaum denken und – wieso klingelst du nicht? Du platzt einfach so hier rein.«

»Entschuldige mal«, entgegnete sie entrüstet. »Du reagierst ja nicht auf mich! Ich hatte schon Sorge, die Polizei könnte dich verhaftet haben.«

»Nein, ich glaube, sie verfolgen jetzt eine andere Spur. Sie haben ... Sie haben Louisas Parka im Wald gefunden.«

Das Gesicht meiner Mutter wurde aschfahl. »Nur den Parka? Mehr nicht?«

»Mehr nicht«, bestätigte ich und schluckte trocken. Meine Kehle war rau vor Durst, und mein Blick glitt zur Küchentür. Es war die Art von Durst, die nur auf eine bestimmte Weise gestillt werden konnte, doch so weit wollte ich meine Gedanken nicht gehen lassen. Taubheit war das Letzte, das Louisa und ich brauchten. Ich musste klar bleiben, fokussiert.

»Es ist dennoch mein Haus«, presste ich hervor.

Meine Mutter zog ihre schmalen Augenbrauen nach oben. »Ich habe dir damals die Kaution gezahlt oder etwa nicht?«

Ich gab bloß einen ächzenden Laut von mir und drehte mich weg von ihr. Ich hatte keinen Nerv für ein solches Gespräch, nicht jetzt. Doch sie fuhr unbeirrt fort, wie sie schon immer über meine Bedürfnisse hinweggeprescht war: »Ich habe mir auf jeden Fall Gedanken gemacht. Die Polizei geht die Sache nicht richtig an. Wir müssen viel stärker die Öffentlichkeit mit einbeziehen. Irgendwer muss einfach etwas gesehen haben. Wir leben hier schließlich in einer Großstadt. Ich habe auch schon mit allen größeren Zeitungen telefoniert, damit sie Fotos von Louisa drucken. In Bestplatzierung. Die meisten wollen nicht einmal Geld dafür, höchstens ein, zwei Zeilen von dir als Stellungnahme, wie es dir in der derzeitigen Lage geht. Fernsehen wäre natürlich noch besser, aber dafür müsstest du wahrscheinlich live vor die Kamera treten, und nachdem du gerade nicht sehr vorzeigbar bist …«

»Was soll das? Ich habe dich nicht darum gebeten, dass du mich an die Presse verkaufst.«

»Nein, weil du lieber in Selbstmitleid versinkst, wie wir alle wissen, aber Louisa ist auch meine Familie, ob dir das passt oder nicht. Ich bin eigentlich nur hier, weil ich selbst nicht genügend Fotos von ihr habe und die Zeitungen so schnell wie möglich Material brauchen, damit wir es noch in die morgige Ausgabe schaffen.«

Verunsichert zog ich den Kopf ein. »Wenn nicht einmal die Polizei auf meiner Seite ist, wieso sollte es dann die Öffentlichkeit sein?«

»Hier geht es nicht darum, wer auf wessen Seite steht, sondern rein um Aufmerksamkeit. Hör auf, immer nur an dich zu denken. Willst du nun Louisa helfen, oder nicht?«

Die scharfen Worte trafen mich gemeinsam mit meinen eigenen Selbstvorwürfen wie ein Schlag in den Bauch. »Natürlich will ich das. Ich will überhaupt nichts anderes.«

»Gut. Dann lass das Trübsal blasen und hilf mir, Fotos für die Zeitungen auszuwählen.«

Ich warf die Hände in die Höhe. »Von mir aus, aber egal, was irgendjemand sagt, ich gehe nicht ins Fernsehen.« Wie die Dinge aktuell standen, würde das bloß in einer Hexenjagd gegen mich enden und Louisa keine Spur helfen.

»Du weißt aber, du könntest solche Gelegenheiten gut gegen Max verwenden.«

Der Gedanke war zugegeben verlockend, aber leider falsch. Deshalb schüttelte ich den Kopf. »Noch fehlen mir stichhaltige Beweise, um irgendetwas gegen ihn vorzubringen.«

»Vielleicht kommt durch die Medien ja etwas Neues ans Licht. Kein Mensch ist perfekt. Wenn Max irgendetwas mit Louisas Verschwinden zu tun hat, wird er auch Fehler gemacht haben.«

»Ich frage mich die ganze Zeit, was die Sache mit Louisas Parka sollte. Wieso lag er da draußen im Wald?«

»Deshalb ja meine Idee mit den Zeitungen. Die Leute sehen oft mehr, als sie bewusst wahrnehmen. Wir müssen auch nach wie vor für die Möglichkeit offen bleiben, dass Max unschuldig ist und jemand anderes Louisa entführt hat. Was ist zum Beispiel mit Kirstens Mutter? Sie hätte ein genauso gutes Motiv.«

»Miriam? Niemals.« Ich kannte Kirstens Mutter seit fast zwei Jahrzehnten, sie war eine sanfte, sensible Frau, die zur Lösung ihrer Probleme Hellseher und Kräuterfrauen befragte. Gewalt lag nicht in ihrer Natur. Sie hätte mich vielleicht angezeigt und versucht, Louisa per Gericht einzufordern, hätte Kirsten sich ihr anvertraut, aber sie hätte niemals selbst Hand angelegt. »Außerdem hast du ihn nicht erlebt. Allein wie er mich angesehen hat … Max hat sie. Da bin ich mir ganz sicher.«

»Dann werden wir ihn überführen. Hab etwas Vertrauen. Louisa ist nicht verloren.«

Mein Kinn sank gegen meine Brust. Bevor ich weiter über die Möglichkeit nachdenken konnte, holte ich mein Handy hervor, öffnete zum dutzendsten Mal in den letzten Tagen meine Galerie-App, um Louisas Fotos auf meinen Bildschirm zu rufen.

Meine Mutter lugte mir beim Durchscrollen über die Schulter. »Die Fotos sollten möglichst aktuell sein«, merkte sie an. »Ganzkörperaufnahmen. Am besten welche, wo sie ähnliche Kleidung wie am Tag ihres Verschwindens trägt.«

»Solche habe ich der Polizei schon zuhauf geschickt.«

»Schick sie mir einfach noch mal, dann maile ich sie an die Zeitungen weiter.«

Ich presste die Lippen zusammen. Jedes Foto von Louisa, wenn ich sie nur ansehen, aber nicht berühren, nicht an mich ziehen konnte, war ein weiterer Messerstich in mein Herz. Ich hielt ganze zwei Minuten durch, dann drückte ich meiner Mutter das Handy in die Hand. »Mach du das. Du scheinst ohnehin besser zu wissen, worauf es bei den Fotos ankommt.«

Ich ging in die Küche hinüber. Einerseits, um mich abzulenken, andererseits um das schwelende Gefühl in meinem Magen zu beruhigen. Ich durchsuchte den Kühlschrank nach Essbarem, aber die Regale waren so gut wie leer und die Milch sauer geworden. Ich kippte sie in den Abfluss, und während ich die weißklumpige Flüssigkeit hinabspülte, durchzuckte es mich plötzlich. Der leere Milchkarton rutschte mir aus der Hand, fiel zu Boden. Weiße Tröpfchen sprenkelten meine Knöchel und die Fliesen um mich herum. Ich ließ den Karton liegen und lief ins Wohnzimmer zurück, wo meine Mutter noch immer mit konzentrierter Miene über mein Handy gebeugt auf dem Sofa saß.

»Gib noch mal her.« Ich wartete nicht auf eine Antwort, sondern riss ihr das Handy aus den Fingern.

»Was in Gottes Namen ...« Den Rest ihrer Worte blendete ich aus. Ich hatte nur noch Augen für den Bildschirm. Mit dem Daumen wischte ich wieder durch die Bildergalerie, durch dieselben Fotos in umgekehrter Reihenfolge, die ich mir eben erst angesehen hatte. Louisa. Louisa. Louisa. Ich ignorierte das Brennen in meinen Augen, wischte weiter und weiter, bis ... Stopp. Zurück. Da war es, inmitten von glückseligen Kinderfotos und Familienselfies. Ein Foto von Kirsten. Jahre alt. Vorhin hatte ich es sofort weggewischt, aber etwas daran hatte mich nicht losgelassen.

Nun sah ich es wieder. Die grün bewachsenen Berge im Hintergrund. Kirsten in figurbetonter Wandermontur, wie sie verliebt in die Kamera strahlte. Und Max' Worte in meinem Kopf. Berge. So hatte es Max doch gestern erst gesagt, hatte fast schon geprahlt damit. Dass er und Kirsten davon geträumt hatten, mit Louisa irgendwo in die Berge zu fliehen.

Und als Kirsten damals einfach mit Louisa verschwunden war, da hatte sie doch auch von einem Ausflug in die Berge geredet. Ich hatte es für eine Ausrede gehalten, aber was, wenn es die Wahrheit gewesen war? Wenn das schon immer ihr gemeinsamer Plan gewesen war?

Ich erinnerte mich daran, dass die beiden während ihrer Affäre oft gemeinsam wandern gewesen waren, manchmal tagelang, irgendwo abgeschieden vom Rest der Welt. Ich hatte mich damals nicht sonderlich dafür interessiert, aber Kirsten hatte von einer romantischen Hütte in der Wildnis geschwärmt, von der Max' Frau nichts wusste und in der sie sich ungestört einander hingeben konnten.

Kirsten hatte mir oft Fotos geschickt. Sie mit einem Sonnenbrand auf der Nase, wie sie zwischen meterhohen Baumstämmen posierte, hinter ihr ein Gipfel, ein Tal oder ein dicht bewachsener Hang. Die Hütte selbst hatte sie nie fotografiert. Vielleicht gehörte sie Max, und vielleicht gab es diese Hütte immer noch. Vielleicht nutzte er sie sogar, um Louisa darin zu verstecken.

»Was ist denn los?«, fragte meine Mutter, die nervös vor mir auf den Fußballen wippte und ihr Kinn nach vorne streckte. »Hast du etwas Wichtiges entdeckt?«

»Gleich.« Meine Hände zitterten vor Aufregung, als ich meine Telefonkontakte aufrief. »Einen Moment. Ich muss noch mal schnell mit der Polizei sprechen. Mir ist eben etwas eingefallen ...«

Kommissar Theede klang wenig erfreut, so bald schon wieder von mir zu hören. »Ja, Frau Somweber?«, fragte er mit unverhohlener Härte in der Stimme. Mir war das egal. Er brauchte mich nicht zu mögen, um meine Tochter zu retten.

Ich platzte gleich los. »Ich glaube, ich weiß, wo Louisa ist. Er hat eine Hütte, irgendwo in den Bergen. Ich weiß leider nicht, wo genau, aber das können Sie doch sicher rausfinden, oder?«

»Wer?«

»Na Max! Dr. Richter.«

Kommissar Theede seufzte gereizt. Etwas wurde mit einem lauten Knall zusammengeklappt. Entweder ein Laptop oder ein Buch. »Sie müssen wirklich aufhören, den Doktor zu belästigen. Er hat eine reine Weste und kann nichts dafür, dass seine Freundin ihn damals belogen hat.«

»Was für eine reine Weste soll das sein? Haben Sie mein Gesicht gesehen?«

»Falls Sie um Ihre Sicherheit fürchten, bleiben Sie einfach zu Hause. Ein Streifenwagen parkt vierundzwanzig Stunden vor Ihrer Tür. Den Rest überlassen Sie in Zukunft bitte uns.«

Ich krallte die Finger ums Handy. »Wie bringe ich Sie nur dazu, mir endlich zu glauben?«

»Auf Wiederhören, Frau Somweber.«

Das Tuten aus dem Lautsprecher schmerzte in meinen Ohren. Die Frustration ließ mich mit den Zähnen knirschen. Wie konnte die Polizei nur so uneinsichtig sein? So blind? Aber dann durften sie auch nicht von mir erwarten, dass ich zu Hause still sitzen blieb. Nicht, wenn es um mein Kind ging.

Denn sie lagen falsch. Max hatte Louisa entführt, und nun hatte ich auch eine Ahnung wohin. Und wenn die Polizei nichts dagegen unternahm, musste ich die Sache eben selbst in die Hand nehmen.

»Was ist denn nun? Sprich endlich mit mir!«, verlangte meine Mutter. Sie war dicht vor mich getreten und hielt mich an den Ellbogen fest.

Ich zeigte ihr das Foto, das mich auf meine Spur geführt hatte, und erzählte ihr von Kirstens und Max' geheimem Liebesnest.

»Du denkst also, dass Kirstens Freund Louisa irgendwo in den Bergen versteckt hält?«

»Ich weiß es nicht, aber es wäre naheliegend, oder?«

»Du weißt jedoch nicht, wo diese Hütte ist.«

»Noch nicht, aber ich werde es herausfinden. Dafür …« Ich schluckte, als ich merkte, dass ich im Begriff war etwas zu tun, was ich seit Jahren nicht mehr getan hatte.

»Ich brauche deine Hilfe, Mama.«

Die Polizei sollte nicht wissen, was ich vorhatte, deshalb bat ich meine Mutter, mir einen kleinen Vorsprung zu verschaffen. Ich beobachtete aus dem Küchenfenster, wie sie mit ausufernden Gesten auf den Streifenwagen zulief. Ich wusste nicht, was sie ihnen erzählte, aber die beiden Polizisten stiegen sofort aus und folgten ihr hinter eines der Nachbarhäuser, wo sie aus meinem Sichtfeld verschwanden.

Sicherheitshalber wartete ich noch ein paar Sekunden, dann verließ ich das Haus durch die Terrassentür und eilte mit hochgezogenen Schultern zum Wagen meiner Mutter. Er war um die Ecke geparkt, weswegen ich hoffte, dass sein Fehlen nicht sofort auffallen würde. Mein Herz schlug mir dennoch bis zum Hals, als der Motor ansprang und ich mit schleichender Geschwindigkeit die Siedlung verließ.

Dabei tat ich nichts Verbotenes. Ich fuhr lediglich durch die Münchner Innenstadt. Es konnte Zufall sein, dass es mich nach Sendling-Westpark zog. Ich parkte auf der Straße gegenüber von Max' Wohnhaus, von wo aus ich freie Sicht auf seine Garageneinfahrt hatte.

Ich hielt mir mein Handy ans Ohr und tat, als würde ich telefonieren, damit ich Fußgängern nicht zu auffällig vorkam. Davor hatte ich bereits unter falschem Namen im Krankenhaus angerufen und mich als eine von Max' Patientinnen ausgegeben, daher wusste ich, dass er heute nicht dort war. Die ideale Gelegenheit. Denn eines war klar, wenn er Louisa tatsächlich versteckt hielt, dann musste er auch irgendwann zu ihr. Um nach ihr zu sehen, sie zu versorgen, ihr Trost zu spenden. Er war ihr Vater, was meine einzige Hoffnung war.

Also wartete ich. Ich hatte nichts zu verlieren. Mein Arm wurde schwer, aber ich wartete weiter, ich biss die Zähne zusammen. Es verging eine Stunde. Zwei Stunden. Die Sonne spiegelte sich in Max' Fenstern, deshalb konnte ich nicht erkennen, ob er zu Hause war, aber einmal glaubte ich kurz eine Bewegung wahrzunehmen.

Um kurz nach eins blitzte dann endlich die nachtblaue Motorhaube seines BMWs in der Einfahrt auf. Mir blieben lediglich Sekunden, um meinen Wagen ebenfalls in Bewegung zu setzen und auf die Straße zu lenken. Ich vergaß kurz zu kuppeln und musste den Motor noch mal neu starten. Max war da bereits auf halbem Weg die Straße runter, zwischen uns fuhren sechs Autos. Im Zickzack holte ich langsam wieder auf. Als er auf die B2 auffuhr, befanden sich nur noch zwei Wagen zwischen uns. Er fuhr Richtung Süden, was meinen Verdacht erst mal bestätigte. Ich war mir sicher, dass er die Autobahn ansteuern würde, doch nachdem wir die Isar passiert hatten, fuhr er plötzlich wieder ab. Er überholte zwei andere Wagen und beschleunigte, während er sich durch den dichten Verkehr schlängelte.

Ich geriet ins Schwitzen. Ich musste all meine Konzentration aufwenden, um an ihm dranzubleiben. Der Abstand wurde wieder größer. Immer wieder verlor ich Max' Wagen aus den Augen, der weiterhin und scheinbar ziellos durch die Straßen fuhr.

Entweder war er einer dieser Idioten, denen einer abging, wenn sie rasen konnten, oder er hatte mich bemerkt. Dennoch blieb mir keine andere Wahl. Ich musste dranbleiben, mit ihm beschleunigen, durfte mein Ziel nicht aus den Augen verlieren. Straßen und Autos verschwammen vor mir, ich fixierte nur noch Max' Stoßstange. Einmal übersah ich eine rote Ampel. Hupgeräusche wurden laut, und dennoch fuhr ich weiter, weiter, weiter. Ich hatte die Zähne zusammengebissen. Dann schrie ich laut auf, als ein Wagen vor mir plötzlich abbremste. Erst als ich knapp hinter ihm ruckartig zum Stehen kam, bemerkte ich, dass es ein Streifenwagen war.

Max bog in dem Moment bereits in die nächste Straßenkreuzung ein und verschwand. Zu spät, um noch mal aufzuholen. Zu spät, zu spät, zu spät. Keuchend brach ich über meinem Lenkrad zusammen. Verloren. Ich hatte ihn verloren.

Mein Handy klingelte auf dem Beifahrersitz. Ich wollte es erst ignorieren, doch als ich sah, dass es Kommissar Theede war, ging ich doch ran.

Diesmal ließ er die Begrüßungsfloskeln. »Zwingen Sie mich nicht, Sie festzunehmen. Wieso verfolgen Sie schon wieder Dr. Richter?«

Die beiden Männer im Streifenwagen waren ausgestiegen. Sie sahen in meine Richtung, kamen jedoch nicht näher. Mein ungutes Gefühl bestätigte sich. »Lassen Sie mich etwa beschatten?«

»Das war nicht notwendig. Dr. Richter hat uns kontaktiert, nachdem ihm aufgefallen war, dass Sie ihm durch halb München hinterhergejagt sind. Wollen Sie es wirklich auf eine einstweilige Verfügung ankommen lassen?«

»Einstweilige ...«, wiederholte ich fassungslos. »Ich bin hier doch diejenige, die von ihm einen Hang hinabgestoßen wurde!«

»Eben. Doch es spricht stark gegen ein Opferprofil, wenn Sie den Täter ständig aufsuchen.«

»Doch nur, weil Sie selbst nichts gegen ihn unternehmen! Ich weiß nicht, was es noch braucht. Seine Beziehung zu Kirsten, die Drohungen, die Hütte, in die er mit Louisa fliehen wollte ... Es ist alles so offensichtlich, und Sie tun einfach nichts!«

»Weil auch nichts davon auf Dr. Richter zurückgeführt werden konnte! Wir haben sogar die Sache mit der Hütte überprüft. Dr. Richter besitzt keine, auch niemand in seinem näheren Umfeld. Reicht das, damit Sie endlich von Ihren wirren Behauptungen abweichen?«

»Aber es gibt sie! Das weiß ich doch ...«, beharrte ich, merkte jedoch, wie meine Stimme an Kraft verlor. Womöglich irrte ich mich am Ende doch. Womöglich war es nie Max' Hütte gewesen, sondern bloß ein touristisches Chalet, in dem sie sich tageweise eingemietet hatten. Aber wo konnte er Louisa dann versteckt halten?

»Hören Sie. Ich verstehe ja Ihren Unmut und Ihre Sorge. Sie machen Unvorstellbares durch. Dafür haben Sie mein vollstes Mitgefühl. Aber Sie müssen die Untersuchungen wirklich der Polizei überlassen. Louisas Schicksal liegt uns genauso am Herzen.«

»Wirklich? Was haben Sie denn schon herausgefunden?« Ich drückte ihn weg und schlug mit der Handfläche so fest gegen das Lenkrad, dass die Hupe ertönte. Ich wollte das Handy in den Fußraum werfen, um es nicht mehr sehen zu müssen, aber ein letzter Blick auf den Bildschirm, auf Louisas strahlendes Gesicht, ließ mich innehalten.

Eine neue Nachricht mit Kirstens Profilbild daneben war aufgeploppt.

Nein, nicht Kirsten, rief ich mir ins Bewusstsein. Max. Max war das. Max, den ich eben hatte entkommen lassen und der wahrscheinlich bereits auf dem Weg zu meiner Tochter war. Ich wusste, dass es unmöglich Kirsten sein konnte. Dass sie tot war, und dennoch schluckte ich, als sich das Bild in der Nachricht öffnete.

Im ersten Moment sah ich nur Blut und Schleim. Mein Verstand setzte aus. Er war taub vor Schock und vor Angst. Erst als ich das vertraute Stoffmuster erkannte, verstand ich, was auf dem Foto zu sehen war. Diese blassrosa Rosenblüten, die sich für immer in mein Gedächtnis gegraben hatten. Ich erinnerte mich. An Kirstens Schreie, den Geruch von Schweiß und Blut und an das größte Wunder meines Lebens.

Das war das Bett, in dem Kirsten Louisa entbunden hatte, unten in Italien. Und dort in der Mitte des Bildes in einer Lache aus Fruchtwasser und Blut lag die Plazenta mit der abgetrennten Nabelschnur darum. Es war das Einzige, das Kirsten von Louisa behalten hatte, als ich ihren zarten Körper aus dem Schlafzimmer getragen hatte, um sie zu waschen und in warme Tücher zu wickeln.

Ich weiß noch, dass ich die Plazenta einfach hatte wegwerfen wollen, nachdem ich an ihr Bett zurückgekehrt war, aber Kirsten hatte sich dagegen gewehrt und sie am Abend hinter dem Haus im lehmigen Erdboden vergraben. Ich war zu fasziniert von Louisas gurgelnden Lauten und der Winzigkeit ihrer Finger gewesen, um den Tränenspuren in Kirstens Gesicht viel Beachtung zu schenken.

Dennoch verstand ich nicht, warum es dieses Foto überhaupt gab. Wieso hatte Kirsten die Plazenta damals fotografiert? War es wieder eine versteckte Drohung? Womit wollten sie mir noch drohen, nachdem sie mir das Schlimmstmögliche bereits angetan hatten?

Hitze staute sich hinter meinen Augen, während ich mich dazu zwang, das Handy beiseitezulegen und mich wieder auf meine Mission zu konzentrieren. Die Streifenpolizisten auf der Straße vor mir starrten mich noch immer mit stählernen Mienen an. Ich starrte zurück, während ich den Rückwärtsgang einlegte und unter ihren wachsamen Blicken wendete.

Diese Runde ging vielleicht an Max, aber ich hatte noch lange nicht vor aufzugeben.

Zeit für Plan B.

16.

Ich lenkte den Wagen meiner Mutter wieder auf die B2 Richtung Norden, einmal quer durch die immer volle Innenstadt, noch mal durch Sendling und dann noch weiter nach Nymphenburg, wo, umgeben von prunkvollen Parkanlagen und noblen Stadthäusern, die besser gestellten Bewohner der Stadt lebten.

Auch Max hatte hier einmal gewohnt, gemeinsam mit seiner Frau. In einer ruhig gelegenen Straße in Nähe des Ludwig-Ferdinand-Parks. Ich war schon einmal hier gewesen und kannte den Weg. Damals war ich mit Kirsten hergekommen, vor über sieben Jahren. Das war zu Beginn ihrer Affäre mit Max gewesen, als sie sich noch von der Hoffnung hatte tragen lassen, er würde seine Frau für sie verlassen. Kirsten war sich ihrer Sache so sicher gewesen, keine Sekunde lang hatte sie an Max und seinen Schwüren gezweifelt. Doch als aus den versprochenen Tagen Wochen und aus den Wochen Monate geworden waren, hatte sie ihre Konkurrentin einmal sehen wollen und mich gebeten, sie zu begleiten.

Wir hatten hinter der dicht bewachsenen Lorbeerhecke geparkt und hinauf zu den weiß umrandeten Schlafzimmerfenstern geblickt. Über eine Stunde hatten wir im überhitzten Auto gesessen, aber auf Max' Frau hatten wir nur einen kurzen Blick erhascht, wie sie von einem Raum zum anderen gegangen war.

Daniela Richter war groß und schlank. Sie hatte nur einen Jogginganzug getragen, aber dennoch elegant darin ausgesehen. Angeblich machte sie beruflich irgendwas mit Eventmanagement, aber Kirsten hatte darüber geschimpft, dass sie bestimmt zu faul zum Arbeiten sei und sich nur auf dem Vermögen ihres Mannes ausruhe.

Wir waren gleich darauf wieder weggefahren. Kirsten hatte an ihren Nägeln gekaut und kein Wort mehr über Max und seine Frau verloren.

Das Haus wirkte unverändert, auch nach sieben Jahren noch. Es war derselbe imposante Bau mit dem Schmiedeeisenzaun um den Garten und Orchideen an jedem Fenster. Wie ein Blick aufs Klingelschild verriet, wohnte Daniela Richter noch immer hier.

Die Klingel ertönte in einem altertümlichen Ding-Dong und lockte kurz darauf eine hochgewachsene Frau in einem figurbetonten Strickkleid nach draußen. Frau Richter war nach wie vor eine elegante Erscheinung, mit minimalen Falten um Augen und Mund und einer kaum sichtbaren Narbe von einer Nasenkorrektur.

Ihre schlanke Hand umfasste den Türstock. »Ja?«, fragte sie und spähte kurz über meinen Kopf hinweg, als würde sie noch jemand anderen erwarten.

»Tut mir leid, dass ich Sie störe. Sie kennen mich nicht, aber –«

Frau Richter nickte. »Ich weiß, wer Sie sind.«

Verstummt folgte ich Frau Richter ins Innere ihres Zuhauses. Sie führte mich durch eine hallende Diele in ein geschmackvoll eingerichtetes Wohnzimmer, das ganz in Beige- und Blautönen gehalten war. Die Sofarückenlehne war ähnlich steif wie Frau Richters Körperhaltung, als sie sich mir gegenüber niederließ.

»Entschuldigung, aber woher kennen wir uns?«, hakte ich nach und lächelte in der Hoffnung, dadurch weniger nervös zu wirken.

Frau Richter erwiderte mein Lächeln nicht. Sie zog eine Schachtel Mentholzigaretten aus der Couchtischschublade hervor und zündete sich eine an. Sie paffte zweimal, ehe sie sprach.

»Ich war nie eine von den einfältigen Frauen«, sagte sie. »Ich wusste sofort, dass Max mich betrog. Ich wusste, dass es jemand aus dem Krankenhaus war, also habe ich recherchiert. Sie hatte ich auch kurz im Blick, weil ich Ihren Wagen einmal vor meinem Haus parken sah, deshalb weiß ich auch, wer Sie sind. Aber es war eine Freundin von Ihnen. Kirsten, richtig?«

Mein Kiefer verkrampfte sich in dem Bestreben, mir meine Überraschung nicht anmerken zu lassen. »Sie wussten davon?«

»Natürlich.« Sie äscherte auf den Rand eines Kristallaschenbechers, ungerührt davon, dass die Hälfte der

Asche daneben landete. »Man entwickelt einen sechsten Sinn für so was, und Max war nicht einmal sonderlich clever darin, seine Liaison vor mir zu verheimlichen. Seine Hemden rochen jedes Mal nach ihrem Parfüm, wenn er bei ihr gewesen war. Patschuli, das werde ich nie vergessen. Seither hasse ich diesen Duft. Mein Fehler war lediglich, dass ich ihn nicht sofort verlassen habe. Ich habe ihm die Hölle heiß gemacht, als ich erfuhr, dass seine Freundin auch noch schwanger war. Von einem Mann, der sich jahrelang gegen das Familienleben ausgesprochen hatte! Max verließ sie aber, und dann wurde ich doch noch einfältig. Ich habe ihm wirklich geglaubt, als er mir versprochen hat, dass alles anders werden würde. Doch vor einem Jahr etwa fing es wieder an. Die vielen Spätschichten im Krankenhaus. Vertröstende Worte und dieser ständig abwesende Blick. Da wusste ich sofort, dass er es wieder tut. Diesmal habe ich mich aber nicht mehr von ihm bezirzen lassen. Ich habe sofort die Scheidung eingereicht und ihm alles Gute mit seinem Flittchen gewünscht.«

»Kirsten ist tot«, unterbrach ich sie stockend. »Sie hat Selbstmord begangen.«

»Ich weiß. Es tut mir leid für sie, das meine ich ehrlich. Es ist nicht ihre Schuld, dass sie meinem Mann auf den Leim gegangen ist. Und es ist in jedem Fall tragisch, wenn ein so junger Mensch keinen anderen Ausweg mehr sieht. Aber das führt mich letztendlich auch zu der Frage …« Frau Richter drückte ihre Zigarette halb geraucht aus und fixierte mich mit ihrem Blick durch eine

Mentholwolke hindurch. »Was wollen Sie überhaupt von mir?«

Ich atmete tief ein und hielt die Luft einen Moment lang an. »Ich kann es schwer erklären ...«

»Versuchen Sie es. Ich bin geduldiger, als ich aussehe.«

»Es hat mit Kirsten zu tun. Mit der Affäre, die sie und Max vor sieben Jahren hatten ... Ich glaube, nein, ich weiß, dass die beiden sich oft in einer Hütte in den Bergen getroffen haben. Wussten Sie davon? Kennen Sie die Hütte?«

Frau Richter legte den Kopf schief und trommelte mit ihren eckig gefeilten Nägeln auf der Sofalehne. »Ich habe ehrlich keine Ahnung, wo die beiden sich getroffen haben, und habe auch nie das Verlangen verspürt, mehr über diese ... Intermezzi zu erfahren. Aber Kirsten ist tot. Wieso interessiert Sie das also nach all den Jahren? Oder sagen Sie bloß, Sie hatten auch was mit meinem Mann?«

Meine Ohren erhitzten sich. Kurz flammten die Erinnerungen in mir auf. Von kühlen Berührungen und aneinanderreibenden Gliedmaßen. Die Bilder waren verzerrt, wie aus einem Traum. Es wollte kaum in meinen Kopf hinein, dass ich tatsächlich mit diesem Mann geschlafen haben sollte, als wäre das gar nicht wirklich ich gewesen.

Ich griff nach meiner Handtasche und kramte darin herum, um der Frage zu entgehen.

»Es ging mir mehr um die Hütte selbst. Ich hatte gehofft, dass Sie von ihr wissen. Es tut mir leid, dass ich Sie damit belästigt habe. Ich wollte nicht in alten Wunden rühren.«

Frau Richter lächelte freudlos und wischte mit der Hand durch die Luft. »Oh, bitte. Max ist schon lange keine Wunde mehr für mich. Ich habe mich gebührend an ihm gerächt, glauben Sie mir.« Ihre Augen funkelten dabei, doch es lag etwas so Kaltes darin, dass ich zu verstehen glaubte, wieso es Max zu der lebensfrohen, chaotischen Kirsten hingezogen hatte.

»Verstehe. Ich will Sie dennoch nicht weiter stören. Danke für Ihre Zeit.«

Auf dem Weg zur Tür hielt ich meine Handtasche wie einen Schild vor mir. Plötzlich wollte ich nur noch raus. Wahrscheinlich hätte ich mich nicht einmal verabschiedet, wenn Frau Richter sich an der Tür nicht noch einmal geräuspert hätte.

»Wie gesagt, ich weiß leider nichts von einer Hütte, aber Max hat einen Cousin mit einem Eigenjagdgebiet irgendwo bei Mittenwald. Ich habe ihn nie dorthin begleitet, weil ich Jagen verabscheuenswert finde, aber gut möglich, dass es dort so eine Hütte gibt, falls Ihnen das weiterhilft.«

Mein Herz setzte aus, und ich wäre beinahe über die Eingangsstufen gestürzt. »Wirklich?«, fragte ich halb im Herumdrehen. »In Mittenwald? Das liegt bei Garmisch-Partenkirchen, oder?«

»Richtig, alles Weitere werden Sie aber selbst herausfinden müssen.«

Erleichtert drückte ich meine Schultern durch. »Danke. Das hilft mir sehr.«

»Schön. Und was Sie auch tun, ich hoffe doch sehr, dass es zum Schaden meines Exmanns sein wird.«

Zum ersten Mal tauschten wir so etwas wie ein ehrliches Lächeln miteinander. »Das verspreche ich sogar.«

17.

Ein paar Klicks auf Facebook reichten aus, um den vollständigen Namen von Max' Cousin herauszufinden: Robert Loos. Er war Schönheitschirurg und wohnte in der Nähe des Starnberger Sees. Das verriet zumindest sein Profilfoto, mehr war für mich leider nicht einsehbar, weil die meisten Infos und alle Beiträge auf privat gestellt waren. Das machte jedoch nichts, denn nachdem ich seinen Namen hatte, rief ich beim zuständigen Jagdverein an und tat so, als hätte ich schon einmal mit Robert wegen einer Mitbenutzung seines Reviers gesprochen und würde mich nun nach Lage und Topographie erkundigen wollen, nachdem ich dummerweise seine Telefonnummer verloren hätte.

Der Mann am Telefon klang etwas skeptisch, bot mir jedoch an, mir einen Auszug des Jagdkatasters zu schicken, wenn ich dafür Mitglied werden wollte. Ich wusste nicht einmal, was das sein sollte, bloß, dass mir dafür die Zeit fehlte. Also umging ich das Angebot und erfand eine Geschichte, dass ich gerade in der Nähe sei und mir erst mal einen groben Überblick verschaffen wolle. Ob er mir bloß ein paar Eckdaten nennen könne, damit ich mir vor Ort ein Bild machen könne?

So erfuhr ich, dass Max' Hütte irgendwo in der Nähe des Barmsees lag, gerade einmal eineinhalb Stunden von München entfernt.

Ich war fast euphorisch, nachdem ich diese Info hatte. Ich wollte meine Mutter anrufen, um ihr alles mitzuteilen, als eine SMS von ihr das Handy in meiner Hand vibrieren ließ.

Meine Euphorie erstarb kurz darauf.

Komm nicht zurück, schrieb sie, dicht gefolgt von drei weiteren Nachrichten.

Die Polizei ist hier.

Sie glauben, du hast Kirsten ermordet.

Sie durchsuchen das Haus.

Ein eiskalter Schauer erfasste meine Wirbelsäule, während es in meinen Schläfen hämmerte. Das Ganze war einfach zu abstrus. Ich sollte Kirsten ermordet haben? Aber Kirsten hatte Selbstmord begangen. Sie hatte sich Propofol gespritzt, ein stark wirksames Narkosemittel, das bei falscher Dosierung zu Atemnot und Herzstillstand führen kann. Bereits Michael Jackson war daran gestorben. Und nun auch Kirsten. Aber das hatte sie sich selbst angetan, aus Verzweiflung, weil ich ihr Louisa nicht hatte wiedergeben wollen.

Oder?

Alles andere ergab keinen Sinn.

Am liebsten wäre ich dennoch sofort nach Hause gerast, um der Polizei meine Unschuld zu beweisen. Es war nicht gerecht, dass sie mir das anhängen wollten.

Aber Gerechtigkeit brachte mich an dieser Stelle nicht weiter. Ich durfte nicht zulassen, dass sie mich erneut vernahmen oder womöglich sogar einsperrten. Selbst, wenn ich sie schlussendlich von meiner Unschuld überzeugen könnte, würde ich zu viel kostbare Zeit verlieren, in der meine Tochter mich brauchte. Ich konnte jetzt nicht weg. Ich musste zu ihr. Ich musste nach Mittenwald, weil ich die Einzige war, die Max' Spur dorthin verfolgen würde.

Ich schaltete mein Handy aus, aus Angst, dass die Polizei mich orten könnte, und fuhr erneut auf die Bundesstraße und von dort aus auf schnellstem Weg auf die Autobahn, raus aus München und Richtung Süden.

Die ganze Zeit spürte ich ein klammes Kribbeln im Nacken, als würde jemand knapp hinter mir sitzen und mich beobachten. Gingen die Ermittlungen denn schon so weit? Wurde ich womöglich von der Polizei gesucht? Gab es einen Haftbefehl gegen mich? Ich konnte es mir nicht vorstellen, dennoch glitt mein Blick immer wieder zum Rückspiegel, sprang zu den umliegenden Autos, während meine Hände das Lenkrad krampfhaft umschlossen.

Die Strecke war nicht lang, nur etwa hundert Kilometer. Mittenwald lag im Süden von Bayern an der Grenze zu Tirol und dem thronenden Alpengebirge. Eingekesselt von Bergen und weiten Wäldern. Der perfekte Ort, um jemanden zu verstecken, um nicht gefunden zu werden.

Ich hatte keine Adresse für Max' Hütte, bloß vage Eckdaten, wo das Jagdrevier seines Cousins sich befand. Ich traute mich nicht, das Navigationssystem meines Handys zu benutzen, und hatte mir stattdessen eine altmodische Landkarte an einer Tankstelle kaufen müssen, die nun ausgebreitet quer über dem Beifahrersitz lag.

Ich fand den Barmsee dort verzeichnet, aber das Gebiet drum herum war riesig, wie ich resigniert feststellte. Das Jagdrevier konnte sich in alle möglichen Richtungen erstrecken und war bestimmt mehrere hundert Hektar groß. Meine einzige Hoffnung bestand darin, dass es eine Straße zu der Hütte geben musste und dass ich diese Straße finden konnte, ansonsten würden Tage vergehen, ehe ich auch nur eine einzige Spur hatte.

Müde blickte ich die Autobahn und den eisblauen Horizont hinunter, an dem sich schneebedeckte Gipfel erhoben. Wie mit Frost beschlagene Dolche ragten sie in die Höhe und strahlten eine unterschwellige Bedrohung aus, die mein Herz hart werden ließ. Louisa war dort. Irgendwo da draußen.

Früher hatte ich Kirsten oft auf ihren Wandertouren begleitet, doch der Anblick hoher Bergspitzen hatte für mich stets etwas Einschüchterndes gehabt. Es war diese beklemmende Enge, die mir die Luft abschnürte, die Rohheit steil abfallenden Gesteins und messerscharfer Klippen.

Das schwindende Tageslicht verstärkte das Gefühl der Bedrohung nur noch. Es fühlte sich an, als würde ich gegen etwas anrennen, in dem Wissen, dass ich nur verlieren konnte. Unterbewusst hatte ich das Gaspedal stärker durchgetreten und musste mich nun dazu zwingen, wieder langsamer zu fahren. Ich konnte es mir nicht erlauben, Aufmerksamkeit zu erregen, angehalten zu werden, ehe ich mein Ziel erreicht hatte.

Kurz nach Eschenlohe endete die Autobahn, und ich musste auf der Bundesstraße weiterfahren. Die Straße schlängelte sich um tiefe Talhänge und schneeverkrustete Wälder herum.

Ich schaltete das Radio kurz ein und gleich darauf wieder aus. Ich hatte zu große Angst, eine Meldung über mich selbst zu hören. Die Mutter, die erst ihr Kind verloren hatte und nun wegen Mordes gesucht wurde.

Die ausstrahlenden Lichter eines Einsatzfahrzeugs ließen mich zusammenzucken. Ich hätte beinahe scharf abgebremst, aber es war nur eine Baustelle. Niemand hielt mich auf. Niemand nahm mich überhaupt wahr. Ich konnte langsam um die Einsatzfahrzeuge herumfahren. Dennoch hielt ich den Blick gesenkt, den Atem an.

Danach ging es weiter. Einen Bach entlang und einen Hügel hinauf, runter von der Bundesstraße, von wo aus bereits das erste Aufblitzen von Wasser in der Ferne zu erkennen war. Mit schneller klopfendem Herzen erreichte ich schließlich den Barmsee, der nördlich von Mittenwald am Fuße eines ansteigenden Gebirges lag. Die offizielle Straße führte bis zum gleichnamigen Hotel, danach ging es nur noch auf einer Forststraße weiter, die den See an der Westseite umrundete und dann in mehrere Abzweigungen überging. Die vielen Auswahlmöglichkeiten überforderten mich. Ich wählte instinktiv den Weg, der von Langlaufskiern und tief profilierten Reifen gespurt worden war und der tiefer in die Berge hineinführte, weg vom See und dem touristischen Trubel.

Der Wagen meiner Mutter ruckelte über den unebenen Grund. Immer wieder drehten die Reifen durch, so dass ich wieder mehr Gas geben musste, um vorwärtszukommen. Eine klebrige Schneeschicht bedeckte die Straße und die umliegenden Wiesenhänge. Nur ein wenig mehr, und ich bräuchte Schneeketten oder einen Vollradantrieb, um nicht stecken zu bleiben. Weiter oben schien der Schnee dichter zu liegen, was mich angstvoll auf meiner Unterlippe herumkauen ließ.

Je steiler und undurchsichtiger der Weg wurde, umso mehr stieg in mir die Befürchtung auf, mich da in etwas verrannt zu haben. Ich war mitten im Nirgendwo, in einem Auto, das für diese Verhältnisse unbrauchbar war, unterwegs zu einem Ziel, das ich nicht kannte. Allein die Verzweiflung trieb mich weiter. Die Verzweiflung und das Wissen, dass nur ich Louisa hier draußen suchte.

Vielleicht sollte ich noch mal beim Jagdverein anrufen, gezielter nachbohren. Aber was, wenn mich dann die Polizei aufspürte? Wie schnell konnten sie mich orten, und wäre ich dann noch rechtzeitig bei Louisa?

In meinem Kopf breitete sich ein dumpfer Schmerz aus, als hätte sich ein dicker Nagel in meine Stirn gebohrt, der mir das Denken erschwerte. Ich rief mir Kirstens Wanderfotos noch mal in Erinnerung, versuchte mich anhand von vertrauten Details und Formationen zu orientieren, wie es mir Kirsten bei unseren früheren Wanderungen gezeigt hatte. Ich bildete mir ein, eine besonders felsige Hanglage wiederzuerkennen, und wählte den Weg daran vorbei, doch eine Minute später nahm ich wieder nur Berge um mich herum wahr, die einander glichen und die ich kaum voneinander unterscheiden konnte, inmitten derer ich weder vor noch zurück wusste.

Nach einer weiteren Abzweigung parkte ich schließlich am Wegrand und holte noch mal die Karte heraus. Ich versuchte, mich anhand der Markierungen zurechtzufinden und mir einen Überblick zu verschaffen, aber plötzlich sah jede Linie, jede Biegung gleich aus. Ich starrte, ohne zu blinzeln, bis das beschichtete Papier mit all seinen Wegen und Windungen vor meinen Augen verschwamm, gelähmt von der Erkenntnis, dass ich Louisa niemals finden würde. Nicht hier. Nicht so.

Ein jähes Poltern ließ mich aufschreien. Etwas hämmerte von außen gegen die Fensterscheibe der Beifahrerseite. Ein Ast, nein ein Stock. Ein Wanderstock, um genau zu sein. Ein älterer Mann mit krausem weißem Haar unter einer blauen Wollmütze hielt ihn umklammert und blickte mich grimmig durch das beschlagene Glas an.

Ich ließ das Fenster herunter, versuchte zu lächeln.

»Sie dürfen hier nicht fahren«, blaffte der Mann, bevor ich auch nur ein Hallo herausgebracht hatte. Er hatte ein Gesicht wie altes, gegerbtes Leder, seine aufrechte Haltung erinnerte jedoch an die Statur eines jungen Mannes.

»Entschuldigung, aber ich habe mich etwas verfahren.« Ich war bemüht, möglichst selbstbewusst zu klingen, und streckte meine Wirbelsäule durch. »Ich bin eine Freundin von Max und zu Besuch hier. Max Richter. Kennen Sie ihn?«, fragte ich hoffnungsvoll. »Roberts Cousin?«

Der grimmige Blick des Mannes brachte mich ins Schwitzen, doch dann hoben sich seine Mundwinkel zu einem zynischen Lächeln. »Max. Sicher.«

Mein Lächeln erstarrte, während ich innerlich verkrampfte. »Ich war einkaufen, aber jetzt finde ich den Weg zurück zur Hütte nicht mehr. Vielleicht können Sie mir helfen?«

»Sie sind eben daran vorbeigefahren.«

»Wie bitte?« Ich hielt den Atem an.

Der Mann deutete mit seinem Wanderstock die Straße zurück. »Der Weg. Etwa vierhundert Meter weiter hinten.«

Mein Brustkorb wurde eng. Vor Erleichterung traten mir Tränen in die Augenwinkel. »Oh, danke sehr. Natürlich. Jetzt weiß ich es wieder.«

Ich fuhr mehrmals vor und zurück, bis ich den Wagen auf der engen Straße gewendet hatte. Ich winkte dem

Mann, der meine armseligen Fahrversuche mit strengem Blick verfolgte.

Ich konnte mich an keine Abzweigung erinnern, aber als ich zurückfuhr, war da tatsächlich eine kleine Gabelung, die tiefer in den Wald hineinführte, unbeschildert und gut versteckt von tief hängenden Ästen, so dass man sie leicht übersah, wenn man nicht darauf achtete. Es sah mehr nach einem Wanderweg aus als nach einer echten Straße und war gerade breit genug, dass ich den Wagen hineinlenken konnte, ohne links und rechts gegen Baumstämme zu schrammen. Ich war mir sicher, dass dieser Weg nicht in meiner Landkarte verzeichnet war. Der hügelige Boden war fast unbefahrbar, und ich hätte wahrscheinlich an mir gezweifelt und versucht umzudrehen, wenn im Schnee vor mir nicht frische Reifenspuren zu sehen gewesen wären. Ich folgte diesen Spuren mit schneller schlagendem Herz in immer steiler abfallendes Gelände. Tiefer und tiefer in den Wald, in immer größere Dunkelheit hinein, in meine größte Hoffnung und in meine größte Angst.

Die Nacht hatte sich so plötzlich herabgesenkt, als hätte jemand das Licht ausgeknipst. Ich hatte auf Fernlicht umgeschaltet, dennoch sah ich kaum noch, wohin ich fuhr. Mit dem Gesicht dicht an der Scheibe erklomm ich in Schrittgeschwindigkeit den Weg, der allmählich beinahe unpassierbar wurde. Mehrmals drehten die Reifen durch. Schnee und Eis erschwerten die Fahrt zusätzlich. Mehr als einmal blieb ich stecken und musste bangen, nicht weiterzukommen.

Vielleicht hatte Max den Zeitpunkt absichtlich so geplant, kurz vor Wintereinbruch, wenn der erste Schnee ins Land hereinbrach. In wenigen Tagen oder Wochen wäre diese Straße unbefahrbar. Er und Louisa wären abgeschnitten vom Rest der Welt, unauffindbar, wie vom Erdboden verschluckt.

Es fröstelte mich, wenn ich daran dachte. Der Weg schien unendlich so weiterzugehen. Baum um Baum zog an mir vorbei, ohne erkennbare Markierung, ohne Anzeichen auf Zivilisation. Ich fürchtete, dass der Weg einfach irgendwann enden könnte und ich ins Nichts unterwegs war. Was dann? Was, wenn ich Louisa doch nicht finden würde?

Eine vereiste Stelle brachte den Wagen ins Schlingern. Ich musste das Lenkrad herumreißen und wäre fast gegen einen Baum gefahren. Ich trat das Bremspedal durch, irgendwas schrammte quietschend über den Unterboden des Autos, bevor ich endlich zum Stehen kam. Keuchend löste ich den Gurt, und dann sah ich sie, angestrahlt vom Kegellicht der Scheinwerfer, so unvermittelt wie eine Geistererscheinung.

Die Hütte.

Das dunkle Holz wirkte im Dämmerlicht fast schwarz und hatte einen öligen Glanz. Sie stand dicht an einer Felswand auf einer schmalen Lichtung, überschattet von schneebedeckten Tannen. Sie sah alt aus, aber gut erhalten. Die Stufen, die hinauf zum Eingang führten, wirkten wie frisch gezimmert, und unter dem Verschlag neben der Hütte lag ein Stapel Feuerholz bereit. Ich entdeckte Reifenspuren, die zu einer unbewachsenen Stelle führten, wo der Schnee nicht so hoch lag. Max' Wagen musste hier geparkt haben, aber aktuell war dieser Platz leer. Die Hütte wirkte verlassen, die Fenster waren dunkel, und aus dem Kamin stieg kein Rauch auf.

Ich ließ das Frontlicht eingeschaltet, um nicht in völliger Dunkelheit zu versinken, die Scheinwerfer waren auf die Hütte gerichtet. Beim Aussteigen merkte ich, wie kalt es geworden war, eine Kälte, die die Gedanken zum Gefrieren brachte und die Glieder innerhalb von Sekunden taub werden ließ. Ich stülpte die Ärmel meiner Jacke über meine Finger und näherte mich der Hütte, wie man sich einem wilden Tier nähern würde. Schritt für Schritt, mit angehaltenem Atem. Jeder meiner Schritte brachte den Schnee zum Knirschen. Ich betete, dass dies die richtige Hütte war. Dass Louisa hier war und ich sie endlich nach Hause bringen konnte.

Ich klopfte zunächst, ohne weiter darüber nachzudenken. Es geschah nichts, und als ich die Klinke nach unten zu drücken versuchte, bewegte sich nichts. Die Tür war verschlossen und knarrte bloß, als ich mich dagegen stemmte. Ich durchsuchte umliegende Steine, ob der Schlüssel vielleicht irgendwo darunter versteckt lag, ich sah auf dem Feuerholzstapel nach und in dem mit Spinnenweben verklebten Spalt unterhalb der Stufen. Aber es war zu dunkel, und meine tastenden Finger griffen ins Leere. Bis ich beschloss, dass es zwecklos war, und ich keine weitere Zeit mehr verschwenden wollte. Also nahm ich kurzerhand einen schweren Holzscheit vom

Stapel und schlug damit gegen das Fenster neben dem Eingang.

Das Glas splitterte erst beim zweiten Versuch. Ich glaubte, einen Schrei zu hören, aber ich selbst hatte ihn ausgestoßen. Dann griff ich mit vor Kälte klammen Fingern durch die Splitter hindurch und öffnete das Fenster von innen.

Die Vorhänge bauschten sich im Luftzug. Ich hielt mich an ihnen fest, während ich mich vorsichtig ins Innere der Hütte zog. Meine Jacke riss dabei an mehreren Stellen auf, wo ich an der kaputten Scheibe hängen blieb, und ich schnitt mir in Hände und Schenkel am geborstenen Glas.

Drinnen war es sogar noch dunkler als draußen. Ich traute mich kaum, ein Geräusch zu machen, und schlich auf Zehenspitzen über die knarzenden Dielen, bis ich mir ins Gedächtnis rief, dass es ohnehin nur eine Person gab, die mich gerade hören könnte.

»Louisa?«, rief ich, zaghaft zuerst, dann energischer. »Louisa! Lou!«

Niemand antwortete.

Ich fand keinen Lichtschalter, aber in dem Raum, der wahrscheinlich Küche und Wohnzimmer war, ertastete ich eine Campinglampe auf einem der niedrigen Tische. Sie war batteriebetrieben und verströmte beim Einschalten ein kaltes, grelles Licht, mit dem ich meine Umgebung beleuchtete.

Die Hütte war nicht sonderlich groß, alle Möbel standen eng beieinander und bildeten einen zusammenhanglosen Mix aus altmodisch geschnitzten Holzmöbeln und billigen Ikea-Teilen. Dennoch wirkte es gemütlich. Auf dem dunklen Holzboden lagen dicke Teppiche, und neben der Sitzecke stand ein steingemauerter Kamin, der einen äschernen Geruch verströmte. Es durfte nicht allzu lange her sein, dass ihn jemand benutzt hatte. Jemand, der jeden Augenblick wieder zurückkehren konnte. Die Hütte war bewohnt, so viel war klar. In der Kochnische stapelten sich benutzte Tassen und Teller. Am Haken neben der Tür hingen Winterjacken und Mäntel verschiedener Größen. Einer davon mochte ein Damenmantel sein.

Ich ging weiter, quer durch den Raum ans andere Ende, wo eine Leiter aus dem Wohnzimmer hinauf zu einem halb offenen Dachboden führte. Als ich oben mit der Lampe in den Raum leuchtete, sah ich jedoch nicht viel. Bloß ein Bettlager, bestehend aus einer großen Matratze und zwei Schlafsäcken. Daneben eine Truhe am Matratzenende, darauf ein Stapel Kleidung. Nichts Persönliches, das mir neue Erkenntnisse gebracht hätte.

Ich kletterte die Sprossen wieder hinab, um mich weiter vorzuwagen. Vom Wohnraum zweigten zwei weitere Türen ab. Hinter der ersten lag ein enges Badezimmer mit einem Campingklo und einer behelfsmäßigen Dusche, in der man sich kaum um die eigene Achse drehen konnte. Ich entdeckte ein Frauenshampoo und wünschte mir, ich hätte mein Handy mitgenommen, um Fotos machen zu können. Noch hatte ich aber nichts Verdächtiges entdeckt. Keine Hinweise auf Louisa. Zumindest nicht hier in diesem Raum.

Blieb noch eine Tür übrig. Ich schluckte, als ich dagegen drückte. Fast rechnete ich damit, dass sie verschlossen war, aber die Tür schwang federleicht auf.

Alles in mir erstarrte.

Ich stand in einem Kinderzimmer.

Es war nicht groß, aber hübsch eingerichtet, mit Plüschtieren auf der rosafarbenen Bettdecke und sogar einem kleinen Kinderschreibtisch mit einem Plastikschemel davor. Blassgelbe Sterne- und Mondsticker verzierten die dunklen Holzwände. Die Sorte, die im Dunkeln leuchtete. Louisa liebte sie, aber Louisa war nicht hier. Niemand war hier. Ein Kinderzimmer, aber kein Kind. Keine Louisa.

Das Bett war frisch gemacht, schien jemanden zu erwarten. Am Fußende fiel mir eine gesteppte Wolldecke mit einem verwaschenen, hellgelben Blütenmuster ins Auge. Ich wusste, wie weich der Stoff war und wie federleicht, denn ich kannte diese Decke. Sie war Louisas Lieblingsdecke gewesen, als sie etwa drei Jahre alt gewesen war. Sie hatte nie ohne sie schlafen gehen wollen und nächtelang durchgeschrien, nachdem sie plötzlich verschwunden war. Das war kurz nach einem Besuch von Kirsten passiert, doch die hatte geschworen, nicht zu wissen, wo die Decke hingekommen war. Wir hatten gemeinsam nach ihr gesucht, Stunden um Stunden, in denen wir das ganze Haus auf den Kopf gestellt hatten. Kirsten hatte ebenso verzweifelt gewirkt wie ich in dem

Moment und war zwischendurch immer wieder zur weinenden Louisa gelaufen, um sie in den Armen zu wippen und zu beruhigen.

Nie hätte ich vermutet, dass Kirsten die Decke absichtlich mitgenommen hatte. Dass sie hier war. Wieso? Um sie Louisa irgendwann zurückzugeben? Konnte es sein, dass Kirsten das alles schon damals geplant hatte? Vor all den Jahren?

Ich nahm die Decke und drückte mein Gesicht in den weichen Stoff, in der Hoffnung, Louisas Geruch noch wahrzunehmen, doch ich roch nichts.

Ich fand noch mehr Dinge von Louisa, als ich mich weiter umsah. Dinge, die ich längst vergessen hatte und von denen ich gar nicht gewusst hatte, dass ich sie über die Jahre verloren hatte.

Ein alter Trinkbecher mit Bienen-Aufdruck. Ein Plüschhund, den Louisa von meiner Mutter zur Taufe geschenkt bekommen hatte und der noch immer farbige Filzstiftflecken im Gesicht hatte, als Louisa ihn einmal hatte schminken wollen. Malhefte, Louisas erstes Paar Schuhe, zwei ihrer Lieblingsbrettspiele. Eine Barbiepuppe mit verbogenen Feenflügeln am Rücken.

Daneben auch neue Sachen. Im Schrank neben dem Bett hing eine ganze Reihe neuwertiger Kleidungsstücke, die ich noch nie gesehen hatte und die Louisas aktueller Größe entsprachen. Vieles in Lila, Louisas Lieblingsfarbe.

Ich stockte, als ich auch noch eine Schublade mit Lernunterlagen für Grundschulkinder fand, mit Heften für Mathe und Deutsch und Sachunterricht. Weil ich erst da richtig begriff, was ich so lange nicht hatte wahrhaben wollen: Diese Hütte war nicht nur als vorübergehendes Versteck für meine Tochter gedacht. Sie hatte hier leben, spielen, sogar unterrichtet werden sollen. Ein Leben weit weg von mir.

Aber wo war Louisa? Überall sah ich Zeichen von ihr, aber nirgendwo mein Mädchen, bloß diese Überreste ihrer Existenz.

Tränen liefen meine Wangen hinunter. Ich hielt Louisas Schlafdecke weiterhin fest an mich gedrückt, knetete sie, während ich noch mal von Raum zu Raum lief. Ich suchte überall nach ihr. In jedem Schrank, unter jedem Tisch. Die ganze Zeit über rief ich ihren Namen, bis sich irgendwann bestätigte, was ich insgeheim gespürt hatte. Louisa war nicht hier. Nicht mehr. Vielleicht hatte Max sie fortgeschafft, nachdem ich ihn öffentlich verdächtigt hatte. Er musste gewusst haben, dass die Polizei die Hütte früher oder später finden würde, so wie ich sie gefunden hatte. Ich hatte es vermasselt. Ich hätte eher herkommen sollen, anstatt Max vorher auch noch zu warnen.

Ich biss mir selbst in die Wange, während ich mich ein letztes Mal umsah, dann nach draußen ging, um die Hütte herum und über das Grundstück. Ich lief ein Stück weit in die angrenzende Baumgruppe hinein, rief inmitten der Dunkelheit Louisas Namen, aber es war zwecklos. Ich war allein. Max war längst fort und Louisa mit ihm.

Doch noch durfte ich nicht aufgeben. Louisa war zwar nicht hier, aber sie lebte, dessen war ich mir sicher. Und ich hatte noch immer die Chance, sie zu finden. Zumindest hatte ich jetzt einen Beweis. Ich konnte die Polizei zu der Hütte führen, ihnen Louisas Sachen zeigen, den Schrank voller Mädchenkleider im Besitz eines kinderlosen Mannes. Dann mussten sie mir endlich glauben. Sie würden Max festnehmen und erneut vernehmen. Ernsthaft diesmal, bis sie Louisas Aufenthaltsort aus ihm herausgequetscht hatten.

Der Gedanke verschaffte mir nur geringe Erleichterung und bewirkte nichts gegen das tiefsitzende Zittern in meinem Körper, als ich allein zu meinem Wagen zurückkehrte. So hatte mein Vorhaben nicht ablaufen sollen. Louisa hätte bei mir sein sollen, stattdessen lag bloß ihre Schlafdecke neben mir auf dem Beifahrersitz. Ich zwang mich dazu, es dennoch als Hoffnungsschimmer zu sehen, und strich beim Fahren immer wieder über den weichen Stoff.

Ich finde dich, Louisa.

18.

Zurück war der schmale Waldweg noch schwieriger zu bestreiten als auf dem Hinweg. Hinzu kam, dass ich hier draußen in der Einöde keinen Empfang hatte. Ich hatte mein Handy inzwischen wieder eingeschaltet und griff immer wieder danach, um das Signal zu überprüfen. Doch nichts. Vielleicht auf der Hauptstraße, hoffte ich, aber in welcher Richtung war das noch mal gewesen? Die Kreuzungen waren ohne Beschilderungen, und in der Dunkelheit verschwamm alles zu einer eintönigen, grauen Masse. Nichts davon kam mir vertraut vor.

Ich fuhr nach Gefühl und hoffte, dass mich meine Intuition wieder den richtigen Weg zurückführen würde. Sobald ich wieder Netz hatte, konnte ich Google Maps starten und mich nach Hause lotsen lassen.

Ich atmete tief durch und versuchte, meine angespannten Nerven zu beruhigen. Noch bestand kein Grund zur Panik. Ich strich wieder über Louisas Decke, krallte meine Finger darin fest. Irgendwo musste ich eine falsche Abzweigung genommen haben. Ich passierte einen Bach, der vorhin bestimmt nicht da gewesen war. Ich war drauf und dran, den Weg rückwärts zurückzufahren, als der Untergrund plötzlich ebener wurde, ich näherte mich wieder einer richtigen Straße. Mein eiserner Griff um das Lenkrad lockerte sich, und im selben Moment brachte eine eintreffende Nachricht mein Handy zum Vibrieren.

Ich neigte den Kopf, um auf das Display zu schauen, und übersah dabei das Reh, das im Kegel meiner Scheinwerfer vor Schreck erstarrt stehen geblieben war. Als ich kurz vor dem Aufprall die Bremsen durchtrat, war es zu spät.

Ich erwischte das Reh an der Flanke, der Wagen scherte aus und schlitterte über Eis und Geröll. Etwas traf das Heck meines Autos, ich wurde umhergeschleudert, Louisas Decke flog durch die Luft, einen Augenblick sah ich nur hellgelbe gestickte Blüten und Louisas zartes Lächeln vor mir, in dieser einen schier unendlichen Sekunde, bevor der Airbag in meinem Gesicht explodierte und alles schwarz wurde.

Ich erwachte von dem Donnern eines Pistolenschusses. Mein Körper reagierte, bevor mein Geist es konnte. Er wollte aufspringen, sich schützen. Doch ich war eingesperrt, konnte mich nicht bewegen. Ich schlug um mich, aus Angst, festgehalten zu werden, erkannte zu spät, dass es bloß mein Gurt war, der mich zurückhielt und der noch immer quer über meine Brust gespannt war.

Dann erinnerte ich mich wieder. Mein Handy. Das

Reh. Das schrille Quietschen aufbrechenden Metalls. Ich war mit dem Wagen gegen einen Baum gekracht, der Fahrzeugrahmen war verbogen und drückte von unten gegen meine Beine. Mein Gesicht hämmerte dumpf, ansonsten schien ich aber unversehrt zu sein. Da war nur dieses Pfeifen in meinem Kopf, das nicht aufhörte und das Denken zur Qual machte. Zumindest konnte ich nicht allzu lange bewusstlos gewesen sein, der Motor war noch warm und qualmte.

Ich löste den Gurt und versuchte, mich an dem Airbag vorbei nach draußen zu kämpfen. Die Tür klemmte. Ich wollte es an der anderen Seite versuchen und schrie auf, als sich ein Mann zum Fenster beugte.

Die Beifahrertür wurde geöffnet, ich erkannte eine Polizeiuniform und ein feistes Gesicht, in dem der Vollbart nicht darüber hinwegtäuschen konnte, wie jung der Mann war, höchstens zwanzig. Er lächelte, was mir seltsam unpassend erschien, und schwenkte eine Pistole vor meinem Gesicht. »Tut mir leid, wenn ich Sie erschreckt habe. Ich musste das Reh erschießen, das Sie erwischt hatten. Das passiert um diese Jahreszeit leider öfter, aber Sie scheinen gerade noch mal Glück gehabt zu haben. Geht es Ihnen gut?«

Ich griff an meine Stirn. Es pochte, und mir war leicht schwindlig. »Geht schon. Der Airbag hatte mich kurz ausgeknockt.«

»Sie hatten Glück. Ein Spaziergänger hat den Unfall gehört und uns angerufen. Auf dieser Straße ist sonst nur wenig los. Haben Sie sich verfahren?«

»Wahrscheinlich«, antwortete ich ausweichend. Ich versuchte instinktiv, den Schlüssel in der Zündung zu drehen.

Der Polizist lachte über meine Bemühungen. »Das wird so schnell nichts mehr. Der Wagen ist hinüber. Können Sie aussteigen? Dann nehme ich Sie mit und schicke einen Abschleppwagen, damit Sie nicht in der Kälte ausharren müssen.«

»Danke.« Gedanken und Bewegungen fühlten sich schwerfällig an, als hätte sich die Schwerkraft verändert und würde an mir ziehen. Ich brauchte ewig, um mich aus dem kaputten Fahrzeug zu befreien, und musste mich anschließend am Autodach abstützen.

»Geht es Ihnen wirklich gut?«, fragte der Polizist. »Sie sehen blass aus. Soll ich einen Krankenwagen rufen?«

»Nein, nein.« Ich lächelte möglichst beruhigend und stieß mich demonstrativ vom Fahrzeug ab. »Nur der Schock. Die blauen Flecken im Gesicht hatte ich schon vorher.«

»Ah. Ich habe nachts mal einen Keiler gerammt. Das war vielleicht ein Massaker, das können Sie sich gar nicht vorstellen. Das Vieh hat danach noch versucht, mich umzubringen. Wildschweine sind wahnsinnig aggressiv, wussten Sie das?«

»Nein, das wusste ich nicht«, sagte ich und sah meinen Atem vor mir in der kalten Nachtluft, während ich dem Polizisten zu seinem Wagen auf der anderen Straßenseite folgte.

»Ich heiße übrigens Sven.«

Meine Augen blieben an der dunklen Silhouette am Boden haften. Verdrehte Glieder und feucht glänzendes Fell. »Was ist mit dem Reh?«, fragte ich und wendete hastig blinzelnd den Blick ab.

»Die Jägerschaft wird sich darum kümmern. Ich habe sie schon informiert. Kommen Sie.«

Im Streifenwagen war es angenehm warm. Die Wärme lullte mich ein, so dass ich nach einer Weile alles andere vergaß und mein Kinn Richtung Brust rutschte.

Erst Svens Stimme riss mich wieder aus meiner Erschöpfung. Sven wollte wissen, wohin ich müsse. Keine leicht zu beantwortende Frage in meiner Situation. Ich erklärte ihm, dass ich nicht von hier sei und eigentlich in München wohne. »Aber vielleicht kann meine Mutter mich abholen«, warf ich ein und wollte nach meinem Handy greifen, bis mir auffiel, dass ich es im Wagen vergessen hatte. Genau wie meine Handtasche und meine Schlüssel. Bloß Louisas Decke trug ich noch immer bei mir. Wie einen Talisman, den ich nicht mehr aus der Hand legen konnte.

»Ich bringe Sie erst mal aufs Präsidium«, entschied Sven. »Dann trinken Sie eine heiße Tasse Kaffee, bis Sie sich etwas beruhigt haben, und dann sehen wir weiter. So kann ich Sie ohnehin nirgendwo allein hinlassen.«

»Kann ich dort telefonieren?«

»Aber natürlich!«

Ich bemühte mich, mich erneut in meinem Sitz zu entspannen. Nur ein kurzer Umweg, mehr nicht. Doch das Hämmern in meinem Kopf hörte nicht auf. Die

Angst, die Sorgen, die Unsicherheit. Sven versuchte, mich in ein Gespräch zu ziehen. Über ein verirrtes Wandererpärchen, das er letztes Wochenende habe retten müssen, und ob ich ebenfalls zum Wandern in die Berge gewollt habe. Ich konnte mich nur schlecht auf das Gesagte konzentrieren und gab knappe Antworten, was Sven jedoch nicht weiter zu stören schien. Er redete unbeirrt weiter, die ganze Strecke lang, während wir den Barmsee passierten und auch noch, als wir den Wald verließen und auf die Landstraße Richtung Mittenwald fuhren. Er redete noch immer, als er den Wagen am Parkplatz der Polizeiinspektion abstellte und während er mich ins Innere des Gebäudes begleitete. Darüber, dass bereits sein Großvater hier gearbeitet habe und er selbst eigentlich habe Pilot werden wollen. Was eigentlich mit meinem Gesicht passiert sei und ob ich einen Freund hätte, der sich möglicherweise um mich sorge?

Sven führte mich am Empfang vorbei in eine Art Besprechungsraum mit einem ovalen Tisch und mehreren Stühlen, die zusammen fast den ganzen Raum einnahmen.

Außer uns schien nur noch eine ältere Frau mit fülligem Körperbau anwesend zu sein. Sie saß am Empfang und schielte neugierig zu uns rüber. Sven nannte sie Leni.

»Mach es dir bequem. Ich organisiere solange alles. Möchten Sie einen Kaffee? Oder Tee?«

»Danke. Kaffee wäre nett.«

Sven ließ die Tür hinter sich zufallen, als er pfeifend

den Raum verließ. Nach einer Weile verstummte das Pfeifen dann. Der Kaffee blieb ebenfalls aus. Ich rutschte etwas näher zur Tür und versuchte zu lauschen, und mir war, als könnte ich sie im Flur dahinter tuscheln hören, verstand aber nur unzusammenhängende Bruchstücke. Mein Magen zog sich zusammen vor Nervosität, bis ich es irgendwann nicht mehr aushielt und den Kopf zur Tür rausstreckte.

»Könnte ich ein Telefon haben?«, fragte ich. »Ich muss wirklich dringend telefonieren.«

Sven stand über den Empfangstresen gebeugt. Er und Leni verstummten, kaum dass sie mich sahen.

»Ein Telefon?«, fragte ich erneut, nachdem keiner der beiden auf meine Frage reagiert hatte.

»Oh ja, natürlich.« Sven lächelte so breit, dass sich seine Gesichtszüge fast verzerrten. »Kommt sofort. Warten Sie noch einen Augenblick. Ich bin gleich bei Ihnen.«

Die Frau starrte mich aus großen Kuhaugen an. Ein ungutes Gefühl beschlich mich. Ich ging wieder zurück in den Besprechungsraum, aber die Minuten verstrichen, und wieder passierte nichts. Die Ungeduld brachte mich noch um. Ich musste endlich Kommissar Theede sprechen oder zumindest meine Mutter. Jemand musste Max aufhalten und Louisa retten.

Als eine weitere Viertelstunde vorüber war, stand ich zum zweiten Mal auf, um nach einem Telefon zu verlangen, mit dem festen Vorsatz, mich diesmal nicht so leicht abwimmeln zu lassen, doch als ich die Klinke herunterdrückte, bewegte die Tür sich nicht.

Verschlossen, begriff ich. Jemand hatte die Tür von außen verschlossen.

Ich war eingesperrt.

Mein Herz verkrampfte sich. Ich drückte die Klinke mehrmals hintereinander nach unten, konnte es nicht recht glauben. »Hallo?«, rief ich und hämmerte gegen die Tür, aber niemand antwortete, niemand öffnete mir. »Hallo!«

»Alles in Ordnung, kein Grund zur Panik«, ertönte zaghaft Svens Stimme von draußen. »Verhalten Sie sich ruhig. Es kommt gleich jemand zu Ihnen.«

»Sven? Was soll das? Lassen Sie mich raus!«

Ich hämmerte und hämmerte, bis meine Hände taub waren und pulsierten, was jedoch niemanden zu kümmern schien. Nach einer Weile sank ich kraftlos neben der Tür zu Boden.

»Bitte«, versuchte ich ein letztes Mal. »Jemand hat meine Tochter entführt. Sie müssen mich hier rauslassen, damit ich ihr helfen kann!«

Wieder nur Stille. Ich biss mir auf die Unterlippe, um nicht laut loszuschreien. Der Raum schien sich um mich herum zusammenzuziehen, er schrumpfte auf die Größe eines Schuhkartons, der nicht mehr genug Atemluft bereithielt. Als ich merkte, dass ich zu hyperventilieren anfing, legte ich eine Hand auf meinen Bauch und versuchte, meine Atmung dorthin zu lenken, wie es mir einmal ein Arzt im Umgang mit Panikattacken beigebracht hatte.

Ich legte den Kopf in den Nacken, Louisas Decke um mich gewickelt.

Eins, zwei, drei – ein. Vier, fünf, sechs – aus. Ich zählte meine Atemzüge, zog sie immer mehr in die Länge, bis die Wände wieder zurückwichen. Wie lange mochte ich schon hier sein? Eine Stunde? Mehr? Hier drinnen gab es keine Uhr, keine Fenster. Ich starrte gegen einen Wasserfleck an der Decke und zählte weiter, bis die Sekunden zu Minuten wurden und mir irgendwann die Augen zufielen.

Ich schlief nicht, dafür war mein Körper zu sehr in Aufruhr, aber als die Tür endlich aufging, befand ich mich dennoch in einer Art Schwebezustand, aus dem Zurückkehren sich wie Fallen anfühlte.

Zu meiner Überraschung blickte ich in ein mir bekanntes Gesicht.

Kommissar Theede stand über mir, er sah aus, als wäre er zehn Jahre gealtert, und mit einer Schwere im Blick, die meinen eigenen Gemütszustand widerspiegelte.

»Frau Somweber.« Er nickte mir ernst zu, während ich mich unbeholfen aufrappelte. »Ich bin leider hier, um Sie festzunehmen.«

Ich lachte schrill auf, um das erneute Aufflackern von Panik in meiner Brust zu bekämpfen. »Glauben Sie ernsthaft, ich habe etwas mit Kirstens Tod zu tun? Es ist mir ganz egal, weshalb Sie hier sind, ich bin trotzdem froh, Sie zu sehen. Ich hätte Sie längst angerufen, wenn Ihre bescheuerten Kollegen mich nicht festgehalten hätten. Es geht um Max. Ich habe endlich Beweise, dass er Louisas Entführer ist. Ich habe die Hütte gefunden. Die

Hütte, von der Sie mir weismachen wollten, dass sie nicht existiert. Es gibt sie, und drinnen ist alles voll von –«

»Wollen Sie mich eigentlich auf den Arm nehmen?«

Es war mehr die Wut in seiner Stimme als die Worte selbst, die mich verstummen ließen.

»Was? Nein, keineswegs. Sie müssen mir diesmal wirklich glauben. Max war es. Max hat Louisa entführt.«

Kommissar Theede kniff die Lippen zusammen. »Max Richter ist tot. Er ist vor drei Stunden an einer Überdosis Propofol gestorben. Sie stehen unter zweifachem Mordverdacht.«

Mein Gehirn setzte kurzzeitig aus, stolperte über die Information, die zu verarbeiten es sich weigerte. Max ... tot? Meine Unterlippe begann heftig zu zittern. »Nein, das ist nicht möglich. Das ist sicher nur ein Trick. Er hat sie doch. Er würde doch nicht ...«

Ich zuckte zurück, als Kommissar Theede einen Schritt auf mich zu machte und ich zum ersten Mal das metallische Blitzen in seiner Hand wahrnahm. Handschellen. Er würde mich tatsächlich verhaften.

»Warten Sie!«, rief ich. »Sie machen einen schrecklichen Fehler. Sie müssen mir doch nur zur Hütte folgen. Ich habe Louisas Sachen dort gefunden. Sehen Sie doch, ihre Decke. Kirsten hat sie mir vor Jahren gestohlen, das ist der Beweis!«

Ich hielt die Decke wie einen Schutzschild zwischen Theede und mir hoch. Die Decke fiel zu Boden, als er mir die Hände auf den Rücken zwang und kaltes Metall sie umschloss.

»Bitte, Sie machen einen Fehler«, wiederholte ich dumpf. »Die Hütte ... Sie ist gleich in der Nähe. Sie gehört seinem Cousin. Bitte ...«

Doch Kommissar Theede blieb eisern. Ich wurde in Handschellen aus dem Gebäude geführt, vorbei an Sven, der mir nicht mehr in die Augen sehen konnte und der sich hinter seinem Schreibtisch versteckt hielt, bis ich an ihm vorbeigezogen war und der Kommissar mich zur Tür hinaus auf die Straße geschoben hatte. Gleich eine ganze Reihe Streifenwagen parkte dort am Gehweg. Waren die etwa alle meinetwegen gekommen? Sahen sie nicht, dass sie die Falsche hatten? Dass das alles bloß ein ausgefuchstes Spiel war, dessen Regeln Kirsten und Max schon vor Jahren festgelegt hatten?

Ich versuchte erneut, mir Gehör zu verschaffen, wand mich in den Handschellen und in Theedes stählernem Griff, aber niemand beachtete mich. Ich wurde geschoben und gezerrt, bis ich im hinteren Bereich eines Transporters landete, mit einer Metallwand zwischen mir und dem Fahrer. In mir gingen hundert Gedanken auf einmal los, doch als wir losfuhren, konnte ich nur noch an eines denken. Louisas Decke, die noch immer auf dem staubigen Boden der Polizeiinspektion lag.

Zurückgelassen.

Genauso wie Louisa.

Ich hatte gehofft, zumindest noch einmal angehört oder befragt zu werden, aber auf dem Polizeipräsidium wurde ich sofort von einem mir unbekannten Beamten abgeführt, der erst meine Personalien und meine Fingerabdrücke aufnahm und mich anschließend in den Zellentrakt des Polizeigewahrsams brachte.

Kaltes Neonlicht kroch unter meine Haut und ließ mich frösteln. Metall quietschte, mein Herz stockte, als ich die Arrestzelle sah. Ein enger, weiß gekachelter Raum mit einer Schlafpritsche und einer Metallklo-Vorrichtung. Mir wurde alles abgenommen, was ich noch bei mir hatte. Jacke, Schal, sogar meine Schnürsenkel. Dafür bekam ich eine Decke und ein Kissen in die Hände gedrückt, mit denen ich auf der gummierten Matratze schlafen sollte.

Ich nahm das alles mehr von außen wahr, als dass ich es selbst erlebte. Weil es zu surreal war, mir einfach nicht passieren konnte. Ich, hier drinnen gefangen, während Louisa irgendwo da draußen war und mich brauchte?

Ich stolperte in den engen Raum hinein. »Kann ich nicht noch mal Kommissar Theede sprechen?«, fragte ich den Beamten, der mich hergebracht hatte und der bereits dabei war, die Tür hinter mir zu schließen. »Hier liegt ein Missverständnis vor. Ich –«

»Kommissar Theede wird sich morgen früh mit Ihnen befassen.«

Die Metalltür fiel ins Schloss. Ich hörte, wie ein Riegel vorgeschoben wurde, und drückte dennoch versuchsweise dagegen, natürlich vergeblich. Dann ging das Licht plötzlich aus, ließ mich allein im Dunkeln zurück, in der Enge, der Kälte.

Mein Kopf wurde schummrig. Ich griff nach den Wänden, um mich festzuhalten, spürte, wie sie gegen mich drückten, mich in ihrer Mitte zu zerquetschen drohten.

Meine Beine gaben nach. Ich schaffte es nicht mehr bis zur Pritsche und rollte mich einfach an Ort und Stelle auf dem Boden zusammen, die Arme um das kleine Kissen geschlungen, und drückte mein Gesicht in den rauen Stoff. Ich atmete tief ein und aus und bekam doch keine Luft. Es musste der Raum sein. Er war zu eng, ließ nicht genug Luft herein.

Ich wusste, dass ich eine Panikattacke hatte, dass ich gerade nicht wirklich starb, auch wenn es sich so anfühlte, und ich war dennoch machtlos gegen das Herzflattern, das Hyperventilieren. Diesmal half keine Atemübung mehr, kein langsames Zählen.

Im Hintergrund hörte ich Kirsten leise singen. Das hatte sie früher immer getan, wann immer sich bei mir eine Panikattacke angebahnt hatte, um mich von dem Kampf in meinem Inneren abzulenken. Sie hatte irgendein Lied angestimmt, das sie zuletzt im Radio gehört hatte und mich ermutigt mitzumachen, während sie meine Hände fest in ihren hielt.

»Komm, du schaffst das«, hörte ich sie in ihrer weichen Stimme sagen, hell wie eine Sonne inmitten schwerer Regenwolken. »Everything's gonna be alright …«

Und ich versuchte es. Über bebende Lippen und haspelnde Silben. »Every … Every …« Aber ich schaffte es einfach nicht, die Melodie, die Worte entglitten mir.

Nein, ich schaffte es nicht, nicht ohne sie.

Die Panik überrollte mich ungebremst und unbeherrscht wie eine Welle auf dem offenen Meer, riss mich mit, zog mich tiefer.

Und ich versank. Ich versank in ihrer Schwärze bis zum Grund.

19.

Es war noch mitten in der Nacht, als sie aus dem Schrank gezerrt wurde. Sie sollte still sein, ein braves Mädchen, und genau tun, was man ihr sagte. Ihre Wange pochte noch von der Ohrfeige, und sie traute sich nicht zu widersprechen.

Sie musste in eine große Sporttasche klettern, die alt war und nach ungewaschenen Socken roch. Es war unbequem da drinnen, viel zu eng, sie konnte Arme und Beine nicht durchstrecken, sich kaum bewegen, doch sie war still, sie war brav. Vielleicht durfte sie dann endlich nach Hause. Neben ihr in der Tasche landeten auch eine Wasserflasche und eine Packung Müsliriegel, die sie eng an sich zog.

Mit einem Zurren wurde der Reißverschluss über ihrem Gesicht zugezogen, dann wurde sie hochgehoben. Alles drehte sich. Über sich hörte sie schnaufende Atemzüge. Durch einen winzigen Spalt im Reißverschluss beobachtete sie das Auf und Ab ihrer Umgebung. Kurz sah sie in die grün geschlitzten Augen der Katze, die von der Tür weggescheucht und miauend zurückgelassen wurde.

Sie verließen die Wohnung, kamen in ein dunkles Treppenhaus, dessen graue Betonwände über ihr schlingerten. Das Geräusch einer Tür. Wind und vorbeifahrende Autos. Schritte auf Asphalt. Kurz konnte sie den Nachthimmel sehen. Den Mond und die vielen, vielen Sterne. Ein metallisches Blitzen, dann nur noch Schwärze, als die Kofferraumklappe über ihr zugeworfen wurde.

Danach war alles kurzzeitig still. Vorsichtig streckte sie eine Hand durch den Reißverschluss und klopfte leise gegen die Rückseite des Kofferraums, doch nichts passierte. Ein paar Minuten später ertönten dann ein Rattern und ein Keuchen.

Sie fuhren los.

Sie rutschte in der Tasche zurück und musste sich am Boden festkrallen. Die Wasserflasche drückte gegen ihr Gesicht. Ihr Magen drehte sich mit den Kurven, und ihr wurde schwindlig.

Sie versuchte sich abzulenken, indem sie sich die Landschaft außerhalb des Wagens vorstellte. Wie sie an Straßen und Häusern vorbeifuhren. Einem Wald mit ganz vielen bunten Bäumen. Vielleicht einem Zoo oder dem Park, mit dem netten Eisverkäufer, der Eis aus frisch gebackenen Waffeln verkaufte.

Durch die Ritzen im Metall drang langsam Sonnenlicht, blendete sie. Obwohl ihr immer wieder die Augen zuzufallen drohten, konnte sie nicht schlafen. Sie waren lange unterwegs, länger als sie jemals irgendwohin gefahren war. Länger als eine Busfahrt in die Stadt und sogar länger als ein Ausflug zum See.

Sie hoffte dennoch, dass sie endlich nach Hause fuhren, zu ihrer Mama. Dass sie bald da sein würden, sie hielt bei jedem Stocken des Motors vor Aufregung den Atem an. Doch sie blieben nie stehen, fuhren immer weiter und weiter, bis das Licht außerhalb wieder dämmriger wurde und ihre Hoffnung ganz klein geworden war, winzig wie sie selbst, die sich in der Tasche rund zusammengerollt hatte.

Sie hatte sich angepinkelt, schon wieder. Sie weinte leise in ihre Ellbogenkuhle, weil sie kein Geräusch machen wollte. Irgendwann musste sie dann doch noch eingeschlafen sein, und als sich die Klappe des Kofferraums endlich öffnete, wusste sie nur, dass sie weit, weit weg von zu Hause war. Und weit weg von ihrer Mama.

20.

Ich schlug mit den Händen um mich, als ich wach wurde. Ich hatte mit Widerstand gerechnet und war irritiert, als meine Arme ungehindert durch die Luft schnitten.

Mein Herz raste. Ich war hellwach und gleichzeitig seltsam taub. Mein Kopf fühlte sich an wie in einen riesigen Knoten verwickelt, den ich mit bloßer Kraft nicht entwirren konnte.

Es dauerte etwas, bis ich meine Umgebung einordnen konnte. Die bleichen, ergrauten Fliesen, der harte Boden, auf dem ich lag. Der Geruch von Chlor, der wie ein schlieriger Film auf meiner Zunge lag.

Man hatte mich eingesperrt.

Meine Brust wurde eng, wenn ich nur wieder daran dachte, und meine Atmung ging schneller. Ich biss mir selbst in die Wange, um die wieder aufflammende Panik niederzukämpfen. Ich musste rational bleiben, klar. Das hier war nur vorübergehend. Sie konnten mich nicht ewig unter Arrest halten, es gab Gesetze für so was, und ich war unschuldig. Ich musste es bloß beweisen.

Zum Glück dauerte es nicht lange, bis es an meiner Tür schepperte und mich ein junger Beamter mit verschlafenem Blick anwies, ihm zu folgen. Der Mann hatte denselben gleichgültigen Ausdruck in den Augen wie sein Kollege, der besagte, dass er bereits alles gesehen und alles gehört hatte und kein Jammern und Flehen meinerseits ihn irgendwie bewegen würde. Diesmal bemühte ich mich gar nicht erst darum, folgte bloß ermattet seinen Anweisungen.

Ich musste wieder Handschellen anlegen und wurde durch den Zellentrakt in einen anderen Bereich des Gebäudes geführt, der heller und lebendiger wirkte. Auf den Gängen kamen uns weitere Beamten entgegen, keiner von ihnen sah mich direkt an. In ihren Augen schien ich kaum noch ein Mensch zu sein, ihre Blicke gingen direkt durch mich hindurch. Die Handschellen machten mich zu etwas anderem, einer Täterin, einem Fehler in ihrem System.

»Hier lang.« Der Polizist drückte so plötzlich gegen meinen Rücken, dass ich beinahe gegen die Tür gelaufen wäre, durch die er mich wies. Dahinter lag ein weiterer fensterloser Raum, dessen enge Wände kalten Schweiß auf meiner Haut ausbrechen ließen.

Kommissar Theede und Kommissar Wagner saßen bereits mit ihren Kaffeebechern am Tisch und erwarteten mich.

»Erholsame Nacht?«, fragte Wagner und grinste boshaft, während ich auf den Stuhl ihnen gegenüber gedrückt wurde.

Ich reagierte nicht und richtete meinen Blick stattdessen auf Kommissar Theede. »Hier liegt ein gewaltiger Fehler vor.« Ich sprach so ruhig wie möglich und konnte doch nichts gegen das unterschwellige Zittern in meiner Stimme tun.

»Unser einziger Fehler war, dass wir uns so lange haben an der Nase rumführen lassen«, erwiderte Wagner und verschränkte die Arme vor seiner massigen Brust.

»Ich muss Sie darauf hinweisen, dass wir Sie fortan als Beschuldigte vernehmen«, eröffnete Kommissar Theede mit formeller Stimme. »Als solche haben Sie das Recht, Ihre Aussage zu verweigern. Ihnen wird vorgeworfen, für den Tod zweier Menschen verantwortlich zu sein. Von Kirsten Winkler und Max Richter. Sie haben außerdem das Recht, einen Verteidiger Ihrer Wahl zur Befragung hinzuzuziehen, bevor wir mit der Vernehmung fortfahren. Möchten Sie das?«

Ich quetschte die Handgelenke um die Handschellen zusammen. Einen Verteidiger auswählen. Ich wusste, ich sollte Ja sagen. Aber ich wusste auch, dass ich keine weitere Stunde allein in dieser Betonzelle überleben würde. Nicht einmal eine Minute. Keine Sekunde. Ich hatte keine Zeit für einen Strafverteidiger. Ich musste mich da irgendwie selbst rauswinden. »Ich kann das sicher selbst gut aufklären. Wie gesagt, das hier ist bloß ein dummer Fehler, ein Missverständnis ... Ich bin keine Mörderin.«

»Inzwischen haben wir die Todesursache von unseren Pathologen bestätigt bekommen«, entgegnete Kommissar Theede und schlug eine der Akten am Tisch vor sich auf. »Propofol gemischt mit Schlaftabletten. Genau wie bei Frau Kirsten Winkler.«

»Dann war es Selbstmord. Genau wie bei Kirsten! Ich war zu dem Zeitpunkt nicht einmal mehr in München. Wie hätte ich Max da ermorden sollen?«

»Streifenpolizisten haben Sie kurz vor dem Ableben von Max Richter dabei beobachten können, wie Sie ihm quer durch die Stadt gefolgt sind. Ist das korrekt?«

»Das stimmt«, gab ich gepresst zu. »Aber das war das letzte Mal, das ich ihn gesehen habe.«

»Wir haben nachgerechnet. Zeitlich wäre die Tat für Sie durchaus noch möglich gewesen, bevor Sie nach Mittenwald geflohen sind.«

»Aber ich bin nicht geflohen! Ich hatte überhaupt keinen Grund dazu. Ich bin nach Mittenwald gefahren, um Max' Hütte zu finden, und das habe ich, und wenn Sie mir einfach gefolgt wären, würden wir gar nicht hier sitzen, dann wüssten Sie nämlich, dass Max der Täter ist und nicht ich.«

»Dr. Richter ist nun aber tot. Was wollten Sie von ihm, als Sie ihm nachgefahren sind?«

»Nichts. Ich meine, ich wollte ihm nichts antun, ich wollte bloß wissen, was er macht und wohin er fährt. Ich hatte gehofft, dass er mich vielleicht zu Louisa führen würde, aber dann haben mich die Streifenpolizisten unterbrochen, die Sie mir auf den Hals gehetzt hatten.

Wieso hätte ich Max auch ermorden sollen? Ich brauchte ihn doch, um meine Tochter zu finden! Viel wichtiger ist doch die Frage, was mit Louisa ist. In der Hütte war sie nämlich nicht mehr, dafür habe ich aber haufenweise Sachen von ihr gefunden. Kleidung und Spielsachen, solche Dinge. Max muss sie also vorher fortgeschafft haben. Hat er vor seinem Tod irgendwelche Hinweise hinterlassen? Einen Brief oder Ähnliches? Irgendwas?«

»Sie geben also zu, dass Max Richter ein Problem für Sie dargestellt hat«, schaltete sich Kommissar Wagner mit zuckender Unterlippe zu. »Sie haben ihm die Schuld am Verschwinden Ihrer Tochter gegeben.«

»Ja. Nein! Ich meine, ja, ich habe ihn verdächtigt, aber das war für mich kein Motiv, ihn umzubringen. Max muss gewusst haben, dass ich ihm auf den Fersen bin und er entlarvt wird. Deshalb hat er sich umgebracht. Weil sein und Kirstens Plan gescheitert ist. Die Hütte beweist das!«

»Woher wussten Sie von der Hütte?«, fragte nun Theede und beugte sich über seine Aktenstapel zu mir. »Hat Ihnen Dr. Richter davon erzählt, als Sie bei ihm waren?«

»Nein!«, rief ich mit Hysterie in der Stimme, spürte den Schwindel aufsteigen, die Übelkeit, das Nicht-Wahrhaben-Wollen. »Weil ich nicht bei ihm war. Ich habe ihn nicht umgebracht. Kirsten auch nicht. Seine Frau hat mir verraten, wo die Hütte ist. Ich bin zu ihr gefahren, nachdem ich Max in der Stadt aus den Augen verloren hatte. Sie kann das bestätigen.«

»Daniela Richter?«, hakte Kommissar Theede nach.

»Ja.«

Er und Wagner wechselten einen kurzen Blick, woraufhin Kommissar Wagner grummelnd den Raum verließ. »Wir prüfen das«, erwiderte Theede knapp.

Ich sank kraftlos in meinem Stuhl zusammen. »Könnte ich ein Glas Wasser haben?«, bat ich. Ich hatte wirklich Durst, wollte aber vor allem eine Sekunde für mich sein, um mich zu sammeln, und war erleichtert, als Theede meiner Bitte folgte. Irgendwie ergab nichts mehr einen Sinn. Wieso sollte Max sich umbringen? Gerade jetzt, wo er doch bekommen hatte, was er wollte. Oder war es vielleicht ein Unfall gewesen? Manche Ärzte missbrauchten Propofol absichtlich wegen seiner euphorisierenden Nebenwirkungen. Es war jedoch schwer zu dosieren, weshalb man schnell einer Überdosis erliegen konnte. Ich konnte mir nicht vorstellen, dass Max so einfältig war, aber was wusste ich schon über ihn? Vielleicht hatte er es auch wegen Kirsten getan. Oder aus Rache.

Mein einziger Anhaltspunkt war jedenfalls fort. Es gab keine Fragen mehr zu beantworten, keine Spuren zu verfolgen. Vielleicht hatte die Polizei auch recht. Vielleicht hatte Max Louisa nie in seine Hände bekommen, und mein Mädchen war jemand ganz anderem zum Opfer gefallen. Dabei blitzten wieder Bilder ihres Parkas vor meinen Augen auf, schmutzverkrustet, durch den Dreck gezogen.

Ich konnte die Tränen, gegen die ich seit Beginn der

Vernehmung gekämpft hatte, nicht länger zurückhalten. Sie brachen aus mir heraus. Als Kommissar Theede wieder zurückkehrte, hatte ich die Hände ineinander verkrallt und weinte immer noch, doch ich genierte mich nicht. Es war mir herzlich egal geworden, was andere von mir dachten.

»Frau Somweber.« Theedes Stimme klang milder als noch vor wenigen Augenblicken. Er reichte mir ein Taschentuch aus seiner Jackentasche. »Sie haben Glück. Frau Richter hat Ihren Besuch bestätigt, und wir haben Beweismaterial erhalten, dass Sie sich zum Zeitpunkt der Tat in Ihrem Wagen auf der A95 in Richtung Süden befanden.«

Ich brauchte mehrere Anläufe, um meiner heiseren Kehle einen geraden Ton zu entlocken. »Was heißt das?«, stammelte ich.

Seufzend ging Kommissar Theede um meinen Stuhl herum, um meine Handschellen zu lösen. »Das heißt, Sie können gehen.«

Als so einfach stellte sich meine Entlassung dann doch nicht heraus. Ich musste dennoch die Fragen der Polizei beantworten, einen umfassenden Bericht abgeben und seitenweise Protokollblätter unterzeichnen. Ich musste nicht nur meine Eindrücke der Hütte beschreiben, sondern auch meinen Unfallhergang und wie ich ins Innere der Hütte gelangt war.

Zumindest versprach Kommissar Theede endlich, einen Streifenwagen hinzuschicken, aber ich wusste nicht, was das noch bringen sollte, nachdem Max tot war und damit alle Spuren dahin.

Als ich das Polizeipräsidium endlich verlassen durfte, stand ich allein auf offener Straße, ohne Geld, ohne Handy, ohne Plan.

Ich nahm den Bus, um nach Hause zu gelangen. Ich war schon fast dort, als ich beschloss, noch zwei Stationen weiter zu fahren. Ohne Schlüssel würde ich ohnehin nicht ins Haus gelangen, und gerade wollte ich nicht wieder allein sein. Nicht nach der Nacht, die ich hinter mir hatte. Ich konnte die Kälte des Fliesenbodens immer noch in meinen Knochen spüren. Sie drückte gegen meine Glieder und ließ meine Haut spannen. Und gleichzeitig mit ihr zupfte noch etwas anderes an mir, das ich noch nicht ganz fassen kannte, es war bloß dieses Gefühl. Wie an einem schwülen Sommertag, wenn der Wind plötzlich umschlägt und man ein Knistern in der Luft fühlt und weiß, gleich wird ein Gewitter über einen rollen, auch wenn noch keine Wolke am Himmel ist.

Ich spürte dieses Knistern, als ich aus dem Bus auf die mit Linden gesäumte Straße trat. Es war ein vertrauter Weg, den meine Füße ganz von selbst fanden. Acht Jahre lang war ich ihn jeden Morgen vom Haus meiner Mutter bis zur Bushaltestelle gelaufen. In Wahrheit war er gar nicht so lang, aber als Kind war es mir oft so vorgekommen, als müsste ich einen ganzen Berg überqueren, um zu meinem Ziel zu gelangen. Ich konnte mich noch gut an das erste Mal erinnern, dass ich ihn allein gegangen war, nachdem meine Mutter mir irgendwann verkündet hatte, ich sei so weit, ich bräuchte ihre Hilfe nicht mehr. Sie hatte stolz geklungen, und ich hatte sie auch stolz machen wollen, aber dann hatte ich mich plötzlich allein auf der Straße befunden, und kalter Schweiß war unter meinem Pullover meinen Rücken hinuntergeströmt. Ich hatte nicht mehr gewusst, in welche Richtung ich überhaupt gehen musste, welche Nummer der Bus hatte, der mich zur Schule brachte. Die Autos waren in beängstigender Geschwindigkeit an mir vorbeigezogen. Jedes Geräusch hatte sich wie ein Kugelschuss in meine Schläfen gebohrt, jede Bewegung hatte mich zusammenfahren lassen. Der Asphalt hatte Wellen geworfen, bis ich irgendwann gestolpert war. Ich hatte auf dem Boden ausgeharrt und darauf gewartet, dass der Schwindel sich wieder legte. Während die anderen Kinder zum Bus gerannt waren, hatte ich mich hinter einem Briefkasten versteckt, und der Bus war ohne mich losgefahren. In der Schule erzählte ich später, nachdem ich eine halbe Stunde zu spät zum Unterricht erschienen war, ich hätte verschlafen. Ich erhielt eine Rüge, eine von vielen, die ich jedes Mal mit gesenktem Kinn und zuckenden Schultern entgegennahm.

Die anderen Kinder mieden mich. »Seltsam« war noch das netteste Wort, das sie für mich verwendeten. Ich war es gewohnt und redete mir ein, ich bräuchte sie gar nicht. Ich suchte mir meine Freunde anderswo. In den Büchern von Astrid Lindgren und Otfried Preußler. Bis der Tag kam, an dem sich Kirsten eines Morgens ganz selbstverständlich neben mich setzte, weil es der einzige freie Platz im Bus war. Sie war gerade erst zugezogen und hatte noch keine Ahnung, dass ich keine war, mit der man gesehen werden sollte. Sie hatte diese freie, offene Art zu reden, die ich sofort an ihr bewunderte. Wir stellten fest, dass wir in dieselbe Klasse gingen, und ich wurde etwas traurig, weil ich mir sicher war, dass sie später nicht mehr mit mir reden würde, wenn wir erst mal an der Schule waren und sie richtige Freunde fand. Freunde, die zu ihr passten. Denn Kirsten war eine von den Coolen, das war mir gleich klar gewesen. Eine, die die richtige Sorte Jeans trug und die richtige Musik hörte. Etwas, das für sie so leicht schien wie Atmen und das für mich einer besonders komplizierten mathematischen Formel glich, die ich einfach nicht entziffern konnte.

Doch entweder sah Kirsten die Kluft nicht, die uns trennte, oder es war ihr egal. Sie setzte sich auch am Tag darauf im Bus neben mich. Sie tat es so selbstverständlich, als wären wir seit Jahren befreundet. Und nie gab sie mir das Gefühl, seltsam zu sein, zu ruhig, zu naiv, zu verkrampft, zu … anders.

Sie ließ mich die Musik auf ihrem Discman mithören, und ich nickte jedes Mal eifrig, wenn sie mir ein neues Album vorspielte, als würde ich die Band kennen. Kirsten wohnte nur ein paar Häuser weiter und wartete von nun an bei den Eingangsstufen auf mich, damit wir gemeinsam zur Bushaltestelle gehen konnten. Von da an wurde alles leichter. Der Schulweg wandelte sich von etwas, das ich fürchtete, in etwas, das mich jeden Morgen voller Vorfreude aus dem Bett hüpfen ließ. Mit Kirsten an meiner Seite verschwand die Angst, dieses Gefühl, keinen Halt zu finden. Der Asphalt hörte auf, Wellen zu werfen und mich zu Boden zu ringen. An manchen Tagen, wenn ein Hupgeräusch mich erschreckte oder jemand zu nah an uns vorbeiging, musste ich noch Kirstens Hand nehmen, aber das schien sie nie zu stören. Sie lächelte dann bloß und drückte meine Hand fest in ihrer, was mir das Gefühl gab, unbesiegbar zu sein.

Meine Mutter hatte erst skeptisch reagiert, als ich ihr nach mehreren Wochen wie in einer Beichte vorgetragen hatte, dass ich eine Freundin gefunden hatte. Danach wollte sie alles über Kirsten wissen. Was sie so tat. Wer ihre Eltern waren. Welche Noten sie schrieb. Sie sollte zum Essen vorbeikommen, was mir erst eine Heidenangst machte, weil ich davor noch nie andere Kinder zu Besuch gehabt hatte.

Es gab Lasagne, was Kirsten verweigerte, weil sie kein Fleisch aß. Nach ihrer Verkündung fingen meine Hände unter dem Tisch zu zittern an. Meine Mutter hatte nie zugelassen, dass ich Essen auf dem Teller stehen ließ, und fast rechnete ich damit, sie könnte Kirsten ebenfalls eine Ohrfeige geben und mit ihrem Teller allein nach oben schicken. Aber Kirsten gegenüber lächelte sie bloß und machte ihr stattdessen einen Salat mit Schafskäse.

Kirsten kam danach wöchentlich vorbei, manchmal sogar täglich. Meine Mutter mochte Kirsten, und Kirsten mochte sie. Sie verstand nie, weshalb ich immer davon redete, so schnell wie möglich von hier wegkommen zu wollen. Und irgendwann verstand ich es selbst nicht mehr. So schlimm war meine Mutter schließlich gar nicht, und als sie anbot, mich bei meinem Studium zu unterstützen, wenn ich nur in München bliebe, verwarf ich meine Pläne, im Ausland zu studieren.

Ich zog aus, aber nur fünf Straßen weiter, in eine Reihenhaushälfte, die meine Mutter für mich gefunden hatte und für die sie Kaution und mehrere Monatsmieten vorgestreckt hatte. Sie hatte das in der Hoffnung getan, ich würde sie dann öfter besuchen kommen, aber als ich nun vor dem kalkweißen Haus mit den gebogenen Fenstergittern stand, stellte ich fest, dass ich seit Jahren nicht mehr hier gewesen war. Vielleicht schon seit Louisas Geburt nicht mehr. Immer, wenn meine Mutter mich um einen Besuch gebeten hatte, hatte ich ihr irgendwelche Ausreden aufgetischt. Dass es unpraktisch sei, dass ich wegen Louisa nicht wegkönne, dass ich Bereitschaftsdienst hätte oder mich gerade wieder Bauchkrämpfe plagten.

Die Wahrheit war, dass ich mich in diesem Haus nie wirklich wohlgefühlt hatte. Ich spürte dieses Gefühl auch jetzt wieder, als ich die schneeverkrusteten Eingangsstufen bis zur Haustür erklomm. Eine Enge, die sich wie ein Strick um meine Brust legte und mir das Atmen erschwerte.

Vielleicht war es die Stille, die mich beunruhigte und die meine gesamte Kindheit wie eine erstickende Decke begleitet hatte. Eine Kindheit ohne Fernseher oder lautes Lachen.

Du musst ruhig sein, war der häufigste Satz, den ich von meiner Mutter gehört hatte. Manchmal hatte es sich angefühlt, als würde ich gar nicht wirklich existieren, als könnte ich mich jederzeit auflösen in meinem Zimmer, in dem ich so oft allein zur Decke gestarrt hatte. Erst Kirsten hatte mich zurück ins Leben geholt, hatte mir meine Lebensfreude zurückgegeben, einen Sinn. Gerade wünschte ich mir so sehr, ihre Hand in meiner zu fühlen, die immer so fest war, so voller Selbstsicherheit, und die mir Kraft gespendet hatte.

Aber Kirsten war tot und ihr Geist bloß ein weiteres Gewicht, das an mir zerrte und mich schwanken ließ.

Du hast sie umgebracht, flüsterte eine Stimme in meinem Kopf.

Nein, habe ich nicht, versuchte ich, mich zu verteidigen. Es war ihre Entscheidung. Ich hatte doch nie gewollt, dass ihr irgendein Leid geschah.

Dennoch hast du sie im Stich gelassen. Jahrelang hast du von ihrer Stärke gezehrt, nur um sie dann einfach fallenzulassen.

Ich kniff die Augen zusammen gegen die Stimme, die sich mit spitzen Zähnen in meine Gedanken fraß. Denn sie hatte ja recht. Es war meine Schuld gewesen. Ganz allein meine. Kirsten hatte immer wieder um Hilfe gebeten, aber ich hatte sie nie erhört, war nur an meinem eigenen Glück interessiert gewesen, in dem sie zu einem Störfaktor geworden war.

Ich atmete tief durch, während ich an der Tür klingelte, und sah dabei das kleine Mädchen von früher vor mir, das sich hatte strecken müssen, um den Klingelknopf zu erreichen, und beim Warten nervös auf der Stelle getreten war.

Die Tür ging auf. Meine Mutter stand vor mir, aber etwas stimmte nicht mit ihrem Gesicht. Es wirkte verzerrt, als würde sich in meinem Kopf ein Film abspielen, der nicht ganz zur Realität passte. Ich schüttelte den Kopf, um das Bild loszuwerden. Etwas verschob sich darin. Es schmerzte und verwirrte mich.

Ich wollte zurückweichen und vergaß, dass ich am obersten Treppenansatz stand. Meine Ferse trat ins Leere. Ich kippte nach hinten. Meine Mutter griff nach mir, um mich festzuhalten, hätte mich wahrscheinlich sogar abfangen können, doch ich entzog mich ihr.

Kurz sahen wir uns an. Ihre Augen schreckgeweitet, ich von einer seltsamen Ruhe erfüllt. Sie rief einen Namen. Er rührte etwas in mir, das letzte fehlende Teilchen. Doch bevor ich die Bilder zusammenfügen konnte, franste mein Blickfeld aus und ließ alles dunkel werden.

21.

Ich erwachte in meinem alten Kinderbett. Alles war noch wie früher, bevor ich ausgezogen war. Die nüchternen Buchenholzmöbel genau wie die hellblaue Bettwäsche, unter der ich lag. Sogar der Geruch, den meine Kissen verströmten, war noch der gleiche. Lavendel gemischt mit Zitrone. Ich konnte die Augen nicht lange offen halten und drückte mein Gesicht in den Stoff. Dann fühlte ich Finger in meinem Nacken, die mir sanft übers Haar strichen. Eine Frauenstimme summte leise vor sich hin. Die Melodie war vertraut. Es war das Lied, das mir meine Mutter früher oft zum Einschlafen vorgesungen hatte. Ich hatte die Worte vergessen, konnte aber immer noch mitsummen, während die Laute mich samtig wie eine Decke umhüllten.

Dann ertönten Schritte auf dem Flur. Meine Mutter kam ins Zimmer, die Erinnerung an die Finger in meinem Haar verschwand.

Blinzelnd kam ich hoch. Ich musste geträumt haben.

Meine Mutter hatte mir nie etwas vorgesungen oder nachts an meinem Bett gesessen.

»Geht es dir wieder besser?«, fragte sie in dem Moment und ging neben mir in die Hocke.

Ich griff mir an die Stirn, hinter der lose Gedankenfetzen rumorten und alles durcheinanderwirbelten. Mein Gedächtnis war wie ein Flickenteppich ohne erkennbares Muster, ohne Struktur. Ich konnte mich nicht einmal daran erinnern, wie ich hergekommen war. Nur noch an den eisblauen Himmel, wie er sich über mir drehte, und an die Ahnung eines Gefühls. Ein Gefühl von Erschütterung. »War ich bewusstlos?«

»Bloß etwas weggetreten. Du hast wirres Zeug geredet. Vor allem hast du nach Kirsten gefragt. Du bist zwar recht sanft in den Schnee gefallen, aber womöglich hast du dir doch den Kopf gestoßen. Du hast dich ja kaum von deinem letzten Sturz im Wald erholt. Hast du Schmerzen?«

»Ich weiß nicht. Ich glaube nicht.«

»Hier. Nimm das.« Meine Mutter reichte mir ein Glas Wasser und zwei Pillen. Ich schluckte beides und lehnte meinen Kopf an die Rückwand des Bettes.

Die Augen meiner Mutter ruhten wachsam auf mir. »Die Polizei sagte mir, sie hätten dich festgenommen. Was ist passiert?«

Meinen Lippen entwich ein Stöhnen. »Max ist tot, das ist passiert. Eine Überdosis Propofol, genau wie bei Kirsten.«

In die Mundwinkel meiner Mutter gruben sich tiefe Falten. »Etwa noch ein Selbstmord?«

»Ich weiß es nicht. Das Medikament hätte Max sich leicht beschaffen können, aber die Polizei ist sich nicht sicher, ob es wirklich Selbstmord war. Es fehlt ein Motiv. Sie haben erst mich verdächtigt, aber ich habe ein Alibi, weil ich zu dem Zeitpunkt nach Mittenwald unterwegs war. Sie mussten mich wieder gehen lassen.«

»Dann hast du die Hütte gefunden?«

Ich nickte, spürte meine Kehle trocken werden bei der Erinnerung. »Louisa war nicht dort, aber Spuren von ihr. Du hättest es sehen sollen. All diese Sachen ... Kirsten und Max mussten das schon lange geplant haben. Jahre wahrscheinlich. Deshalb verstehe ich es auch nicht ... Wieso haben sie sich umgebracht? Und was haben sie mit Louisa gemacht?«

»Sie wollten sie dir wegnehmen«, schlussfolgerte meine Mutter und nickte ernst.

»Ja.«

»Und du hast nichts dagegen unternommen.«

Mein Kiefer krampfte. »Wie denn? Ich konnte doch nicht wissen, dass Kirsten so weit gehen würde.«

»Aber sie hat dir doch diese Briefe geschrieben. All diese Drohungen. Du hättest ahnen müssen, wohin ihre Verzweiflung sie treibt.«

»Vielleicht. Aber sie war immer noch meine beste Freundin. Und jetzt ist es zu spät.«

»Also gibst du einfach auf?« Meine Mutter erhob sich, ihr Mund bildete eine harte Linie.

»Nein! Niemals. Aber ich weiß einfach nicht mehr, was ich noch tun soll.«

»Du bist schwach geworden, so habe ich dich nicht erzogen. Eine Mutter tut alles, wenn es um ihre Kinder geht.«

»Aber das versuche ich doch!«

»Nein. Du kratzt immer nur an der Oberfläche. Weißt du, was das wahre Problem ist? Du warst zu abgelenkt, was Louisa betrifft. Du hast dich mit Matthias gestritten und deine Gefühle mit Alkohol und Arbeit betäubt. Aber wo war Louisa in alldem? Du hast die Gefahr nicht gesehen, weil du sie nicht sehen wolltest, und deine Tochter dadurch im Stich gelassen.«

»Das stimmt nicht!«, protestierte ich lautstark. »Ich liebe Louisa. Mehr als mein eigenes Leben. Ich würde alles für sie tun.«

»So wie ich alles für dich getan habe?« Mit schnalzender Zunge wandte sie sich ab von mir. »Das bezweifle ich.«

Fast hätte ich aufgelacht. Was hatte sie schon Großartiges für mich getan? Ich wollte ihr Beispiele nennen, wie sehr sie meine Kindheit zerstört hatte, doch ich bekam Kopfschmerzen, wenn ich darüber nachdachte. So heftige Kopfschmerzen, dass mir davon übel wurde und ich mein Gesicht in die Hände stützen musste.

Mein Blickfeld verzerrte sich. Ich sah mich wieder auf den Eingangsstufen stehen. Das Gefühl zu fallen holte mich ein. Vorhin hatte ich etwas gesehen, etwas gespürt. Etwas, das mich so sehr erschüttert hatte, dass ich es nicht zu fassen bekommen hatte. Was war wirklich auf den Stufen passiert? Wieso war ich gestürzt?

»Alles in Ordnung?« Das Gefühl ihrer Hand auf meiner Wange ließ mich zusammenzucken. Plötzlich roch ich ihn ganz stark. Den Lavendelduft, den meine Mutter auch in ihr Parfüm mischte.

»Ich fühle mich nicht so gut«, keuchte ich. »Ich glaube, ich muss kurz raus.«

Ich konnte nicht atmen. Nicht hier. In diesem Zimmer. Ich schob die Decke zurück und stand aus dem Bett auf, stürzte nach draußen, hätte sie beinahe umgeworfen, als ich an ihr vorbeidrängte. Zur Tür. Dieser verfluchten Tür. Sie war offen, aber ich erinnerte mich nun an die vielen Male, als sie es nicht gewesen war. Als ich mit wunden Fingern gegen das Holz getrommelt und darum gebettelt hatte, nach draußen zu dürfen. Und dass es ihr egal gewesen war. Jedes Mal.

»Nadja.«

Etwas zerbrach in mir, als ich das Wort hörte. Ich hatte es vorhin schon einmal gehört, draußen auf der Treppe, kurz bevor ich mich in die Ohnmacht geflüchtet hatte. Ich war von mir selbst überrascht, wie ich auf den Namen reagierte, wie ich mich automatisch zu meiner Mutter umdrehte. Dieser Frau, dieser Fremden, die mich mit plötzlich versteinerter Miene ansah.

»Ich wusste, du erinnerst dich«, sagte sie nüchtern. »Ich habe es vorhin in deinem Blick gesehen. Ich bin überrascht, dass es so lange gedauert hat.«

Ich schwankte. Und plötzlich kam alles auf einmal. Die Flut der Bilder, die ich so lange verdrängt hatte. Ich schüttelte den Kopf, versuchte zurückzuweichen, vor ihr, der Vergangenheit, der Wahrheit, doch hinter mir war nichts. Nur eine Wand, die mich nicht schützte.

Ich zitterte heftig, bis etwas in mir still wurde, sich zusammenzog, und dann sah ich auf einmal alles ganz klar. »Du bist nicht meine Mutter.«

22.

Das Haus war schön. Und so groß. Mit ihrer Familie hatte sie davor in einer kleinen Wohnung mit nur einem Schlafzimmer gelebt. Ihr Bett hatte man jeden Abend aus der Wohnzimmerwand klappen müssen, es hatte immer leicht säuerlich nach gebratenen Zwiebeln und Schweiß gerochen. Hier gab es überhaupt keinen Geruch. Es gab auch noch keine Möbel, weshalb sich die hohen, schönen Räume kalt anfühlten.

Sie durfte sich ein Zimmer aussuchen. Und eine Wandfarbe. Sie wollte das nicht, tat aber so, als würde sie sich darüber freuen. Über die Möbel, die sie nun bekam und die sie zuvor nie besessen hatte. Ein eigenes Bett und Kisten voller Spielsachen, einen Wassermalfarbkasten und bunt bemalte Bücher.

Sie hätte alles sofort eingetauscht, wenn sie dafür nur zurück könnte in ihr altes, beengtes Zuhause mit den tropfenden Wänden und dem lauten Plärren aus den Nachbarwohnungen. Aber sie lernte zu lächeln und brav Danke zu sagen, weil die Tür ihres Kinderzimmers abgeschlossen blieb, wenn sie es nicht tat.

Sie bekam auch einen eigenen Schreibtisch mit einem kleinen roten Drehstuhl, auf dem sie von einer Zimmerseite auf die andere rollte, wenn sie sich langweilte und sie wieder Stunde um Stunde allein eingesperrt war. Danach freute sie sich sogar über die Gesellschaft der Frau, die sich zu ihr vor den Schreibtisch hockte und ihr ein neues Heft mit linierten Blättern vorlegte. Das Heft war leer bis auf eine einzelne beschriebene Zeile am linken oberen Rand.

»Nora Somweber« stand dort in fein säuberlichen Linien.

Sie sollte es nachschreiben. Sie verstand nicht wieso.

»Nora«, las die Frau am Schreibtisch neben ihr vor und lächelte breit. »Das ist jetzt dein Name.«

Sie schüttelte den Kopf, denn es stimmte einfach nicht. »Nadja«, widersprach sie. »Ich heiße Nadja.«

»Nicht mehr. Du bist jetzt Nora, Kind. Gefällt er dir nicht? Ich finde, es ist ein wunderschöner Name. Er passt zu dir.«

»Nadja«, wiederholte sie dumpf und zog den Kopf ein, als sie das Blitzen in den Augen der Frau sah, das so oft einer Ohrfeige vorausging.

»Nora«, beharrte sie, das Lächeln eingefallen. »Schreib es.«

Und sie schrieb. Zeile um Zeile, bis ihre Hand vor Anstrengung zitterte und ihre Finger krampften. Jeden Morgen nach dem Aufstehen musste sie das machen, bevor sie etwas essen oder auf Toilette durfte, bis das ganze Heft vollgeschrieben war und sie anfing, den Namen nachts im Schlaf zu murmeln.

Nora Somweber. Das war jetzt sie. Und auch wieder nicht. Die Frau nannte sie so. Niemand anderes wusste von

Nadja, niemand, der ihr dabei half, sich an das Mädchen von früher zu erinnern, bis Nadja irgendwann aufhörte zu existieren. Nadja wurde zu einem Gespenst, einem blassen Bild aus der Vergangenheit, das mit jedem Tag mehr und mehr verwischte.

Sie durfte auch nicht mehr sein wie Nadja. Nadja, die wild gewesen war, manchmal störrisch. Die so gerne auf Bäume geklettert war, die Streiche liebte und im Hort jedes Mal eine große Schar Kinder angeführt hatte.

Nora musste anders sein. Nora war brav. Nora war leise. Nora durfte nicht raus, um im Park zu turnen oder mit anderen Kindern zu spielen. Nora blieb in ihrem Zimmer, lernte und las Bücher, und wenn sie nicht artig war, lernte sie im kalten Keller unterm Haus.

Nora war ängstlich. Nora begann die Straße mit den lärmenden Autos und den starren Blicken in den Gesichtern der Menschen zu fürchten. Nora wollte irgendwann überhaupt nicht mehr in den Park oder andere Kinder kennenlernen, in dieser Stadt, in der ihr ohnehin alles fremd war. Nora war froh über den Schutz, den die Frau ihr bot, die ihr jeden Tag einschärfte, wie gefährlich die Welt draußen war. Und Nora glaubte ihr. Nora begann zu vergessen, dass die wahre Gefahr in diesem Haus lauerte und ihr einen sanften Gutenachtkuss auf die Stirn gab.

23.

Nadja.

Ich formte den Namen mit meinen Lippen, wagte aber nicht, ihn auszusprechen. Nadja. Das war einmal ich gewesen. Eine andere Person in einem anderen Leben. Bis diese Frau, die sich fast mein ganzes Leben lang meine Mutter nannte, mich daraus entrissen hatte. Ich hatte einmal eine andere Mutter gehabt. Ich kannte ihren Namen nicht mehr, aber das Bild einer rundlichen Frau mit langen Blumenkleidern und freundlichen, dunklen Augen blitzte vor meinem inneren Auge auf. Ich erinnerte mich, dass sie oft tagelang nicht aus dem Bett gekommen war, sosehr ich auch an ihr gezerrt hatte, und an die stinkenden Geschirrstapel in unserer Wohnung, die Ameisen und andere Insekten angelockt hatten.

Und wie immer wieder diese fremde Frau in unsere Wohnung gekommen war und von mir wissen wollte, ob es mir gut gehe, ob meine Mama sich auch um mich kümmere. Etwas an dem starren Blick der Frau hatte mir Angst gemacht, ich hatte jedes Mal eifrig genickt, in der Hoffnung, sie möge bald wieder gehen.

Und sie war auch gegangen. Bis sie mich eines Abends allein auf der kaputten Schaukel in unserem Hof vorgefunden hatte, während meine Mutter oben Männerbesuch gehabt hatte.

Sie hatte mir etwas zeigen wollen. Ich wusste nicht mehr, was, bloß noch, wie alles um mich herum dunkel geworden war, die schreckliche Enge um mich, als ich in einem Wandschrank wach geworden war. Eine Enge, die ich noch heute in mir trug, die mich oft einholte, nachts, wenn meine Handgelenke plötzlich zu jucken anfingen, weil sie sich wieder an den Druck der Fesseln erinnerten, wenn ich wie gegen einen unsichtbaren Widerstand wild um mich schlug und ich nicht einmal mehr das Gewicht der Decke auf mir ertrug.

Bloß ein Alptraum, redete ich mir dann ein, wenn ich schweißgebadet zu mir kam. Weil ich es verdrängt hatte über all die Jahre. Weil ich nur so hatte funktionieren können. Als erwachsene Frau. Als Krankenpflegerin. Als Mutter.

»Du hast mich entführt«, stieß ich mit einem atemlosen Keuchen aus, während immer mehr Erinnerungsfetzen wie Hagelkörner auf mich einprasselten. Ich, wie ich einmal versucht hatte, durchs Küchenfenster zu fliehen und daraufhin tagelang an meinen Bettrahmen gefesselt worden war. An die Briefe, die ich heimlich an meine Mutter geschrieben hatte, um sie eines Tages abzuschicken, und die ich in meinen Schuhen versteckt hielt. Wie ich geweint hatte, als sie plötzlich verschwunden waren, und wie ich schließlich irgendwann aufgehört hatte, sie zu schreiben und zu hoffen, dass irgendetwas je wieder anders sein könnte.

»Entführt nennst du das?«, fragte sie. Nicht mehr meine Mutter, sondern wieder diese fremde Frau von damals. Adele. »Ich habe dich gerettet!«

»Ich hatte ein Zuhause. Eine Mutter.«

»Das war keine Mutter«, blaffte sie. »Eine echte Mutter hätte ihr Kind nie so verkommen lassen. Du hättest dich damals sehen sollen. Wie mager du warst und in welchen Lumpen du rumgelaufen bist. Ständig ungewaschen und mit diesem verklärten Ausdruck in den Augen. Mehr ein verwildertes Tier als ein Kind.«

»Du hättest doch trotzdem nicht ... Du hättest mich nicht einfach von dort wegnehmen dürfen.«

»Glaub mir, es war der letzte mögliche Schritt, alles andere hatte ich davor schon versucht. Ich war damals Sozialarbeiterin und wollte dich schon längst von diesem grauenvollen Ort wegholen, aber das Gericht hat jeden meiner Versuche abgewehrt. Du hast immer für deine Mutter gelogen, wenn man dich befragt hat. Du wolltest nicht fort, du warst zu jung und wusstest noch nicht, was gut für dich ist.«

»Also hast du das für mich entschieden«, erwiderte ich tonlos, meine bebenden Finger um den Türstock gekrallt, um nicht wieder ohnmächtig zu werden.

»Ich habe lediglich eine Gelegenheit genutzt, und ich bereue es nicht. Weißt du, wie lange es gedauert hat, bis deine Mutter überhaupt die Polizei eingeschaltet hat, nachdem du verschwunden warst? Drei Tage. Drei volle Tage, die sie wahrscheinlich im Drogenrausch verpennt hat. So wichtig warst du deiner großartigen Mutter. Also sei dankbar. Oder glaubst du, du wärst der Mensch geworden, der du jetzt bist, wenn ich dich dort hätte versauern lassen? Alles verdankst du mir. Deinen Job. Deine Bildung. Sogar Louisa.«

»Wage es ... Wage es nicht!« Meine Magen verkrampfte sich. Ich hatte das Gefühl, mich gleich übergeben zu müssen, und schluckte gegen die wachsende Übelkeit an. »Du hast mich eingesperrt. Mich isoliert. Meine gesamte Kindheit lang.«

»Doch nur zu Beginn«, widersprach Adele und kam langsam auf mich zu. »Ich konnte nicht riskieren, dass du wegläufst oder jemand dich aus den Nachrichten erkennt. Das habe ich nur zu deinem eigenen Schutz getan, verstehst du das etwa noch immer nicht?«

»Nein. Das verstehe ich nicht.« Nicht, wenn ich an das kleine Mädchen dachte, dessen Angst sogar zu groß gewesen war, um laut zu weinen, das angefangen hatte, mit seinen Plüschtieren zu sprechen, weil es so einsam gewesen war, so allein ... Also nein, ich verstand nicht, wollte es auch gar nicht, und schon gar nicht wollte ich, dass mir diese Frau noch näher kam, weshalb ich auf wackeligen Beinen vor ihr zurückwich. Weil ich sonst schreien müsste. Ich würde schreien, wenn sie mich jetzt anfasste, und vielleicht nie wieder damit aufhören, all das Leid und die Einsamkeit meiner Kindheit hinauszuschreien.

»Hast du denn überhaupt keine Ahnung, welches Glück du hattest? Ich hatte selbst eine Mutter wie du. Eine, die lieber getrunken und gespielt hat, anstatt sich um mich zu kümmern. Und weißt du, was ich getan habe? Ich habe jede Nacht darum gebetet, dass mich jemand, irgendjemand von diesem schrecklichen Ort fortholt. Alles hätte ich dafür gegeben. Aber im Gegensatz zu dir hat mein Elend niemand bemerkt. Ich musste mich irgendwann selbst retten. Ich bin fortgelaufen, sobald ich alt genug war, um für mich selbst zu sorgen, und bin später Sozialarbeiterin geworden, damit kein Kind mehr das Gleiche durchleben muss wie ich. Und dann traf ich dich. Einsam und vernachlässigt. Dein Blick war so hilfesuchend, wann immer ich euch in der kümmerlichen Wohnung besuchte, die deine Mutter ein Zuhause nannte. Ich wusste sofort, es war Schicksal. Ich musste dich einfach retten.«

Meine Kehle brannte. »Du bist wahnsinnig, wenn du von mir auch noch Dank erwartest für das, was du mir angetan hast.«

»Es ist schade, dass du nicht verstehen willst«, sagte sie und ließ ihre ausgestreckte Hand sinken. »Ich hatte gehofft, wir könnten nach all den Jahren endlich wie Erwachsene über alles reden. Dass du daraus gelernt hättest, aber ich sehe, du bist noch genauso uneinsichtig wie früher. Dabei hatte ich wirklich gedacht, du wüsstest es besser, sobald du einmal selbst ein Kind hast. Diese Verantwortung ändert alles, doch anstatt sie anzunehmen, hast du dich die meiste Zeit davor gedrückt, nicht wahr? Genau wie deine Mutter damals. Vielleicht steckt also doch zu viel von ihr in dir. Vielleicht war es einfältig von mir, den Lauf der Dinge ändern zu wollen, aber zumindest habe ich es versucht. Was hast du je getan, um das Leben deiner Tochter zu verbessern?«

»Louisa? Ich habe doch immer alles für sie getan. Ich bin nicht wie du. Ich bin Louisa eine gute Mutter.«

Adele lachte kehlig, ein freudloser Laut, der mir Gänsehaut bescherte. »Du hast stets den leichtesten Weg gewählt, und sobald dir etwas zu viel wurde, bist du geflohen. Hast dich mit Tabletten und Weinflaschen betäubt. Schwach ist das, du wirst deiner Verantwortung nicht gerecht. Und Louisa? Immer kleiner ist sie geworden, wie ein verkümmertes Pflänzchen, weil du und Matthias ständig an ihr gezerrt habt und euch nicht einig werden konntet. Du hast sie doch kaum noch wirklich wahrgenommen. Warst mit deinen Gedanken ständig woanders, bei der Arbeit, deinen Sorgen, deinem Zwist mit Kirsten, aber nie ganz bei ihr, bis es zu spät war. Auch dafür solltest du mir also danken.«

»Wofür?« Ich schüttelte den Kopf, weil ich nicht verstand. Mir wurde schwindlig. Ich konnte ihr nicht mehr folgen.

»Meinetwegen weißt du dein Glück erst wieder richtig zu schätzen. Wie gesegnet du mit Louisa bist und wie leicht du dieses Glück beinahe verspielt hättest.«

»Was redest du da?«, fragte ich, doch ich erhielt keine Antwort. Es war die Überheblichkeit in ihrem Blick, die schließlich alles an die richtige Stelle rückte. Derselbe selbstgerechte Blick, mit dem sie mich als Kind bestraft hatte, mit dem sie die Tür hinter mir verriegelt hatte, der sagte, dass ich es nicht anders verdiente, dass ich selbst schuld an allem war, dass ich schlecht war.

Mein Körper folgte der Erkenntnis schneller, als mein Geist es konnte. Meine Knie knickten ein, ich sackte zusammen und sank kraftlos zu Boden.

»Du«, hauchte ich, die Fäuste gegen meine Oberschenkel gestemmt, um mich wieder aufzurichten, ihr entgegenzublicken. »Du warst es. Du hast mir Louisa weggenommen.«

24.

Es ergab auf eine verdrehte Art sogar Sinn. In Adeles Welt, in der sie von Anfang an die Regeln festgelegt hatte. Sie hatte bereits mich als Kind entführt, was sollte sie davon abhalten, es wieder zu tun? Vor allem, wenn sie das Gefühl hatte, ich hätte Louisa vernachlässigt, dass sie es bei ihr besser haben würde.

In mir begann etwas zu lodern. Eine heiße, zornige Flamme, die mir dabei half, mich ihr entgegenzustellen. Endlich. Nach fünfundzwanzig verfluchten Jahren.

»Wo?«, knurrte ich. Nur ein Wort, in das ich meine ganze Kraft steckte. »Wo?«

Eine leichte Blässe um ihren Mund war das einzige Anzeichen, dass auch Adele an Fassung verlor. »Ich hatte es dir sagen wollen«, sagte sie. »Es war nie meine Absicht, dir Louisa für immer wegzunehmen. Es war vielmehr ein Test. Und eine Zeit lang hast du dich sogar ganz gut geschlagen. Dachte ich zumindest«, fügte sie bissig hinzu. »Du hast wieder die richtigen Prioritäten gesetzt. Familie vor allem anderen. Gib zu, dass sich das richtig angefühlt hat. Wie du gespürt hast, dass du gebraucht wirst. Ich wette, das hattest du als Mutter völlig vergessen.«

»Und wenn ich in deinen Augen nicht bestanden hätte? Was dann? Hättest du Louisa auch einen neuen Namen gegeben und wärst mit ihr in eine andere Stadt gezogen wie mit mir damals?«

Ich stand langsam wieder auf und ging mit zitternden Beinen auf sie zu. Diesmal war es Adele, die zurückwich. »Ich wollte nie so weit gehen, aber wenn es notwendig gewesen wäre? Natürlich. Im Gegensatz zu dir bin ich nicht egoistisch. Ich habe einzig und allein an Louisa gedacht.«

In meinem Kopf rauschte nur noch meine Wut. »Wo!«, brüllte ich, schrie ihr das Wort entgegen, genoss, wie sie zusammenzuckte, wie einmal ich die Größere von uns beiden war, die die Situation kontrollierte.

Es war meine Schuld. Ich allein hatte ihr so viel Macht über mich gegeben. Die Fesseln waren längst verschwunden, nur mein Geist war noch in ihnen verstrickt. Aber keine Sekunde länger, beschloss ich in dem Moment und ballte die Fäuste. Für Louisa würde ich mich endlich befreien.

Ich packte Adele an der Schulter, fest genug, dass sie die Lippen verzog. »Sag mir endlich, wo sie ist!«, zischte ich und rüttelte an ihr. »Was hast du mit ihr gemacht?«

»Ihr geht es gut«, antwortete sie steif. »Glaubst du, ich könnte ihr etwas antun? Meiner Enkelin?«

»Sie ist nicht deine Enkelin. Sie ist gar nichts mehr für dich! Und ich werde dafür sorgen, dass du sie nie wiedersiehst.«

»Wirklich? Dafür müsstest du sie aber erst wiederfinden, nehme ich an.« Sie grinste bösartig. Ich ließ von ihr ab, rannte in das gegenüberliegende Zimmer, Adeles Schlafzimmer, das ich als Kind kaum hatte betreten dürfen.

»Louisa? Louisa!« Ich rief ihren Namen immer wieder, während ich in den Schrank blickte und unter das Bett kroch. Nicht einmal Staub haftete an den glänzenden Holzdielen. Nicht das kleinste Zeichen von meiner Tochter.

»Sie ist nicht hier«, bemerkte Adele, nachdem ich erneut an ihr vorbeigehastet war.

Ich ignorierte sie. Rannte ins nächste Zimmer, ins Bad, riss den Duschvorhang herunter, stieg auf den Badewannenrand, um aus dem kleinen, quadratischen Fenster in den Garten zu spähen. Am Rande der Buchenhecke hatte Adele eine verwilderte Holzlaube stehen. Sie war gerade mal groß genug, um den Rasenmäher und einige Werkzeuge unterzubringen, aber womöglich war Louisa dort?

Ich wollte gerade heruntersteigen, um mich selbst zu vergewissern, und als ich es dann hörte, war es zu spät. Das verräterische Klicken, das mir schon in meiner Kindheit kalte Schauer über meinen Rücken gejagt hatte. Das Einrosten von Schlüssel und Schloss. Die Badezimmertür war zu, noch bevor ich mich vollständig umgedreht hatte. Adele hatte sie hinter mir zugezogen und abgesperrt.

Ich brüllte vor Zorn. In der nächsten Sekunde war ich an der Tür und hämmerte dagegen, stemmte mich gegen die Tür, aber das alles half nichts. Ich war wieder fünf Jahre alt und spürte, wie die Wände näher kamen. In meiner Kehle steckte ein Schrei fest, den ich mich loszulassen weigerte.

»Ganz ruhig«, hörte ich dann irgendwann von der anderen Seite der Tür. »Ich will nur verhindern, dass du dir wehtust. Oder mir. Ich lasse dich wieder frei, sobald du dich beruhigt hast.«

»Du lässt mich sofort hier raus oder ich rufe die Polizei! Du wirst nicht damit durchkommen, hörst du? Diesmal nicht.« Ich donnerte ein weiteres Mal gegen die Tür, um meinen Worten Nachdruck zu verleihen, aber ich machte mir selbst etwas vor. Auch wenn Adele das nicht wusste, mein Handy lag noch immer im Fußraum ihres zerstörten Seats. Ich war machtlos. Genau wie früher.

Ich drückte versuchsweise auch gegen das Fenster über der Badewanne, aber es war festverglast wie fast alle Fenster in diesem Haus, und ließ sich nicht öffnen. Ich konnte nicht raus und Hilfe holen. Aber aufgeben würde ich nicht. Ich war erwachsen, ich war stärker als sie, und ich würde mich wehren.

Ich durchsuchte den Spiegelschrank oberhalb des Waschbeckens nach Werkzeugen. Scheren, Feilen, irgendwas, mit dem ich mich verteidigen oder vielleicht sogar die Tür aufbrechen könnte.

Ich kippte einfach alles ins Waschbecken und wühlte mich durch die verschiedenen Fächer und Laden.

Und dann fand ich es.

Die Fläschchen mit dem Propofol.

25.

Ich versuchte, mir erst einzureden, dass es nichts zu bedeuten hatte, dass es reiner Zufall war, dass Adele neben Schachteln von Ibuprofen und Diclofenac Propofol in ihrem Arzneischrank aufbewahrte.

Aber Propofol wurde nicht einfach an Privatpersonen weitergegeben. Es wurde in Krankenhäusern und Arztpraxen zur Sedierung als Injektion verabreicht. Ich spürte das Fläschchen meinen Fingern entgleiten, während sich die aufgedruckten Buchstaben vor meinen Augen verzogen. Meine Knie wurden weich, ich lehnte mich gegen die Badezimmerfliesen an der Wand und rutschte langsam nach unten.

Die Wände drehten sich, aber diesmal war es mehr als eine Panikattacke, mehr als ein Moment vorübergehender Schwäche. Ich merkte es daran, wie meine Lider wie von einem unsichtbaren Gewicht niedergedrückt wurden, wie ich hartnäckig blinzelnd darum kämpfen musste, bei Bewusstsein zu bleiben, trotz des

Adrenalins, das unaufhaltsam durch meinen Körper pumpte.

Die Pillen, schoss es mir in dem Moment durch den Kopf. Die Pillen, die Adele mir gegeben hatte und die ich, ohne weiter darüber nachzudenken, geschluckt hatte. Ich schmeckte wieder ihren bitteren Geschmack in meinem Hals und gab ein leises Stöhnen von mir. Schweiß brach aus meinen Poren. Vielleicht hatte ich mich dabei mit einem Laut verraten, denn eine Sekunde später ging die Tür auf.

Adele kam ins Bad, mit klackenden Sohlen, ohne Eile, ohne Hast. Die Tür stand nun weit offen, aber ich war zu schwach, um zu fliehen, zu schwach, um auch nur meinen Arm zu heben und Adele von mir wegzustoßen. Sie ging vor mir in die Hocke.

»W... was hast du mir gegeben?«, keuchte ich, während Adeles Silhouette vor mir verschwamm.

»Keine Sorge«, antwortete sie sanft und hielt mich an den Schultern fest, damit ich nicht ganz zu Boden ging. »Nichts, was dir weiter schaden wird. Ich wollte bloß verhindern, dass du dich zu sehr aufregst und möglicherweise etwas Dummes tust, bevor wir die Möglichkeit hatten, uns zu unterhalten.«

»Schlaftabletten«, murmelte ich, während mein Kopf zur Seite rollte. »Die gleiche Mischung wie bei Kirsten und Max. Schlaftabletten und Propofol.«

Adele seufzte. »Ich hatte eigentlich erwartet, dass du die Verbindung viel früher bemerkst. Dass du Kirstens Selbstmord geglaubt hast, gut. Aber Max? Max hatte doch nicht einmal ein richtiges Motiv. Aber du warst schon immer gut darin, nur das zu sehen, was du sehen wolltest. Eine Art Schutzmechanismus deiner Kindheit, nehme ich an. Er hat uns auf jeden Fall beiden gut gedient.«

»Dann warst du es? Du hast sie ermordet?«

»Mord ist ein hässliches Wort. So sehe ich das nicht. Ich habe getan, wozu du selbst nicht imstande warst, um deine Familie zu schützen. Du warst doch in der Hütte, oder? Du hast gesehen, was die beiden vorhatten. Sie hätten dir Louisa einfach weggenommen, und du hättest tatenlos zugesehen. Es war ein Glück, dass ich Kirsten eines Abends dabei beobachtet habe, wie sie einen ihrer Briefe vor deiner Türschwelle ablegen wollte, die du so leichtfertig ignoriert hast. Du hast mal wieder Überstunden im Krankenhaus gemacht, weshalb ich an deiner Stelle Louisa ins Bett bringen musste, ein langwieriger Prozess. Sie hat fast eine Stunde nach dir geweint, bevor sie endlich eingeschlafen ist. Ich war erschöpft und wollte etwas frische Luft schnappen, als ich sie sah. Kirsten wollte erst türmen, aber ich bat sie herein, bot ihr Tee an. Sie ist in Tränen ausgebrochen, und dann hat sie mir alles erzählt. Von eurem Tausch und wie sehr sie alles bereute. Sie flehte mich an, mit dir zu reden und dich zur Einsicht zu bringen. Kannst du dir das vorstellen? Mich! Als ob ich ihr je geholfen hätte. Einer Frau, die schon einmal freiwillig ihr Kind weggegeben hatte. Aber im Gegensatz zu dir habe ich sofort gespürt, wie gefährlich sie ist. Das sind die Verzweifelten meistens, und Kirsten war damals schon dem Abgrund sehr nahe. Also sagte ich zu. Ich sagte ihr, wie erschüttert ich wegen deiner Lügen sei, und versprach, zu versuchen, dich zu überreden. Kirsten vertraute mir, sie sah in mir immer noch die fürsorgliche Frau, die ihren Lieblingskuchen backen konnte und sie bei Schlechtwetter mit dem Auto mitgenommen hat. Deshalb hat sie auch keine Sekunde gezögert, als ich sie ein paar Tage später vor ihrer Wohnung abfing, um mit ihr noch mal wegen Louisa zu sprechen. Sie bat mich freimütig herein, und ich tat so, als wäre ich schon dabei, alles mit dir einzufädeln. Dass es bloß noch darum gehe, Besuchsrechte auszuhandeln. Dass du Louisa nicht vollständig verlieren wolltest, und Kirsten verstand das natürlich. Sie weinte vor Glück und trank übermütig von dem Wein, den ich zum Anstoßen mitgebracht hatte. Zur Feier des Tages. Sie war so außer sich, dass sie gar nicht merkte, dass die Flasche bereits offen war und ich selbst nur nippte. Danach ging alles wie von selbst. Der Alkohol half dabei, dass sie schnell schläfrig wurde. Sie hat nichts von dem Propofol gespürt, das ich ihr gespritzt hatte. Es war ein sauberer, schmerzloser Tod, ich möchte, dass du das weißt. Ich bin kein Monster, es tat mir trotz allem leid um sie. Kirsten war ein gutes Mädchen.«

Ein gutes ... Mein Verstand wehrte sich immer noch dagegen, all das aufzunehmen, es wirklich zu begreifen. Ich konnte kaum noch die Augen offen halten. Adele war zu einem konturlosen Schatten vor meinen zuckenden Lidern verschwommen. Nur ihre Worte hämmerten noch immer auf mich ein. Jedes wie ein Faustschlag.

»So hast du es auch mit mir gemacht, stimmt's?«, fragte ich leise. »Den Wein, den ich am Abend nach Kirstens Beerdigung getrunken habe ... Du hast mich betäubt, damit ich Louisa nicht höre, wenn sie am Morgen heimkommt.« Die Klingel. Ich hatte gleich gewusst, dass ich sie hätte hören müssen. Dass die Kopfschmerzen und der Schwindel nicht normal gewesen waren. Und dennoch habe ich es nicht gesehen. Sie hat mir Louisa fast direkt vor den Augen weggeschnappt, und ich habe es nicht gesehen.

»Im Endeffekt habe ich dich damals vor die Wahl gestellt«, fuhr Adele gnadenlos fort. »Du hättest den Wein nicht trinken müssen. Nichts von alldem wäre passiert, wenn du ihn im Regal hättest stehen lassen und deiner Rolle gerecht geworden wärst. Aber du hast getrunken. Du hast dich entschieden. Und du hast deine Lektion gelernt. Was es in Wahrheit bedeutet, eine gute Mutter zu sein mit allen Konsequenzen.«

»Indem man andere tötet? Indem man Kinder entführt?«

»Tu nicht so, als würdest du über mir stehen. Hast du mit Louisa nicht das Gleiche getan? Sie ihrer wahren Mutter geraubt, um ihr ein besseres Leben zu ermöglichen?«

»Aber so war das nicht. Es war ein Tausch ... Kirsten wollte keine Mutter sein.«

»Aber sie wollte ihre Entscheidung rückgängig machen. Du brauchst dich vor mir nicht zu rechtfertigen. Ich verstehe dich, ich hätte Louisa auch nicht mehr hergegeben. Dein einziger Fehler war, dass du nicht bereit warst, den Weg auch zu Ende zu gehen. Stattdessen hast du zugelassen, dass die Angst dich überrollt, du hast den Kopf in den Sand gesteckt und gehofft, dass Alkohol und Abwarten deine Probleme irgendwann lösen werden. Aber das haben sie nicht. Ich musste sie lösen. Ich musste zu Ende bringen, was du selbst nicht konntest.«

»Du bist verrückt …« Ich hätte die Worte gerne geschrien, aber meinen tauben Lippen entkam nur ein Flüstern. Kirsten war ein Teil dieser Familie gewesen, war als Kind in diesem Haus ein- und ausgegangen, hatte Adele stets mit einer Umarmung begrüßt und ihr selbstgepflückte Blumensträuße zum Geburtstag geschenkt.

»Glaube nicht, dass Kirsten und Max mir nicht leidtaten, aber sie hatten sich das selbst zuzuschreiben. Sie hätten wissen müssen, dass man eine Familie nicht auseinanderreißt. Dass ich Max auch töten musste, war eine unglückliche Fügung, aber nachdem du mir von der Hütte erzählt hattest, wusste ich, dass er ebenfalls nicht nachlassen würde. Spätestens nachdem Louisa wieder aufgetaucht wäre, hätte er einen Sorgerechtsstreit angezettelt, und wir hätten sie doch noch verloren. Das konnte ich nicht zulassen. Das verstehst du doch sicher.«

Verstehen? Nein. Mit allem, was ich war, würde ich dagegen ankämpfen, jemals so zu sein wie sie. War ich eine gute Mutter? Vielleicht nicht immer. Aber ich liebte meine Tochter, und ich gab mein Bestes, ob das genug war oder nicht. Ich blieb an ihrer Seite, wenn sie nachts

Angst vor der Dunkelheit hatte, ich küsste ihre Wunden, wenn sie Schmerzen hatte, und sang mit ihr, wenn sie traurig war. Louisa war mein Licht, und genauso versuchte ich, ihr Licht zu sein und ihr all meine Liebe zu geben, was mehr war, als Adele jemals für mich getan hatte.

Nein, ich würde sie niemals verstehen. Ich weigerte mich. Und ich weigerte mich, klein beizugeben, wie ich es früher getan hätte, mich unterzuordnen. Weil mich die Mutterschaft zumindest eines gelehrt hatte: dass ich stärker war, als ich mir selbst jemals zugetraut hatte.

»Oh, fahr zur Hölle«, fauchte ich.

Ich warf mich nach vorne, durch die Dunkelheit und das Taubheitsgefühl hindurch, bis meine Handflächen auf Adeles Brustkorb trafen. Nicht fest, aber fest genug, dass sie überrascht nach hinten stürzte, gegen die Duschwand, die laut schepperte, als ihr Kopf auf dem Glas aufschlug. Ich hörte sie zischen vor Schmerz, blieb aber nicht lange genug bei ihr, um festzustellen, wie schwer ich sie verletzt hatte und wie groß mein Vorsprung war.

Meine zitternden Beine kannten nur ein Ziel. Weg von hier, weg von ihr, Louisa finden.

Ich konnte nicht gerade gehen, meine Schulter rammte auf dem Weg durch den Flur gegen Wände und Schränke. Mein Blickfeld verschob sich immer wieder, und ich fühlte meine Füße kaum, musste mich mittels Händen und Ellbogen am Treppengeländer abstützen, um irgendwie nach unten zu kommen.

»Louisa?«, rief ich erneut. Ich ging durch das Wohnzimmer, lief in die Küche. Ich war halb blind, stolperte mit einem Stöhnen über einen Stuhl, stieß eine Lampe um. Irgendwo hinter mir zersprang etwas zu Scherben. »Louisa?«

Die Wände kamen abwechselnd näher und glitten wieder davon. Ich versuchte, die Schlaftabletten hochzuwürgen, mich auf den blank polierten Küchenfußboden zu übergeben, aber ich röchelte nur trocken und spuckte Magensäure auf die Fliesen.

Ich griff nach der nächsten Wand, um mich festzuhalten, bekam stattdessen eine Türklinke zu fassen. Der Tür zum Keller.

Der Keller. *Natürlich*, durchfuhr es mich, während Hitze meinen Nacken hinaufkroch. Ein Schlüssel steckte im Schloss, aber es war nicht abgeschlossen. Ich zog ihn vorsichtshalber dennoch heraus und schob ihn in meine Hosentasche. Ich stolperte die Stufen hinab, die sich wie Zähne vor mir auftaten und nach mir zu schnappen schienen. Mein Körper erinnerte sich, während mein Verstand noch blockierte. Ich spürte es daran, wie meine Muskeln sich verspannten, wie mein Herz zu rasen anfing.

Der Keller war erst in den letzten Jahren ausgebaut worden. Inzwischen war es ein gemütlicher Raum, den Adele zum Gästezimmer umfunktioniert hatte, mit einem großen, ausziehbaren Sofa und einem geschmackvoll sortierten Bücherregal entlang der hinteren Wand. Aber früher war hier blankes Gewölbe gewesen. Wände, die immer kalt und klamm waren und sich erbarmungslos zeigten, wenn ein kleines Mädchen gegen sie anschrie. Der Keller war meine Strafe gewesen, wann immer ich nicht funktioniert hatte, mich widerspenstig gezeigt oder gar versucht hatte zu fliehen.

Hier unten gab es keine Fenster, nach wie vor nicht. Bloß kaltes, elektrisches Licht, das nach Betätigen des Lichtschalters flackernd zum Leben erwachte.

Und was es enthüllte, ließ mich erstarren.

Das Sofa war ausgezogen, ein Bett war darauf gemacht. Darauf hatte Adele Plüschtiere und eine bunt gemusterte Decke drapiert.

Louisas Rucksack lehnte daneben. Ihr kleiner, pinker Rucksack, den ich vor einer gefühlten Ewigkeit für sie gepackt hatte, bevor Matthias sie abgeholt hatte. An dem Morgen vor fünf Tagen, als meine ganze Aufmerksamkeit noch Kirsten und der anstehenden Beerdigung gegolten hatte und ich es nie für möglich gehalten hätte, dass der kurze Abschiedskuss, den ich meiner Tochter gab, für so lange Zeit anhalten musste.

Dabei war sie die ganze Zeit hier gewesen. Bloß fünf Minuten von meinem eigenen Haus entfernt. Hier unten im Gefängnis meiner Kindheit, das ich die ganze Zeit verdrängt hatte wie einen finsteren Traum.

Hätte ich mich nur früher erinnert, dann hätte ich sie noch befreien können. Dann wäre Louisa noch hier.

Denn meine Tochter war nicht hier, der Raum war leer.

Da war bloß ich. Allein. Und die alternde Frau, die ächzend und schleppenden Schrittes hinter mir die Treppe herunterkam.

»Wo ist sie?«, fragte ich, nachdem Adele sich neben mich ans Fußende von Louisas leerem Kinderbett gestellt hatte.

Statt mir zu antworten, nickte sie in Richtung Beistelltisch, auf dem sich Kinderbücher und gekritzelte Papierseiten stapelten. »Du siehst, sie hatte es gut. Ich habe mich um sie gekümmert, habe mit ihr sogar Lesen geübt und Bilder gemalt. Sie ist ein gutes Kind, nicht halb so störrisch, wie du einst warst.«

Ich schrie vor Zorn: »Wo ist sie!?«

»Nicht hier. Nicht mehr. Ich wusste, du würdest herkommen. Ich konnte nicht riskieren, dass du sie so einfach findest. Nicht bevor du dich nicht endgültig bewährt hast.«

»Was willst du denn noch von mir? Dass ich jemanden umbringe, so wie du? Denk doch an Louisa! Sie ist ein Kind, und sie hat sicher schreckliche Angst. Sie braucht mich.«

Adeles harte Miene zeigte keine Regung. »Du kannst unbesorgt sein. Ihr geht es gut.«

»So wie es mir gut ging? Sie ist allein!« Ich riss ihren Rucksack an mich, alles, was ich für sie gepackt hatte, Malhefte, Taschenlampe, ihre dürftige Wechselkleidung, viel zu wenig für die lange Zeit. Und plötzlich sah ich nur noch, was fehlte, was mir die ganze Zeit schon durch die Wirkung der Schlaftablette hindurch bewusst gewesen war.

»Ihr Parka«, nuschelte ich. »Er wurde im Wald gefunden. Ist sie dort? Hast du sie irgendwo im Wald versteckt?«

Adele schüttelte den Kopf. »Nein, den habe ich lediglich als Ablenkungsmanöver dort platziert. Die Polizei sollte glauben, Louisa sei womöglich von einem Verrückten irgendwo im Gebüsch verscharrt worden, damit sie endlich von dir ablassen. Es war nie geplant, dass sie dich verdächtigen oder gar einsperren. Versteh doch«, sagte sie und kam mit flehendem Blick auf mich zu. »Letztendlich habe ich alles nur für dich getan, um dir zu helfen und dich wieder auf den rechten Weg zu bringen. Kirstens Tod sollte nicht umsonst gewesen sein. Ich wollte, dass du dich daran erinnerst, was wirklich wichtig ist, und vor allem daran, wieder wahrhaft zu lieben.«

Ein finsterer Laut kratzte an meiner Kehle. »Du weißt doch gar nicht, was das ist. Jemanden zu lieben. Du hast mich immer nur beherrscht, nicht geliebt.«

»Das stimmt nicht. Natürlich habe ich dich geliebt und liebe dich noch. Du warst immer alles für mich. Meine ganze Welt. Für dich habe ich alles aufgegeben. Mein Leben in Köln, meine ganze Identität. Das musst du doch sehen, jetzt, wo du dich wieder an alles erinnerst.«

»Willst du wissen, was ich sehe? Ich sehe eine bittere, hartherzige Frau, die mit ihrer eigenen Einsamkeit nicht mehr zurechtgekommen ist und deshalb ein Kind geraubt hat. Du redest dir selbst bloß ein, immerzu aus Liebe und Großmut gehandelt zu haben, um nicht den Konsequenzen ins Auge sehen zu müssen. Du hast mich entführt, ebenso wie Louisa, und zudem hast du zwei Menschen ermordet. Und dafür wird man dich einsperren.«

Adeles Gesicht wurde blass, während ihre Augen immer dunkler wirkten. »Nein, nein, hör zu. Ich habe mir das genau überlegt. Niemand außer uns muss je erfahren, dass ich es war. Louisa wird nichts sagen, genau wie du nie etwas gesagt hast. Wir könnten sie in der Nähe von Max' Hütte auffinden lassen. Ich habe auch noch sein Handy. Louisa könnte es bei sich tragen, gemeinsam mit einem abgetippten Abschiedsbrief, der seine Schuld besiegelt. In dem steht, dass er Louisa für Kirsten entführt hat, aber ohne sie dann doch nicht bereit war, das Leben zu führen, das sie sich ausgemalt hatten.«

»Du bist verrückt«, war meine einzige Antwort. »Komplett irre. Auch wenn Louisa nichts sagen würde, glaubst du ernsthaft, ich würde dich damit durchkommen lassen?«

»Du hättest keine andere Wahl, wenn du möchtest, dass alles wieder so wird wie früher.«

»Und du denkst, das möchte ich? Ein Leben wie früher? Voller Lügen?« Es schüttelte mich, wenn ich daran dachte. Die ständige Angst und die Ungewissheit. Nie wieder. »Ja, ich mag auch gelogen haben, aber ich bin bereit, dafür geradezustehen, und das wirst auch du tun. Ich werde der Polizei alles sagen. Alles.« Und mit Louisa anschließend noch mal völlig neu anfangen. Ich würde auch ihr alles erzählen, sobald sie einmal alt genug war, um es zu verstehen. Über ihre leibliche Mutter und darüber, dass sie die beste Freundin gewesen war, die man sich vorstellen konnte.

»Das würdest du nicht tun«, erwiderte Adele mit zitternder Stimme. »Wir sind eine Familie. Du, Louisa und ich. Ob es dir gefällt oder nicht, aber ich werde immer ein Teil von dir sein, du wirst mich nicht los.«

»Wir sind keine Familie. Wir waren es nie, außer in dem Gespinst in deinem Kopf, das du mir mein Leben lang aufgedrückt hast. Aber damit ist jetzt Schluss, ein für alle Mal. Ich hätte nie zulassen dürfen, dass du Louisa überhaupt so nah kommst. Ich hätte sie vor dir beschützen müssen, aber glaub mir, das werde ich ab sofort tun, mein restliches Leben lang. Du wirst sie nie wiedersehen und mich auch nicht. Du sollst endlich von deiner eigenen Medizin kosten. Sehen, wie es ist, wenn einem der eigene Wille und die Freiheit genommen werden. Wenn keiner sich für einen interessiert.«

»Du willst nicht wirklich, dass ich eingesperrt werde. Das meinst du nicht so. Ich bin deine Mutter.«

Ich senkte meinen Kopf. »Ich kenne meine Mutter nicht.« Ich stieß den angehaltenen Atem aus. Ein Gewicht fiel von mir ab, das ich all die Zeit mit mir herumgeschleppt hatte, das mich klein gemacht und mich blockiert hatte. Nach Jahren konnte ich endlich wieder frei atmen.

Die Frau vor mir erschreckte mich nicht länger, nicht einmal, als sie die Stimme gegen mich erhob, nachdem ich mich von ihr weggedreht hatte.

»Warte!«, rief sie gegen meinen Rücken, doch ich bot ihr keine Angriffsfläche mehr. »Wohin gehst du? Willst du nicht wissen, wo Louisa ist? Wir können sie gemeinsam holen gehen.«

Ihr Ton war gleichermaßen lockend und falsch. Unbeeindruckt stieg ich die Stufen zur Küche hinauf. »Ich hole die Polizei. Du kannst ihr dann sagen, wo Louisa ist.«

Ich kam nur bis zur Hälfte der Treppe, dann holte es mich ein. Das Narkotikum, gemischt mit dem Strudel der Gefühle, die mich die letzten Minuten übermannt hatten. Es war zu viel. Für mich, meinen Körper, meinen Verstand. Es fühlte sich wie ein kurzzeitiger Rausch an, der mir zu Kopf stieg und dann alles nacheinander erschlaffen ließ.

Mir brachen erst die Beine weg, dann folgte mein restlicher Körper. Meine Sicht verschwamm wie ein Strom winziger Fische. Ich bekam nur mehr am Rande mit, wie ich rückseitig aufgefangen wurde, wie sich zwei Arme unter meiner Brust zusammenschlossen und mich über den Boden schleiften. Mein Kopf wurde weich gebettet. Jemand flüsterte über mir. Ich verstand nur vier Worte.

»Es tut mir leid.«

Vier Worte, auf die ich meine ganze Kindheit vergebens gewartet hatte. Die jetzt zu spät kamen. Viel zu spät.

Ich hätte gerne darauf geantwortet. Sie hätte das der kleinen Nadja vor fünfundzwanzig Jahren sagen sollen. Nicht mir. Dass es mich jetzt nicht mehr interessiere.

Doch mehr als die erste Silbe brachte ich nicht heraus. Meine Lippen erstarrten.

Alles wurde taub und schwer.

Dann nichts mehr.

26.

Ich erwachte mit Kopfschmerzen, heftigem Durst und einem erdrückenden Gefühl auf der Brust. Das Druckgefühl stammte von Adeles Armen, die mich im Schlaf fest umschlungen hielten. Wir lagen auf dem Ausziehsofa im Keller. Adele hinter mir, ihr Gesicht zwischen meine Schultern gebettet. Sie rührte sich nicht, weshalb es mich enorme Kraft kostete, ihre ineinander verschränkten Arme von meinem Oberkörper zu lösen. Ich schüttelte sie, wobei eines von Louisas Plüschtieren zu Boden fiel, aber selbst da blieb sie steif und unbewegt.

Winzige Nadelstiche piksten meine Haut.

»Mama?« Das Wort kam mir ganz unbewusst über die Lippen, war Bitte und Fluch zugleich.

Ich hielt einen Finger unter ihre Nase, konnte bereits sehen, dass ihr Brustkorb sich nicht länger hob und senkte. Diese unnatürliche Stille in ihrem Körper, die nur einen Rückschluss zuließ.

Ich hatte das Propofol auf dem Nachttisch längst entdeckt. Die aufgezogene Spritze, die auf einer knittrigen Kinderzeichnung lag. Ich wusste, dass es sinnlos war, und dennoch konnte ich nicht aufhören, ihre Wangen zu tätscheln, ihr Herz in rhythmischen Hieben zu massieren und zu versuchen, ihre leblosen Lungen mit meiner eigenen Atemluft zu füllen.

Ich schrie sie an. Schrie, dass sie gefälligst aufwachen sollte. Diese Frau, die ich hasste, die ich fürchtete und die dennoch so lange alles für mich gewesen war. Meine ganze Welt, weil sie von außerhalb nichts anderes durchgelassen hatte.

Ich verausgabte mich über ihr, tat alles wie nach Lehrbuch, dreißig zügige Pumpstöße mit dem Handballen gegen ihr Brustbein, gefolgt von zwei Beatmungsversuchen. Dann noch eine Runde. Und noch eine. Doch nichts. Keine Regung. Ihr Brustkorb fiel nach jeder Beatmung sofort wieder zusammen. Adele war tot. Und damit der einzige Mensch, der mir sagen konnte, wo meine Tochter war.

Von trockenen Schluchzern begleitet hievte ich mich die Treppe hoch, in die Küche, wo ich mich in die Spüle übergab, weiter durch den Flur und ins Wohnzimmer, wo ich endlich zwischen aufgeschüttelten Kissen ein Telefon fand.

Ich wählte Kommissar Theedes Nummer, verwählte mich, wählte neu. Dann ein Knacken, eine männliche Stimme, die jedoch von dem schrillen Pfeifen in meinem Kopf überlagert wurde. Ich brachte kein Wort heraus, stieß nur ein verzweifeltes Keuchen aus.

»Hallo?«, fragte er wiederholt ins Telefon. »Kriminalhauptkomissar Theede hier, wer ist da?«

»Nora«, japste ich und sank vor dem Sofa auf die Knie. »Hier ist Nora. Ich bin im Haus meiner Mutter. Sie müssen herkommen. Sie ist ...« Ich schluckte, leckte mir über die trockenen Lippen. »Sie hat sich umgebracht.«

Es dauerte bloß Minuten, bis es im Haus von Polizisten wimmelte. Kommissar Theede war als einer der Ersten vor Ort. Ich hatte Angst vor seinem Urteil, seinem stechenden Blick, der sich in meinen Rücken bohrte, während ich ihn die Treppe in den Keller hinunterführte, wo Adeles erkalteter Körper lag. Ich zeigte ihm das Propofol, genauso wie die Kinderzeichnungen auf dem Nachttisch und Louisas Rucksack neben dem Bett.

Er forderte Verstärkung an, ich wurde nach draußen verwiesen, während die Polizei das gesamte Haus auf den Kopf stellte. Sie suchten nach ihr. Nach Louisa. Die ganze Zeit wartete ich darauf, dass einer der Beamten plötzlich ausrief, dass sie gefunden worden war, gut versteckt, in einer Truhe vielleicht, einem Schrank, einem versteckten Dachboden über dem Haus.

Adele konnte schließlich nicht gegangen sein, ohne mir vorher meine Tochter zurückgegeben zu haben. Sie hatte es doch noch gesagt, kurz bevor ich bewusstlos geworden war. Wir würden Louisa gemeinsam holen. Es musste also irgendeinen Hinweis geben, ein Versteck, an das ich noch nicht gedacht hatte. Irgendwas, das dem

Ganzen zum Ende hin noch einen verqueren Sinn verlieh.

Doch mit jeder Minute, die verstrich, wurde meine Hoffnung kleiner, ging mein Atem schneller. Ich zitterte, jedoch nicht wegen der eisigen Novemberluft. Es war ein innerliches Frieren, das meinen ganzen Körper erstarren ließ. Ich war so weit gekommen. Und das sollte alles umsonst gewesen sein? Bloß ein Rucksack, ein Schatten? War das alles, was mir von Louisa blieb?

Das konnte nicht Adeles Intention gewesen sein, durfte es einfach nicht. Oder war das meine Strafe? Dass ich niemals herausfinden sollte, was mit meiner Tochter passiert war? Adeles letzter Schlag gegen mich, weil ich mich geweigert hatte, mich ihr zu beugen, ihr Spiel weiterzuspielen, in dem sie die Retterin war, das gnädige Familienoberhaupt?

Fassungslos beobachtete ich, wie der Leichnam der Frau, die ich so lange Mutter genannt hatte, in einer Hülle abtransportiert wurde.

Ich wusste nicht, ob Feigheit oder Vergeltungssucht sie dazu getrieben hatten, sich am Ende das Leben zu nehmen. Was es auch war, ich würde es ihr nie verzeihen. Selbst wenn sie bloß dem Gefängnis hatte entfliehen wollen, sie hätte mich nicht so zurücklassen dürfen. Ohne den geringsten Hoffnungsschimmer. Ganz allein nun.

Ohne Freundin.

Ohne Mutter.

Ohne Kind.

Kommissar Theede musste mehrmals auf mich einreden, ehe ich ihn registrierte. Er sprach ungewöhnlich sanft, fasste behutsam meinen Arm.

Ich hatte ihm bereits alles über Adele und mich erzählt. Wie sie mich vor langer Zeit als Kind entführt und jahrelang in diesem Haus eingesperrt hatte. Wie ich meine Kindheit irgendwann verdrängt hatte, bis heute, bis Louisa das gleiche Schicksal erlitten hatte wie ich einmal.

Diesmal schien er mir zu glauben. Zumindest bedrängte er mich nicht oder nahm mich ins Kreuzverhör. Er sagte mir, dass sie keine weiteren Hinweise auf Louisa im Haus hatten finden können. Dafür einen großen Vorrat an Propofol und Schlaftabletten. Max' Handy, das Adele in dem Tresor unter ihrem Bett versteckt hatte, und die Drohbotschaften, die Max von Kirstens Account an mich geschickt hatte. Er sagte mir auch, dass sie die Beweisstücke zwar noch würden prüfen müssen, aber dass sie erst mal davon ausgingen, dass Adele in beide Mordfälle verwickelt gewesen war. Die Schlaftabletten waren auf ihren Namen ausgestellt und enthielten denselben Wirkstoff, der in Kirstens und Max' Blut gefunden worden war.

»Geht es Ihnen gut?«, fragte er mich am Schluss in einem Ton, der verriet, dass ich alles andere als gut aussah. »Möchten Sie mit jemandem reden? Ich kann Ihnen therapeutischen Beistand zukommen lassen, wenn Sie möchten.«

»Nein, schon gut.« Meine Mundwinkel zuckten müde.

»Ich brauche allerdings noch eine offizielle Aussage von Ihnen. Können Sie morgen ins Präsidium kommen?«

»Ja, natürlich. Natürlich ...« Ich sah wieder das Ausziehsofa mit Louisas Kuscheltieren vor mir, verzerrt durch den Leichnam, der auf ihm lag. Mein Körper schwankte. Ich war mir fast sicher, dass er sich auflösen, dass die nächste Brise einfach durch mich hindurchfegen würde.

Aber ich blieb. Ich atmete den Schmerz ein und wieder aus. Ob ich nun wollte oder nicht.

27.

Sie sollte Mama zu ihr sagen, wenn sie ihr Zimmer verlassen wollte. Sie weigerte sich erst. Sie schrie sie an, sie sei nicht ihre Mama. Aber dann sagte sie es doch. Um ihre Frühstücksflocken am Küchentisch essen zu dürfen, um nach draußen zu können, an die frische Luft, unter den Himmel, an den Spielplatz mit der großen blauen Rutsche, die so steil war, dass es sich wie Fliegen anfühlte.

Und irgendwann sagte sie es dann ganz selbstverständlich, bis es sich nicht mehr seltsam anfühlte.

Mama, Mama, Mama.

Bloß ein kleiner Teil von ihr zuckte immer noch zurück, wenn sie ihr einen Gutenachtkuss gab, wenn sie ihr Haar berührte oder auf dem Gehweg ihre Hand nahm. Der wusste, dass das alles eine Lüge war. Doch da gab es auch noch den anderen Teil von ihr, der größer war, der sich nach Sicherheit sehnte, nach Normalität, nach jemandem, der ihr Halt gab und etwas Liebe.

Dieser Teil vergaß.

28.

Es war bereits spät in der Nacht, als die Polizei mich nach Hause brachte. Ich protestierte nur deshalb nicht, weil ich wusste, dass es sinnlos war, länger hierzubleiben und zu warten. Louisa war nicht mehr dort, das war mir längst bewusst geworden.

Dennoch fühlte es sich falsch an, ihrem Gefängnis, das so lange auch mein Gefängnis gewesen war, den Rücken zu kehren. Eine junge Beamtin fuhr mich nach Hause, bot sogar an, mich nach drinnen zu begleiten und mir einen Tee zu kochen. Sie lächelte bemüht heiter und versuchte, mich zum Reden zu bewegen. Ich lehnte dankend ab und ging allein hinein.

Im Haus herrschte Chaos. Ausgeleerte Schubladen und verschobene Möbelstücke. Reste der Hausdurchsuchung durch die Polizei, um mich zu überführen. Die Scherben meines Lebens.

Einige Minuten stand ich bloß so da, knapp hinter der Schwelle, ließ die aufwallenden Gefühle auf mich niederprasseln, ohne ihnen standhalten zu können. Ich schlurfte durch den Flur, stieg über die Verwüstung hinweg, die Treppe hinauf, die Schultern schwer.

Jeder Fleck, jeder Zentimeter erinnerte mich an Louisa, beschwor Bilder von früher herauf, als wir hier noch in falscher Sicherheit gelebt hatten. Die Stufe, an der sie sich mit vier das Knie aufgeschlagen hatte. Die Wand, auf der sie sich mit Wachsmalkreide verewigt hatte und die immer noch rote Linien zeigte. Wie ich in dem Moment einfach nur geweint hatte, weil ich so erschöpft gewesen war, und sie daraufhin meine Beine umarmt und versprochen hatte, es ganz allein wieder sauber zu machen.

Dann die Tür. Ihre Tür. Leicht angelehnt wie immer und ihr Zimmer dahinter. Tausende Gutenachtküsse, Tausende Momente, in denen ich genau dort gestanden hatte, um über ihren Schlaf zu wachen.

Von hier aus konnte ich mir vorstellen, dass alles normal wäre, dass sie hinter dieser Tür auf mich wartete. So wie früher. Ich bildete mir sogar ein, ihr Schlaflicht brennen zu sehen, seinen blassblauen Schein, der den Teppich vor ihrer Tür erhellte.

Erst dann stellte ich fest, dass es keine Einbildung war, dass hinter ihrer Tür tatsächlich ein Licht brannte. Ich musste es eingeschaltet und vergessen haben, als ich das letzte Mal vor ihrem leeren Kinderbett gestanden und geweint hatte. Vielleicht war es auch die Polizei gewesen, die ihre Spurensuche auf Louisas Zimmer ausgeweitet hatte. Es gab keinen Grund, zu hoffen, dennoch ließ ich mich anziehen von diesem Licht, den Bildern in meinem Kopf.

Und dann lag sie plötzlich wirklich da, die Augen friedlich im Schlaf geschlossen, als wäre sie keine Sekunde lang fort gewesen.

Ich blinzelte erst, hielt sie für eine Halluzination.

Ein zarter Laut entwich ihren halb geöffneten Lippen im Schlaf. Sie hatte die Stirn gerunzelt, schien zu träumen.

Dann packte es mich. »Louisa!«

Ich stürzte an ihr Bett, musste sie hochheben, musste sie berühren, fühlen, dass sie real war, kein Gespinst, kein alberner Hoffnungsschimmer, sondern Wirklichkeit, meine Tochter.

Sie lächelte bloß verschlafen und streckte ihre Arme nach mir aus. »Mama.«

Ein Wort, das mich innerlich zerriss. Ich weinte in ihr weiches Haar, konnte nicht aufhören, es zu berühren, sie zu halten. Ich überdeckte Louisa mit Küssen, die sie kichernd empfing, ganz leise nur, die Geräusche aus ihrem Mund ein kaum wahrnehmbarer Hauch.

Ihr Blick wirkte benommen, nicht ganz da. Sie rührte sich kaum, als ich mit ihr auf meinen Armen die Treppe nach unten ging, zur Tür hinaus und auf die Straße, wo ich vor dem am Wegrand parkenden Streifenwagen in die Knie ging.

»Krankenwagen«, keuchte ich, als die Polizisten aus dem Auto sprangen und nach dem schlaffen Körper in meinen Armen griffen. »Rufen Sie einen Krankenwagen.«

29.

Die Ärzte fanden Schlaftabletten in Louisas Blut, dieselbe Sorte, die meine Mutter bereits Kirsten und Max verabreicht hatte, bevor sie ihnen Propofol in die Venen gespritzt hatte.

Keine gefährliche Dosis. Bloß genug, dass sie schläfrig geworden war und dadurch nicht mitbekommen hatte, wie meine Mutter sie in eine übergroße Einkaufstasche gelegt und darin zu meiner Haustür getragen hatte. Die Streifenpolizisten hatten sie sogar dabei beobachtet, wie sie sich mit der schweren Tasche abmühte, und überlegt, ob sie ihr helfen sollten. Sie hatten geglaubt, sie hätte für mich eingekauft. So eine nette Frau. So eine gute Mutter.

Dieselbe Methode hatte sie schon erfolgreich bei mir angewandt. Sie hatte mich damals betäubt und gefügig gemacht, damit niemand etwas von dem Kind mitbekam, das sie plötzlich in ihrer Wohnung versteckt hielt, das nachts wimmerte und nach seiner Mutter rief. Seiner echten Mutter.

Meine Hände zitterten vor Sorge, während ich draußen vor der Tür darauf wartete, dass die Ärzte ihre Untersuchungen endlich beendeten. Fünf Tage war Louisa verschwunden gewesen. Fünf Tage der Folter, der Ohnmacht, der ständigen Verzweiflung. Dennoch hatte ich an keinem dieser Tage so sehr gelitten wie in den Minuten, in denen ich völlig aufgelöst vor ihrer Tür auf dem quietschenden Linoleumboden auf und ab ging und um Neuigkeiten bangte.

Kommissar Theede war wieder bei mir, doch ich war taub für seine Fragen, ebenso wie ich taub für die beschwichtigenden Worte der spanischen Krankenschwester war, die mich immer wieder von der Tür wegzulotsen versuchte. Mein Kopf war ein Gefängnis, das nur einen Gedanken kannte. Ständig hatte ich das Grauen, das Louisa durchgemacht hatte, vor Augen, das ich mir gar nicht vorstellen wollte, aber sehr wohl konnte, weil ich es selbst erlebt hatte. Ich hatte Angst vor den Folgen und davor, die gleiche Leere in ihrem Blick wiederzufinden, die ich jeden Tag in meinem Spiegelbild sah. Louisa durfte nicht so enden, und sie würde es auch nicht, denn ein entscheidendes Detail war anders: Louisa hatte mich. Wir hatten einander.

Nachdem mich der leitende Arzt endlich zu ihr ins Zimmer ließ, ergriff ich ihre kleine Hand und ließ sie nicht mehr los. Man versicherte mir, dass sie bis auf die Schlafmittel in ihrem Blut physisch unversehrt war. Sie hing an einem Tropf, und als sie aufwachte, jammerte sie über die lange Nadel in ihrem Arm, ansonsten wirkte sie aber fast normal, bloß sehr hungrig. Louisa verschlang gleich drei volle Schalen Haferbrei hintereinander und verlangte nach Froot Loops. Obwohl ich mich bemühte, nicht zu weinen, war meine Stimme tränenerstickt. Ich versprach ihr, dass sie so viele Froot Loops essen dürfe, wie sie wolle, sobald wir wieder zu Hause seien. Von mir aus jeden Morgen zum Frühstück, ihr ganzes Leben lang.

Oma hatte ihr gesagt, sie würden Urlaub machen und dass es eine Überraschung für mich sei, deshalb dürfe sie nichts sagen und von niemandem gesehen werden. Am Anfang hatte ihr das Versteckspiel noch Spaß gemacht. Es hatte sich abenteuerlich angefühlt, sich im verdunkelten Keller ihrer Oma zu verstecken und die Bildbände ferner Länder zu betrachten, die sie ihr gegeben hatte und aus denen sie sich ein Urlaubsziel aussuchen sollte.

Doch dann war es dunkel geworden. Sie hatte sich zu langweilen begonnen und nach Hause gewollt. Zu ihrer Mama. Louisa war gegen die Anweisungen ihrer Oma nach oben gegangen. Sie hatte erst vorsichtig gelauscht, und als sie nichts gehört hatte, hatte sie versucht, die Tür zur Küche zu öffnen. Und festgestellt, dass sie verschlossen war. Dann hatte sie geweint. Beim ersten Laut war Adele zu ihr gekommen und hatte ihr eine Tasse Tee zu trinken gegeben, von der sie sehr müde geworden war.

An mehr konnte Louisa sich nicht erinnern. Bloß an wirre Träume, an das Sofa im Keller, auf dem sie geschlafen hatte, und an Löffel voller Suppe, die Adele ihr eingeflößt hatte, weil sie zu schwach gewesen war, um den Kopf zum Essen zu heben.

Vielleicht hatte sie das meiste auch einfach verdrängt, wie ich einst. Kinder waren besonders gut darin, sich die Realität auszusuchen, die ihnen Sicherheit versprach. Von nun an würde das nicht mehr nötig sein, schwor ich mir. Ich würde alles Menschenmögliche tun, dass sie sich nie mehr vor etwas fürchten musste, nie mehr allein war.

Ich hielt ihre Hand im Schlaf, verbrachte die restliche Nacht in einem harten Plastikstuhl neben ihrem Bett, ohne je die Augen von ihr zu lassen. Ein Teil von mir fürchtete, dass sie wieder verschwinden könnte und sich alles nur als Traum entpuppen würde, sobald ich einschlief. Dass ich vielleicht noch immer in dem ausgeklappten Bett neben Adeles Leiche lag und mir alles nur eingebildet hatte.

Irgendwann musste mein Körper dann aber doch kapituliert haben. Draußen vor den Fenstern begann es bereits zu dämmern, als ich plötzlich hochschreckte, aufgeweckt von dem Öffnen der Tür und der Person, die schnellen Schrittes auf uns zugestürzt kam.

Matthias.

Mein Herz zog sich zusammen, als ich ihn sah. Mein erster Impuls war, mich zu verstecken, dabei schien er mich überhaupt nicht wahrzunehmen. Er hatte nur Augen für Louisa, die nun ebenfalls wach war und lächelte, während er sie drückte und küsste.

Ich saß betreten daneben, den Blick leicht gesenkt,

und tat, als hörte ich das unterdrückte Weinen hinter seinen betont fröhlichen Worten nicht. Louisa kicherte vor Freude. Sie schien genauso glücklich darüber zu sein, ihn zu sehen, wie er sie. Ich wartete auf den Stachel der Eifersucht, der mich früher in solchen Situationen übermannt hatte, aber er kam nicht. Vielleicht aus Erschöpfung, vielleicht aber auch, weil ich selbst viel zu erleichtert darüber war, mein kleines Mädchen wieder wohlauf und mit einem Lächeln im Gesicht zu sehen. Ein Lächeln, das schon nach wenigen Minuten zu einem Gähnen wurde, während ihr Kopf zurück auf das Kissen sank. Sie nuschelte etwas über zugefrorene Wasserrutschen, ihre Augenlider flackerten. Matthias gab ihr einen letzten Kuss auf die Nase, ehe er sie mit einem wehmütigen Seufzer entließ.

Er trat einen Schritt zurück. Die angespannte Stille zwischen uns ließ mich nervös an meinem Pulloversaum zupfen.

Matthias war der Erste, der das Wort ergriff. »Die Ärzte sagen, es geht ihr gut?«, fragte er.

»Den Umständen entsprechend«, bestätigte ich. Ich bedeutete ihm, mir zu folgen, und ging mit ihm ins hintere Raumende, damit Louisa nicht hörte, was wir sagten, falls sie aufwachte. »Sie weiß noch nicht, dass ihre Großmutter tot ist und was genau in den letzten Tagen passiert ist«, flüsterte ich. »Aber gesundheitlich scheint sie unversehrt zu sein.«

Matthias stieß seinen angehaltenen Atem aus. »Gott sei Dank.«

Wir sahen auf ihr Bett. Auf ihren kleinen, schutzlosen Körper, der kaum die Decke wölbte, unter der sie lag. Ich spürte einen Kloß im Hals. »Du weißt, dass sie nicht deine Tochter ist, oder?«

Matthias hob eine Augenbraue. »Deine auch nicht, was mir die Polizei so erzählt hat.«

»Nein, da hast du recht ...« Ein scharfer Schmerz bohrte sich in meine Schläfen. Ich vergrub mein Gesicht in meinen Händen. »Gott, es tut mir so leid. Das muss sich für dich alles vollkommen verrückt anhören.«

Ein Schnauben. »Darauf kannst du wetten.«

»Ich hätte es dir sagen sollen. Es tut mir leid.«

Matthias' Augen schimmerten feucht. »Ehrlich gesagt, will ich mich damit noch gar nicht so arg auseinandersetzen. Gerade bin ich einfach nur froh, dass sie wieder da ist.«

»Ich auch«, sagte ich und spürte wieder diese Wärme in mir hochsteigen, die sich gleichzeitig mit einem Zittern in meinen Gliedern ausbreitete. »Ich weiß noch nicht, wie es für uns weitergehen soll. Ob ich nun einen Sorgerechtsstreit um Louisa führen muss, aber ich will nicht mehr, dass wir uns bekriegen. Louisa braucht uns jetzt.«

»Du hast recht«, erwiderte Matthias ernst. »Es macht es nicht wieder gut. Es ist unverzeihlich, dass du mich all die Jahre belogen hast, aber ich liebe das Mädchen. Ich habe mir so etwas nie vorstellen können, und dabei ist mir völlig egal, ob wir blutsverwandt sind oder nicht. Sie gehört zu mir. Ich gebe sie nicht mehr auf.«

Matthias' Worte ließen etwas in mir erglühen, weil es so sehr dem entsprach, was ich selbst fühlte. Wir mochten sonst nicht viel miteinander gemein haben, aber zumindest das schien uns auf ewig miteinander zu verbinden. Die Liebe zu einem kleinen Mädchen und der unüberwindbare Drang, es zu beschützen.

»Ich habe Angst um sie«, gab ich zu und drückte die Fingerknöchel gegen meine Schneidezähne. »Sie hat so viel durchgemacht die letzten Tage. Ich habe Angst, dass sie sich vielleicht nie ganz davon erholen wird.«

»Ich glaube, du kannst ihr vertrauen«, sagte Matthias. »Sie ist stark, unsere Kleine.«

Unsere. So hatte Matthias Louisa schon lange nicht mehr genannt. Und das, obwohl wir beide nicht ihre leiblichen Eltern waren. Es spielte keine Rolle und würde es auch niemals.

Ich gestattete mir einen kurzen Moment des Friedens zwischen uns, in dem wir einfach nur beieinanderstanden und über Louisa wachten. Ohne zu streiten oder einander übertrumpfen zu wollen, was wir sonst selten schafften. Es tat gut, hielt jedoch nicht lange an, weil gleich darauf die Tür zum Krankenhauszimmer erneut aufging. Louisa zuckte nur kurz im Schlaf, während Kommissar Theede seinen Kopf zur Tür hereinstreckte. Er blinzelte, als er mich sah, und winkte mich nach draußen.

Ich rieb über meine geschwollenen Augenlider. »Passt du kurz auf sie auf?«, bat ich Matthias.

Sie warteten zu zweit im Flur auf mich. Kommissar Theede und Kommissar Wagner.

»Ich habe gehört, Louisa hat sich so weit erholt?«, fragte Theede, der sich über die silbrig durchsprenkelten Bartstoppeln am Kiefer kratzte.

»Physisch ja. Wie sie es emotional verarbeitet, wird sich erst noch zeigen müssen.«

»Hauptsache, sie ist wieder sicher zu Hause, oder?«, meinte Wagner und grinste mich überschwänglich an, als hätte er mich nicht erst gestern in Handschellen befragt und sich über meinen Zustand lustig gemacht. »Leider haben wir immer noch einiges zu klären, das verstehen Sie sicher. Natürlich wollen wir dem Mädchen erst mal Zeit geben, sich zu erholen, bevor es alle Fragen beantworten muss –«

»Dafür wäre ich Ihnen sehr dankbar«, erwiderte ich steif und baute mich vor ihrer Tür auf.

»Gerade geht es uns vor allem um die Vergangenheit Ihrer Mutter«, sprang Kommissar Theede ein und korrigierte sich räuspernd. »Bezüglich Frau Adele Somweber, meine ich. Sie sagten, Sie wüssten nicht, wie sie hieß, bevor sie mit Ihnen als Kind nach München gekommen ist. Nun haben wir aber einen zusammengefalteten Zettel in ihrer Rocktasche gefunden, bevor sie … Nun, wir wollten Sie fragen, ob Sie damit irgendetwas anfangen können.«

Kommissar Theede hatte den Zettel in eine Klarsichtfolie geschoben und hielt ihn mir entgegen, so dass ich die zwei hastig gekritzelten Wörter darauf entziffern konnte.

»Ja, ich weiß, was das ist«, sagte ich mit stark klopfendem Herzen. Lange hatte ich es vergessen, aber ein kurzer Blick genügte, um die Erinnerung wieder anzufachen. Nun sah ich sie wieder vor mir, glasklar, so als trennten uns keine fünfundzwanzig Jahre voneinander, sondern bloß Tage. Als wäre es erst gestern gewesen, dass sie mit mir zu einem Song von den Cranberries in der Küche auf und ab gehüpft war, während Spritzer der auf dem Herd vergessenen Tomatensoße auf der altmodisch verkachelten Theke landeten.

»Milena Kotecki«, las ich laut vor und blinzelte gegen die aufsteigenden Tränen an. »Das ist der Name meiner Mutter. Meiner richtigen Mutter.«

EPILOG

Matthias kam mal wieder zu spät, aber weil Weihnachten war, beschloss ich, ausnahmsweise darüber hinwegzusehen. Ich konnte vom Küchenfenster aus beobachten, wie sie schwer beladen über den Gehweg stapften, Matthias mit einer Ikea-Tasche voller Geschenke, Ellis mit einem Karton Weinflaschen, über den sie kaum noch schauen konnte. Ich schmunzelte nur kurz, als sie mit ihren Stiefelabsätzen übers Eis rutschte, dann legte ich das Messer weg, mit dem ich bis eben Gemüse fürs Abendfestmahl klein geschnitten hatte, und ging in den Flur hinüber, um ihnen aufzumachen.

Louisa war schneller als ich und rannte bereits vor mir zur Tür. Sie schleifte einen übergroßen Plüschhasen hinter sich her, den Kommissar Theede ihr als Abschiedsgeschenk hinterlassen hatte, und hüpfte bei jedem zweiten Schritt vor Aufregung in die Höhe. »Papa, Papa, Papa!«, rief sie, ohne Luft holen, und hängte sich an die Türklinke.

»Prinzessin!« Matthias umarmte erst sie, dann sogar mich, was ich steif erwiderte. »Frohe Weihnachten!«

Es war unser erstes Weihnachtsfest zusammen. Matthias hatte es vorgeschlagen, und weil mich der Gedanke, Weihnachten nur zu zweit zu verbringen, wehmütig gemacht hatte, hatte ich zugestimmt. Ich war erst skeptisch gewesen, aber als ich nun das Strahlen in Louisas Augen sah, wusste ich, es war die richtige Entscheidung gewesen.

»Sind die alle für mich?«, fragte Louisa und versuchte, auf Zehenspitzen in die Geschenketasche zu spähen, die Matthias in dem Moment über seine Schulter hievte. »Wer weiß. Warst du denn brav?«

Louisa hüpfte wieder, ihr Plüschhase mit ihr mit. »So brav!«, quiekte sie.

»Wollen wir rübergehen?«, fragte ich und nahm Ellis den Weinkarton ab. Eine teure Marke, wie mir das verschnörkelte Etikett auf der Rückseite verriet. Ich schaffte es sogar, ihr ein Wangenküsschen zur Begrüßung zu geben und ihr ebenfalls frohe Weihnachten zu wünschen. Ellis schien sich so zu freuen, als hätte ihr der Papst persönlich einen Segen erteilt. Ich erwiderte ihr Grinsen zögerlich und war nicht einmal böse, als sie Louisa an der Hand hinüberführte und sie Lulu nannte, was ich schon immer gehasst hatte.

Im Wohnzimmer war bereits alles fertig dekoriert. Ich hatte einen Baum gekauft, der mit der Spitze die Decke streifte, beleuchtete Tannengirlanden hingen in den Raumecken, und auf der Kommode stand ein Teller selbst gemachter Kekse, von denen Matthias sich beim Eintreten großzügig nahm. Ich hatte mir mehr Mühe als sonst gegeben, war bestrebt, dass Louisa dieses Jahr ein besonders schönes Fest hatte und es ihr an nichts fehlte. Vieles, was passiert war, konnte ich nie wieder aufwiegen, aber zumindest das konnte ich für sie tun. Einen Baum voller Lichter und bunt bemalter Kugeln, schillernd umhüllte Geschenke, Menschen, die sie liebten und für sie da waren.

Die letzten Wochen waren schwer für sie gewesen. Louisa musste nicht nur ihre Gefangenschaft in dem Keller verarbeiten, sondern war auch mit dem plötzlichen Tod ihrer Großmutter konfrontiert. Sie schlief schlecht, hatte Alpträume, machte jede zweite Nacht ins Bett, was sie seit ihrem ersten Kindergartenjahr nicht mehr getan hatte.

Deshalb war es umso wertvoller für mich, sie heute so glücklich zu erleben, ihr rosiges Gesicht leuchten zu sehen und das aufgeregte Zittern ihrer Hand in meiner zu spüren, als die Lichter am Baum angingen.

Matthias stimmte ein Lied an. Louisa bemühte sich mitzusingen, kannte aber die Strophen nicht, so dass sie nur einzelne Silben mitträllerte, dafür umso lauter und mit einem breiten Grinsen über beiden Wangen. Es war dieses Grinsen, das mir Hoffnung gab. Weil ich in dem Moment spürte, dass wieder alles gut werden würde, dass Louisa heilen würde. Sie hatte das starke, fröhliche Gemüt ihrer Mutter geerbt. Es tat nicht mehr weh, das zuzugeben. Bloß, dass ich Kirsten viel zu lange als Konkurrentin gesehen hatte, bis es schließlich zu spät gewesen war. So vieles hätte verhindert werden können, wenn ich ihr damals einfach die Hand gereicht hätte, anstatt eine Wand zwischen uns hochzuziehen, die ihr keine andere Möglichkeit mehr gab, als mich zur Feindin zu machen. Ich hätte unserer Freundschaft mehr Vertrauen schenken sollen. Ich vermisste sie so sehr, aber zumindest lebte sie weiter unter uns, hier in Louisa, ich erkannte sie in der Form von Louisas Augen, in ihrem hellen Lachen.

Jeden Tag entdeckte ich neue Gemeinsamkeiten zwischen ihnen, die ich vorher ignoriert hatte und die ich nun mit Stolz betrachten konnte. Ihre Faszination für Klänge und Musik oder die Art, wie sie sich beim Nachdenken mit Daumen und Zeigefinger an der Augenbraue zupfte.

Während Louisa, begleitet von Geschenkpapierrascheln, den Playmobil-Ponyhof auspackte, den sie sich so lange gewünscht hatte, verzog ich mich in die Küche, um uns etwas zu trinken zu holen. Ich hatte Punsch selbst gemacht, der auf kleiner Flamme auf dem Herd köchelte. Für Matthias und Ellis einen mit Rum und Gewürzen, für Louisa und mich einen alkoholfreien.

Ich holte noch etwas Orangensaft aus dem Kühlschrank und blieb an einem Foto hängen, das neuerdings an der Tür hing. Ich sah in Kirstens hellblaue Augen. Das Foto brachte mich zum Lächeln, wenn auch zu einem wehmütigen. Es stammte von unserem Italienurlaub, nur wenige Tage, bevor Kirsten entbunden hatte.

Wir waren gemeinsam darauf zu sehen, beide mit übergroßen Sonnenhüten auf den nassen Köpfen, während wir in einem gekachelten Pool standen und Drinks mit Schirmchen in die Kamera hielten. Kirstens rundlicher Bauch wurde gerade so von der Wasserlinie verdeckt. Ich hatte absichtlich ein Foto gewählt, auf dem sie schwanger war, damit es mich jeden Tag daran erinnerte, was ich ihr nie würde vergessen können. Und damit Louisa es eines Tages auch nicht tat, wenn sie einmal alt genug war, um die Wahrheit zu erfahren.

»Brauchst du Hilfe?«, rief Ellis aus dem Wohnzimmer.

Louisas freudiges Glucksen schallte bis herüber.

»Danke, es geht schon!«

Ich schenkte uns Punsch in weihnachtlich bemalte Keramikbecher, die ich extra für heute gekauft hatte. Ein, zwei, drei, vier Becher. Fast wie eine richtige Familie. Mein Blick wurde trüb. Das Tablett wackelte in meinen Händen, als ich es hochhob, so dass ich es wieder auf der Theke abstellen musste.

Ich lehnte meine Hüfte gegen den Herd und schlang die Arme um mich selbst. Die Wahrheit war, ich vermisste Adele. Nicht direkt sie als Menschen, aber ich vermisste das Gefühl, dazuzugehören, auch wenn wir nie wirklich zusammengehört hatten. Dennoch war es das erste Weihnachtsfest, das ich ohne sie verbrachte. Ohne eine Mutter.

Das Wiederaufleben meiner Kindheitserinnerungen hatte mich innerlich aufgerissen, mich schutzlos zurückgelassen. Oft fühlte ich mich wie im Auge eines Sturms gefangen, ohne mich irgendwo festhalten zu können. Ich wurde einfach umhergeschleudert. Nicht einmal mein Name gab mir noch Halt. Nora Somweber. Das war ich nicht mehr, war es eigentlich nie gewesen. Doch wer war ich dann? Ich war eine Mutter. Das schien das Einzige zu sein, auf das ich noch zählen konnte, aber dahinter wartete ein weißes Blatt auf mich.

Ich wusste, es gab einen Menschen, der mir helfen konnte, der vielleicht Antworten für mich hatte. Der Mensch, mit dem ich einmal einen Nachnamen geteilt hatte, vor langer Zeit, fast in einem anderen Universum.

Milena Kotecki.

Die Polizei hatte sie längst kontaktiert, nachdem ihre Tochter nach all den Jahren offiziell wieder aufgetaucht war. Der Vermisstenfall hatte endlich abgeschlossen werden können, dennoch war es mir freigestellt worden, ob ich den Kontakt wieder aufnehmen wollte oder nicht. Man hatte mir ihre Telefonnummer gegeben, gemeinsam mit den Worten, dass sie überglücklich wäre, von mir zu hören.

Ich hatte ihre Nummer sogar schon in meinem Handy eingespeichert, war mehrmals kurz davor gewesen, sie zu wählen, war aber immer davor zurückgeschreckt, die entscheidende Taste zu drücken, die uns wieder miteinander verbunden hätte.

Fünfundzwanzig Jahre. So lange war es her, dass sie mich Skarbie genannt hatte, damals ihr Kosename für mich, was auf Polnisch wohl so etwas wie Liebling bedeutete. Mittlerweile kam es mir jedoch fast genauso falsch vor, zu ihr Mutter zu sagen, wie zu Adele.

Im Grunde kannte ich diesen Menschen nicht und hatte Angst davor, nur einer weiteren Fremden gegenüberzustehen, jemandem, mit dem ich nichts gemein hatte, der mich nicht verstand. Fünfundzwanzig Jahre waren einfach zu lange. Zu lange, um all die Verletzungen und Säumnisse zwischen uns zu überbrücken.

Aber dann ließ mich Louisas helles Kinderlachen wieder Richtung Wohnzimmer blicken. Für mich mochte es zu spät sein, um wieder eine Verbindung aufzubauen, aber für Louisa? Sie hatte noch ihr ganzes Leben vor sich. Hätte sie es nicht verdient, ihre Großmutter kennenzulernen?

Es war die Musik, die aus dem Wohnzimmer nach draußen drang, die schlussendlich den Anstoß gab. Little Drummer Boy. Matthias musste die CD mit den Weihnachtsliedern gefunden haben. Es erinnerte mich wieder daran, was für ein Tag heute war. Tag der Liebe, der Familie. Wenn nicht heute, wann dann?

Also nahm ich das Handy. Ich wählte die Taste. Egal wie stark meine Arme bebten, mein Magen sich verkrampfte.

Milena nahm bereits beim ersten Läuten ab. Ihre Stimme klang weich in meinen Ohren.

»Kotecki hier.«

Ich schloss die Augen, atmete tief durch. »Hallo?«, sagte ich heiser und spürte meinen Herzschlag bis in meine Ohren pulsieren. »Hallo. Hier ist Nadja.«